创意写作书系

# 怎样讲好一个
# 故事

How to Tell a Story
The Essential Guide to
Memorable Storytelling
from The Moth

美国飞蛾故事会
（The Moth）
著

赵俊海　张琮　译

中国人民大学出版社
·北京·

# "创意写作书系" 顾问委员会

飞蛾故事会出品

《飞蛾：50 个真实故事》
《所有这些奇迹》
《偶然的魔法》
《怎样讲好一个故事》

本书编写者名单

梅格·鲍尔斯（Meg Bowles）

凯瑟琳·伯恩斯（Catherine Burns）

珍妮弗·希克森（Jenifer Hixson）

莎拉·奥斯汀·詹内斯（Sarah Austin Jenness）

凯特·泰勒斯（Kate Tellers）

致我们所有人心中尚未被发现的故事

# 为本书提供内容及精神上支持的人士

苏西·阿弗里迪（Suzie Afridi），彼得·阿圭罗（Peter Aguero），阿里·阿尔·阿卜杜拉蒂夫（Ali Al Abdullatif），詹妮·艾伦（Jenny Allen），杰伊·艾利森（Jay Allison），莫琳·阿马卡贝恩（Maureen Amakabane），乔纳森·艾姆斯（Jonathan Ames），杰基·安德鲁斯（Jackie Andrews），莫里斯·阿什利（Maurice Ashley），妮玛·阿瓦希亚（Neema Avashia），柯迪·阿扎里博士（Dr. Kodi Azari），卢娜·阿兹库拉因（Luna Azcurrain），阿利斯泰尔·贝恩（Alistair Bane），卡尔·班克斯（Carl Banks），艾琳·巴克（Erin Barker），萨拉·巴伦（Sara Barron），蒂姆·巴特利特（Tim Bartlett），贾尼斯·巴特利（Janice Bartley），伊斯梅尔·比亚（Ishmael Beah），基里·贝尔（Kiri Bear），乔恩·班尼特（Jon Bennett），艾米·比安科利（Amy Biancolli），迈克·比尔比利亚（Mike Birbiglia），詹妮弗·伯明翰（Jennifer Birmingham），赫克托·布莱克（Hector Black），米凯拉·布莱（Micaela Blei），纳迪亚·博尔茨-韦伯（Nadia Bolz-Weber），多丽·萨玛贾伊·邦纳（Dori Samadzai Bonner），菲利斯·鲍德温（Phyllis Bowdwin），芭芭拉·柯林斯·鲍威（Barbara Collins Bowie），凯特·布雷斯特拉普（Kate Braestrup），詹姆斯·布莱利（James Braly），菲尔·布兰奇（Phill Branch），乔什·布罗德（Josh

Broder），布利斯·布罗亚德（Bliss Broyard），琼·朱丽叶·巴克（Joan Juliet Buck），旺达·布拉德（Wanda Bullard），特里西娅·罗斯·伯特（Tricia Rose Burt），希拉·卡洛韦（Sheila Calloway），罗赞·卡什（Rosanne Cash），香农·卡森（Shannon Cason），莫兰·瑟夫（Moran Cerf），雷·克里斯蒂安（Ray Christian），安迪·克里斯蒂（Andy Christie），玛姬·西诺（Maggie Cino），塔拉·克兰西（Tara Clancy），弗朗索瓦·克莱蒙斯（François Clemmons），特丽莎·米切尔·科伯恩（Trisha Mitchell Coburn），雅各比·科克伦（Jacoby Cochran），安德莉娅·金·科利尔（Andrea King Collier），马克斯·加西亚·科诺弗（Max García Conover），鲁比·库珀（Ruby Cooper），特拉维斯·考克森（Travis Coxson），朱恩·克罗斯（June Cross），杰妮·德拉奥（Jeni De La O），迈克·德斯特法诺（Mike DeStefano），马修·迪克斯（Matthew Dicks），玛丽·多莫（Mary Domo），西蒙·杜楠（Simon Doonan），汉娜·德雷克（Hannah Drake），卡伦·达芬（Karen Duffin），达米安·埃科尔斯（Damien Echols），奥菲拉·艾森伯格（Ophira Eisenberg），南森·恩格兰德（Nathan Englander），梅尔文·埃斯特雷拉（Melvin Estrella），杰米·F. 古拉图莱因·法蒂玛（Jamie F. Quratulain Fatima），琳恩·弗格森（Lynn Ferguson），布莱恩·芬克尔斯坦（Brian Finkel-stein），迈克尔·费舍尔（Michael Fischer），迪翁·弗林（Dion Fly-nn），特伦斯·弗林（Terrance Flynn），内沙玛·弗兰克林（Nesha-ma Franklin），尼尔·盖曼（Neil Gaiman），艾德·盖瓦刚（Ed Ga-vagan），马文·盖尔芬德（Marvin Gelfand），伊丽莎白·吉尔伯特（Elizabeth Gilbert），摩根·吉文斯（Morgan Givens），弗里梅特·戈德伯格（Frimet Goldberger），内斯特·戈麦斯（Nestor Gomez），乔恩·古德（Jon Goode），亚当·戈普尼克（Adam Gopnik），乔治·道

斯·格林（George Dawes Green），安东尼·格里菲斯（Anthony Griffith），西比尔·乔丹·汉普顿博士（Dr. Sybil Jordan Hampton），阿里·汉德尔（Ari Handel），里克·豪克（Rick Hauck），杰拉德·海耶斯（Jerald Hayes），弗洛拉·霍格曼（Flora Hogman），CJ. 亨特（CJ Hunt），丹特·杰克逊（Dante Jackson），米歇尔·贾洛夫斯基（Michelle Jalowski），塞缪尔·詹姆斯（Samuel James），朱妮·贾米森（Journey Jamison），姆马基·扬蒂斯（Mmaki Jantjies），杰里米·詹宁斯（Jeremy Jennings），西瓦德·约翰逊（Sivad Johnson），卡莉·约翰斯顿（Carly Johnstone），马克·卡茨（Mark Katz），科尔·卡兹丁（Cole Kazdin），阿丽扎·卡兹米（Aleeza Kazmi），丹·肯尼迪（Dan Kennedy），玛丽-克莱尔·金博士（Dr. Mary-Claire King），蒂姆·金（Tim King），玛丽娜·克鲁特斯（Marina Klutse），埃德·科赫（Ed Koch），亚历山德拉·克罗廷格（Alexandra Krotinger），阿贝尼·库恰（Abeny Kucha），陈杰赖·库马尼卡（Chenjerai Kumanyika），阿方索·拉卡约（Alfonso Lacayo），帕德玛·拉克希米（Padma Lakshmi），菲·莱恩（Faye Lane），埃莉·李（Ellie Lee），詹·李（Jen Lee），肖恩·莱昂纳多（Shaun Leonardo），大卫·莱佩尔斯塔特（David Lepelstat），维克多·莱文斯坦（Victor Levenstein），戴维·里特（David Litt），乔治·隆巴迪（George Lombardi），南希·马尔（Nancy Mahl），切奇·马林（Cheech Marin），杰伊·马特尔（Jay Martel），比娜·马塞诺（Bina Maseno），迈克尔·马西米诺（Michael Massimino），克里斯蒂安·麦克布莱德（Christian McBride），凯瑟琳·麦卡锡（Catherine McCarthy），达瑞尔·麦克丹尼尔斯（Darryl McDaniels），梅根·麦克纳利（Megan McNally），利兰·梅尔文（Leland Melvin），哈桑·明哈杰（Hasan Minhaj），蒙特·蒙特佩尔（Monte Montepare），大卫·蒙哥马利（David Montgomery），

塔拉亚・摩尔（Talaya Moore），汉娜・莫里斯（Hannah Morris），阿巴斯・穆萨（Abbas Mousa），思可・莫芝蔓（Sisonke Msimang），艾米・穆林斯（Aimee Mullins），米凯拉・墨菲（Michaela Murphy），米歇尔・墨菲（Michelle Murphy），萨拉・李・纳金图（Sarah Lee Nakintu），玛丽・纳瓦拉修女（Sister Mary Navarre），泰勒・内古龙（Taylor Negron），埃丝特・恩古比（Esther Ngumbi），泰格・诺塔洛（Tig Notaro），肯迪・恩提维加（Kendi Ntwiga），埃德加・奥利弗（Edgar Oliver），阿黛尔・奥扬戈（Adelle Onyango），奈基姆・奥西亚（Nkem Osian），艾伦・庞（Aaron Pang），狄伦・帕克（Dylan Park），卡尔・皮利特里（Carl Pillitteri），王平（Wang Ping），乔迪・鲍威尔（Jodi Powell），谢尔曼・鲍威尔（Sherman Powell），坎普・鲍尔斯（Kemp Powers），彼得・普林格尔（Peter Pringle），艾伦・拉比诺维茨（Alan Rabinowitz），阿诺依德・拉提波夫娜・拉赫马蒂洛娃（Anoid Latipovna Rakhmatyllaeva），阿肖克・拉马苏布拉马尼安（Ashok Ramasubramanian），伊莎贝尔・拉斐尔（Isabelle Raphael），金・里德（Kim Reed），托米・塔霍夫（Tomi Reichental），辛西娅・里格斯（Cynthia Riggs），布茨・赖利（Boots Riley），诺琳・里奥尔斯（Noreen Riols），比尔・罗宾逊（Bill Robinson），特瑞娜・米歇尔・罗宾逊（Trina Michelle Robinson），约翰・艾德・罗宾逊（John Elder Robison），艾莎・罗德里格斯（Aisha Rodriguez），苏西・朗森（Suzi Ronson），拉里・罗森（Larry Rosen），弗拉斯・罗森伯格（Flash Rosenberg），诺里科・罗斯蒂德（Noriko Rosted），玛莎・鲁伊斯-佩里拉（Martha Ruiz-Perilla），苏珊娜・拉斯特（Suzanne Rust），费思・萨利（Faith Salie），克洛伊・萨尔蒙（Chloe Salmon），伊娃・圣地亚哥（Eva Santiago），卡罗尔・塞皮卢（Carol Seppilu），文・尚布莱（Vin Shambry），萨亚・沙姆达萨尼（Saya Shamdasani），加布

里埃尔·谢伊（Gabrielle Shea），尼科什·舒克拉（Nikesh Shukla），林迪威·马杰勒·西班（Lindiwe Majele Sibanda），哈贾斯·辛格（Harjas Singh），丹尼尔·史密斯（Danyel Smith），凯瑟琳·斯摩卡（Catherine Smyka），安德鲁·所罗门（Andrew Solomon），贝蒂·里德·索斯金（Betty Reid Soskin），朱迪思·斯通（Judith Stone），斯蒂芬妮·萨默维尔（Stephanie Summerville），温迪·铃木博士（Dr. Wendy Suzuki），泰勒（Teller），R. 埃里克·托马斯（R. Eric Thomas），鲍里斯·蒂曼诺夫斯基（Boris Timanovsky），达努西亚·特雷维诺（Danusia Trevino），詹森·崔（Jason Trieu），凯瑟琳·特纳（Kathleen Turner），丹尼尔·特平（Daniel Turpin），约翰·特托罗（John Turturro），萨拉·乌丁（Sala Udin），佩吉·韦尔（Pegi Vail），亚当·韦德（Adam Wade），迪亚维安·沃尔特斯（Diavian Walters），雪莉·韦弗（Sherry Weaver），戴姆·威尔伯恩（Dame Wilburn），杰西卡·李·威廉姆森（Jessica Lee Williamson），卡门·丽塔·黄（Carmen Rita Wong），法托·武里（Fatou Wurie），乔伊·桑德斯（Joey Xanders），穆西·泰吉·萨维埃（Musih Tedji Xaviere），帕梅拉·耶茨（Pamela Yates），达蒙·杨（Damon Young），格洛丽亚·张（Gloria Zhang）。

# 目 录

# 第三部分　讲述你的故事

# 第四部分　故事的力量

# 前　言

帕德玛·拉克希米

　　纽约，某个异常温暖的夜晚，我在库伯联盟学院第一次参加了飞蛾故事会（简称"飞蛾"）的活动。我与其他故事讲述者一起排练了多次，其中包括一位喜剧演员、一位《纽约客》杂志的特约撰稿人和一位消防员。我们虽背景不同，却汇聚在一起，只为讲述自己的故事。不能看笔记，不能背诵，除却记忆、想象力和勇气，我们无法依赖任何外在之物。我们只能同舟共济。

　　我当时害怕极了。在我讲述关于手臂上那道疤痕的故事时，会场异常安静，我甚至能听到前排观众呼吸的声音。为何如此寂静？为什么我要答应站在八百个人的面前，让他们花冤枉钱来听我倾诉心声，让自己在这场尴尬的表演中暴露无遗？

　　我之所以来到这里，是因为我相信故事能带来至高无上的力量。这始终是我所有作品的核心线索。事实上，这是我们人类所拥有的唯一超能力。请细想一下：人无法与猎豹比速度，无法与大象比力量，即使是奥运会撑竿跳高选手也不能与老鹰比谁飞得更高。讲故事才是人类所长，并且我相信它能够改变世界。没错，故事确实能够并且正在改变世界。

　　我希望您手中的这本书能帮助您也相信这一点。

　　飞蛾故事会里耐心、专业的故事引导员们深知讲故事的威力。我第一次见到他们距今已十多年了，那时他们就让我确信，每个人都至少有一个故事可讲。关键在于如何讲述。他们鼓励我记住故事的质地、细节、感官记忆，以及我对它最初发生时的感受。这些练习让我学会倾听自我，从而释放讲述故事的真正力量。

只有听到来自不同人群的多样化故事，我们才能更好地理解彼此。我们需要倾听、体会并理解彼此的生活感受，设身处地去体验他人的生活。这就是我制作纪录片《尝遍美国》的原因，这部纪录片讲述了美国移民与土著人的食物和生活。从实际经历过的人那里听到这些故事非常重要，把它们分享在主流平台上也有助于观众更好地了解他们的美国同胞。挖掘这些故事让我坚信，我们总能探寻到关于人类状况的新知。

每次听到飞蛾的故事，我都会想到它的坚持。在过去的 25 年里，它一直致力于发掘我们身边最引人入胜的故事。它为我们的耳朵带来了无尽的欢乐和悲伤。那些来自各行各业的真实的故事讲述者，向我们展示了人类生活的真实面貌。

我们的故事映射着我们的现在、过往和未来，是建构我们身份的关键因素。我们身体中的故事包含着我们的历史、希望、梦想和痛苦，还诉说着我们内心深处的不安，关于自我、世界以及我们在浩瀚宇宙中所处的位置。不仅如此，故事还将集体的记忆编织成永恒的篇章。

在库伯联盟学院的那个晚上，我努力挣扎着穿越一片沉寂，发现我的故事远不止手臂上的疤痕那么简单。那些飞蛾故事会的杰出成员帮助我相信自己，相信我的故事无论悲惨还是辉煌都有其价值。我需要变得勇敢，勇敢地通过回忆去体验和审视生活的真实，以便从中得到成长和改变。

我的故事始于一场在我手臂上留下疤痕的车祸。但通过对那个夜晚的复述，我意识到那道疤痕所代表的意义远不止肉体上的伤痕。我的故事揭示了生命的残酷与无常、信仰的失落，以及通过母性重新找回灵魂的漫长历程。那次在舞台上的讲述和体验使我对自己的母亲产生了更深层次的同情与理解。

而那些曾让我恐惧的沉默呢？它们其实是他人倾听的信号，是人类彼此联结的声音。在我身畔，听众放下外界的纷扰，共同沉浸在那讲述故事的时光里，与我紧密相连。

并非只有作家才能讲好故事。

讲述你自己的故事已然足够。

# 引　言

*陈杰赖·库马尼卡*

　　2015 年 6 月，我得到了一个改变生活的机会，向飞蛾故事会的艺术总监凯瑟琳·伯恩斯讲述一个故事。作为飞蛾故事会的长期爱好者和听众，我既兴奋又害怕。我时常倾听飞蛾的故事，借此从日常生活中抽离出来，为他人那充满娱乐性、深沉感人且令人惊叹的生活所打动。如今，飞蛾故事会竟然在召唤我！但我又有什么故事可说呢？

　　兴奋与恐惧交织，肾上腺素在我的血液中激荡。这是磨炼我自己叙事技艺的机会，或许我的故事甚至能被全球范围的飞蛾故事迷听到。

　　叙事深植于我的职业生活核心。作为批判性媒体研究①的教授，我的许多教学工作涉及寻找能将抽象概念和历史转化为贴近人心、引人入胜的叙事的故事。作为一个致力于使机构更加公平的活动家，我认为出色的叙事不仅能拆解虚假叙事，还能穿透棘手的政治分歧，揭示权力当前的运行方式、我们是如何走到现在这个阶段的，以及需要采取何种行动。作为一名新闻记者，我认为精彩的故事是具有力量的报道、文章和纪实音频作品的灵魂。

――――――――――――

　　①　批判性媒体研究（critical media studies）：探讨如何对媒体的权力进行分析并进行批判性思考，以及它如何塑造种族、性别、性取向、社会经济地位、公民身份以及其他社会差异的影响力。——译者注

出于所有这些原因，我欣然接受了邀请。但就在我挂断电话的瞬间，我感到胸中一阵不安。我的故事曾经让朋友和家人开怀大笑，但它们实际上只是短小的逸事，只适合讲给那些包容友善的人听。更令人担心的是，嘻哈艺术家的经历告诉我，在几个朋友面前讲一个有趣的故事与在数百或数千名陌生人面前讲故事存在着巨大的差异。在舞台上，除了故事的力量之外，一切都无从依赖，讲述过程从而容易变得乏味。在我遭遇这种情况的少数几次经历中，我感觉无论怎样都无法消除空气中那种厄运发出的恶臭。

在我胸口翻腾的焦虑感，在一小时后变成了恐慌。每当我试图回想一个故事时，我脑海中就会迅速涌现许多批判的声音，迅速用一连串的批评否定它：没人关心这个。别自以为是了。你从未救过一条生命，有什么资格站在大家面前谈论你那荒诞的故事？是《飞蛾广播时光》的资深制作人杰伊·艾利森将我介绍给了飞蛾故事会团队，所以我又联系上他，向他述说我的困境。杰伊告诉我："嗯，陈杰赖，飞蛾舞台上所说的故事可能深具启发性，但它们与其他一些地方邀请你去讲述的纯英雄主义的或正面的故事有很大不同。虽然我不清楚你的故事将如何展开，但请记住，以失败作为故事的起点，依旧能够吸引每个人，并引起他们的共鸣。那些关于失败与成长的故事，同样能够展现出强大的力量。"

失败，这是我擅长的领域。我肯定能回忆并讲述一个关于失败的故事。

直到现在，我一直以学者、活动家、新闻记者和嘻哈艺术家的身份出现在人们面前，并受到礼遇。我生活中那些令人困惑、尴尬和难堪的时刻，以及从中吸取的教训，通常被我放在心底。在家庭聚餐、约会或课堂上时，我时常会将它们拿出来说上一二，只是还不太成熟。好在我的朋友、家人和学生很欣赏这些故事中的亮点，对于其他部分则给予宽容。

胸中激荡的情绪逐渐平静下来，我开始思考故事并做一些笔记。经过思考，我认为最好的选择是讲述我作为一名嘻哈艺术家职业生涯中的一些有趣而痛苦的时刻。

2005年，我所在的音乐团体"幽灵"在百万观众的欢呼声中歌唱，完成了最后一场巡演，并收获了三个国家的金曲奖和英国的金专辑荣誉。随后我的音乐事业步伐放缓，我不得不学习新技能，寻找新的生存之道，并塑造全新的身份。然而，我从未真正深入反思过我生活环境中的这场变动。

当我准备好后，我拿起电话拨给了凯瑟琳。她在电话那头聚精会神地听我说了几个故事情节，并不时地给我鼓励。我紧张地吸了一口气，然后讲述了在"幽灵"开始崭露头角时，自己在音乐视频拍摄现场与劳伦斯·菲什伯恩的第一次相遇。然而，我花了很长时间才说到主题，途中多次偏离了故事主线。另一个故事是关于自己在一次临时工作中如何搞砸一个电子表格的事情，原本是想表达我在事业达到巅峰后生活的起伏，但我讲得太琐碎，包含了许多不相关的小细节。我还告诉凯瑟琳我第二次与劳伦斯·菲什伯恩相遇的经历，那时的我是一名电影节的保安。但这次我躲了起来，为自己的生活境遇（还有我那件在杰西潘尼廉价商场购买的西装）感到羞愧。这是一个曲折、杂乱无章的故事，以一个悲伤、令人泄气的结局收场。

仔细倾听后，凯瑟琳从中找出了一个故事的"萌芽"，其中包含了幽默、悲剧和戏剧的元素，很可能会引起许多人的共鸣。我使用"萌芽"这个词，因为显然我的故事还没有发展成熟。当我第一次分享我的故事时，我认为"曾经出名，然后湮没无闻"是故事的重点，而两次与菲什伯恩相遇是笑点，处于羞愧之中是故事的结局。经过凯瑟琳的点拨，我发现这些最初的直觉没有一个是正确的。

故事没有结局是致命缺陷。凯瑟琳笑着指出这一点，她说："哈，你第二次见到菲什伯恩时感到尴尬至极。但这似乎不是结局。我的意思是，你现在看起来过得好多了。在此之后又发生了什么？"她的问题引发了我内心深处一种强烈的情感反应。我不知道在此之后又发生了什么。故事没有结局，是因为尽管我的生活已经向前迈进，但那个穿着杰西潘尼西装的陈杰赖仍然站在那里，感到沮丧和渺小。

现场表演的前几天，讲述者们聚在一起，分享他们的故事，以便最后做些记录和微调。这是飞蛾故事讲述活动过程中既令人害怕又极富美感的部分。

我永远不会忘记我的第一次排练。排练前一天，我正在南卡罗来纳州参加抗议活动。排练却被安排在飞蛾故事会的办公室面对面进行。这意味着我必须从克莱姆森开车到纽约。有利之处在于，十二小时的驾驶时间足够我排练故事。但这也为怀疑的情绪悄悄潜入提供了条件。我真的要开车去另一个州，在没有音乐伴奏的情况下站在一千人的面前讲故事吗？就因为纽约有一个人告诉我这个故事很有趣？也许我需要讲一个更有寓意的故事。毕竟，我来这里不仅仅是为了娱乐大家。我内心充满了怀疑和困惑，只能又给凯瑟琳打去了电话，告诉她我想换个故事。凯瑟琳认真听完了我的述说，并完全支持这个想法。但她提出的问题帮助我意识到，如果我要讲一个富有寓意的故事，我应该像对待原定的故事一样为之投入同样的时间和努力。我想她也猜到了，我对新故事突然而来的热情缘于我对原定的故事犹豫不决。

当我抵达纽约时，我又回到了对第一个故事的讲述。但当其他讲述者在排练中自信地编织自己的故事时，怀疑的情绪又悄悄潜回。然而，这种焦虑并没有持续太久。在飞蛾故事会中，听众以一种独特的方式与故事讲述者产生共鸣。他们在故事的幽默之处发出会心的笑声，对那些震撼人心的情节发出惊叹的"哇"声，以及在故事触动心灵时，用点头来表达他们的认可和感动，甚至情至深处时，眼中泛起泪光。当我首次抛出笑点时，屋内的笑声如同温暖的春风拂过，我感到一股释然的暖流涌遍全身。那份宽慰，如同久别重逢的老友，让我明白我们彼此间的默契与支持。我坚信，正是那份令人窒息的压力，成为我踏上舞台的催化剂。它迫使我直面内心的恐惧，而当我勇敢地迈出那一步，我知道，我已在朋友的鼓励下，跨越了心灵的障碍。

随着演出日期的临近，我想起了故事中的一个转折点。那是一个灰暗的日子，我正穿着那件熟悉的杰西潘尼西装，为一份临时工作奔波，心情沉重。就在那时，一首我在"幽灵"乐队创作的歌曲在办公室里回荡，我目睹着同事们沉浸在旋律之中。那一刻，我恍然大悟：音乐的魅力并非源自名声或与明星的交集，而是源自梦想的火花和塑造艺术的纯粹喜悦。那些办公室里的人，他们对我作品的欣赏，提醒了我创作过程中所蕴含的力量与快乐。

在我故事的终章，我谈到了与学生分享的一个感悟：可以追随你的激情，但也要做好迎接失败的准备。夜幕降临，我沉浸在对故事核心的沉思中，直到睡意袭来。然而，当我在清晨醒来，一句话如同晨曦般清晰地映入我的脑海："在发现真正的自我之前，有时你必须先探索出那些不属于你的道路。"

当我在排练时尝试说出这句关键台词，整个房间似乎被一种共鸣和肯定的气氛包围。凯瑟琳的眼中闪烁着前所未有的坚定光芒，点头肯定道："就是这个！这就是我们要的故事结局。"

飞蛾故事会以满腔的热情和关怀，引领我走向一个更加深刻而真实的故事结局。在他们的支持下，我学会了如何辨识那些真正触动人心的瞬间。

飞蛾故事会让我领悟到，这个故事并非仅仅围绕着劳伦斯·菲什伯恩或名声。它讲述的是在人生旅途中迷失方向,勇敢尝试新事物,最终发现我们真正天赋的故事。这是一个关于如何不为我们经历中的起起落落所束缚,不为那些成功与失败的极端体验所定义,而要释放我们内心的魔力、奇迹和力量,活出真实自我的故事。

讲述故事的过程为我梳理了那段生活中的破碎部分,让我意识到它是我成为如今的自己的必经阶段,也帮助我更好地理解了那段日子。我相信许多飞蛾的故事都是如此。人们喜爱飞蛾的原因在于其每个故事中都包含了对他人的治愈之言。自从分享了自己的故事以来,我遇到了许多理解并喜欢我的故事的人,我与他们握手、拥抱并倾听他们的故事。甚至那些只了解到故事片段的朋友和家人也告诉我,他们在倾听后更加深刻地理解了我。

飞蛾故事会激励我认真对待自己作为一个故事讲述者的身份,促使我回顾自己的生活经历,思考它们如何与他人产生共鸣。成长于我们这种文化中的人大多认为:只有那些有非凡生活经历的人才能成为故事讲述者,只有他们的故事才值得倾听和投入。然而,我第一次受邀参加飞蛾的经历恰恰与此相反。这件事使我明白了一个道理,我想每个人都应该明白它,这也正是本书想要传达给大家的:每个人都拥有重要且独一无二的故事,那是别人无法述说的篇章。但你需要付出努力去发掘、完善它们,克服恐惧去分享它们。

这里我要强调一点,我在认真履行自己故事讲述者的身份时,飞蛾的工作人员并不会赞同我所说的一切,或者支持我粗糙的创意和漫无目的的逸事。在某种程度上,他们对我们所有故事讲述者的承诺恰恰相反。我被邀请自由地讲述故事,而他们也获得了我的许可,去仔细倾听并真诚地回应:对有趣之处报以笑声,对看似有问题的部分皱眉,对不清晰之处提出疑问,对那些有趣但并非关键的部分则平静地点头。在我与飞蛾引导员的首次合作结束时,我领悟到:正如我们每个人一样，我迫切需要厘清那些人生中充满不确定性的时刻，它们在我体内犹如狂暴的河流，等待着被驯服和引导。

　　这本书是一份邀请，邀请你认真对待自己作为故事讲述者的身份——无论你身在舞台还是正与朋友宴饮聚会，都请发掘你的故事，聚焦那些人生中最为重要的篇章，投身于现场表演的火热之中，用你的真实经历去打破那些虚假的叙事吧。欢迎你的到来！但请做好准备：讲述故事的旅程将引领你探索未知的领域，与新朋友相遇，并逐渐揭示你内在身份的深层奥秘。

# 第一部分

# 每个人都有故事

# 第一章　欢迎来到飞蛾故事会

人是由无数故事编织而成的。每一次喜悦与心碎，每一次失望与令人眩晕的高光时刻——它们共同塑造了今天这个复杂而独一无二的你。

尽管我们的经历转瞬即逝，但故事却能永存。正如我们从古老的卷轴、洞穴壁画，以及一代代口口相传的故事中所知，人类自古以来就在不断讲述故事。历史上第一次一个人对另一个人的低语，便是飞蛾故事会最古老的起源。

试想，人类历史上的第一个故事可能是什么？也许仅仅是一连串的尖嚷，辅以肢体动作，在生死攸关的时刻勉强传递着信息。随着时间的推移，语言应运而生，它是人类为了生存而进化出的工具。最初的交流可能是这样的："那边有水源。注意，有熊出没。我找到了浆果。哦，火真的很烫。"这些简单的语句逐渐演变成更复杂的故事："我去采浆果，却意外遇到了熊，于是我赶紧回到篝火旁，那里让我感到安全。"或许，所有的故事最初都是生存指南，它们帮助我们规避危险，这也正是我们对故事如此痴迷和珍视的根源。

在满足表达基本的生存信息（如"这里有水，这里有浆果，那里有熊！"）之后，我们渴望更多地理解周围的世界。随着时间的推移，讲故事已经演变出多种目的，有些实用或琐碎，有些正义或邪恶，还有些浪漫、使人愉悦、令人警醒或煽动人心。分享故事是人类最美好的特质之一，因为我们拥有通过言语在彼此的想象中变换形态的神奇能力。凭借我们拥有的想象力，故事能够将他人的经历栩栩如生地呈现在我们面前，让我们能够看到，甚至能够经常感受到，那些并未发生在我们身上的事件。

当你选择分享一个故事时，实际上是在分享一部分的自己。故事会揭示你的内心，解读你的历史，解码你的身份，并将这一切传递给那些愿意倾听的人。故事是家庭、友谊和爱的基础，它们既平凡又珍贵。故事是社区的共同语言，它们拆除心墙，融合文化，让人们意识到彼此的相似之处远大于差异，同时珍视和欣赏每个人的独特之处。

故事早已超越了生存的层面，它能丰富我们的生活，加深我们的联系，如果讲述得当，甚至能让我们再次被邀请参加晚宴。一个精心编织的故事能够为听众带来深刻的理解和洞察力。它能够让几分钟前听众还无法想象的经历变得栩栩如生，或者消弭听众与你的距离，以至于他们仿佛能感受到你的心跳。你的故事可能会让他们开怀大笑，或者感动得泪流满面，甚至激发他们采取行动。总之，你的故事或许会让他们感受到被理解和关注的滋味。

在不断讲述自己的故事的过程中，故事会逐渐揭开你内心深处的真相，有时甚至为你指明前行的道路。在编织这些故事时，你将生活中的点点滴滴置于心灵的聚光灯下，审视它们并确认——"是的，这确实重要"，或者重新评估——"不，那并非我曾经认为的那样"，并常常伴随着深刻的领悟——"哦，我从未察觉到这件事对我产生了如此深远的影响"。

讲述故事是我们存在的证明。请记住，你无法逃避这个使命——讲述故事。实际上，自从会说话的那一刻起，每一天你都在讲故事。

本书将助你讲述更精彩的故事。

# 为什么选择飞蛾故事会？

一位睿智的床垫销售员曾风趣地说："你一生中有三分之一的时间是在床上度过的。那就选一张最好的床吧！"虽然没人能确切说出生命中有多少时间是用来讲故事的，但大多数人会同意，讲故事是自我表达中十分重要的一部分，因此，有必要投入时间和精力去提升讲故事的技巧。飞蛾故事会就是想帮助我们做到这一点。

在我们的生活中，总有那么几个令人捧腹的逸事，它们是我们在约会或初次邂逅时的常备话题。无论是在热闹的派对，还是在工作场合的轻松时刻，甚至是在厨房的温馨餐桌上，这些故事都是我们用来活跃气氛的法宝（"在社交场合遇到尴尬，不妨以此来打破僵局！"）。接下来的篇章，将指导你如何将这些逸事升华为触动人心的故事，并教会你如何自信而优雅地将它们娓娓道来。

本书并非亚里士多德的《诗学》，也不是约瑟夫·坎贝尔的《英雄之旅》，更不是谢赫拉莎德讲的《一千零一夜》。在历史的长河中，关于叙事艺术的书籍浩如烟海（不妨尽情探索！）。在本书中，飞蛾故事会引导员们将引导你细细雕琢和讲述自己独特的个人故事。他们凭借丰富的实践经验，如同故事的引路人和助产者，将飞蛾从纽约的一个小众系列，培育成全球知名的艺术平台，致力于通过真挚的个人故事，构建心意相通的社区。

1997年，当飞蛾故事会的创始人乔治·道斯·格林在他的纽约公寓客厅里举办首次官方活动时，他确立了一系列独特的原则：故事将由参与者轮流讲述，每个人在讲述时都不会被打断；不会有人插入自己的故事，比如说他们的叔叔也经历过类似的事情；不会有人试图通过提及自己有更多的亲戚做过同样的事情来抢风头；在讲述者发言期间，不会有人要求传递食物。这样，讲述者将拥有完全的话语权，而听众则将全神贯注地聆听。

**创始人乔治·道斯·格林回忆飞蛾故事会的灵感之源：** 在1997年，当我与几位挚友共同创立飞蛾时，我们难以想象，人们在夜晚齐聚一堂聆听别人的故事，这样的场景竟能成为现实。在当时，个人故事被认为只属于私人领域，不应在公众面前分享。然而，我却始终为个人叙事所蕴含的神秘魅力所吸引。

在佐治亚州萨凡纳附近的海滨小屋外，一群兄弟姐妹和表亲聚集在门廊上。我的姑姑爱丽丝向我们讲述着曾祖母比格·伊内兹的往事，她是佐治亚州韦恩斯伯勒家族的尊贵女家长。我清晰地记得，随着姑姑爱丽丝的叙述，那些故事仿佛在她的话语中重现，同时也在我们所有人的心中上演，将我们紧密地联系在一起。

有一天夜晚，我内向的父亲在品尝了一杯半的黑麦威士忌后，向邻里的孩子们讲述了他童年时在俄亥俄河上的一次激流勇进之旅。尽管这个故事本身已经充满魅力，但更让我感动的是那些孩子在聆听中的沉默——他们对这位几乎完全陌生的男人表现出一种深沉的共鸣，仿佛父亲的故事将他们带到了那条河之上。

90年代初的某一天，我置身于纽约的新波多黎各诗人咖啡馆，那里正举行一场诗歌朗诵会。一位诗人以一种当时风靡的、近乎死寂般的吟唱调子，朗诵着一首充满超现实色彩的长诗。

紧接着，发生了一个小小的插曲。

诗人在朗诵完她的诗作后，停顿了片刻，然后说道："接下来，我要分享的这首诗，讲述的是我与祖父钓鱼的回忆。他会在清晨四点轻声唤醒我，我们便一同乘坐他的旅行车出发，那辆车的车身还保留着传统的木质结构。我们会驶向州北部的那条清澈小溪，在那里，我们整天都在垂钓，等待那些棕鳟鱼上钩……"

我环顾四周，发现每个人都沉浸在她的故事中。在那一瞬间，艺术家与观众之间的界限变得模糊，仿佛她的记忆与我们的记忆交融在一起。然而，当她再次清了清嗓子，继续她的吟唱，艺术家与观众之间的神秘纱帐又悄然落下，将我们与她的世界隔开。

我心中萌生了一个念头：何不在一个夜晚，只分享那些激发诗人创作灵感的故事，而无须分享诗歌本身。我对诗歌充满热爱，但若能摒弃那层隔阂，让故事直接与心灵对话，岂不是更令人心醉神迷！

故事之夜的概念在我脑海中生根发芽，开始茁壮成长。

这个想法就像我头脑中的一本书，我偶尔会拿出它来翻阅、补充。在去往东村咖啡馆的路上或乘坐地铁时，我会在脑海中构思并继续完善这样的故事之夜。每个夜晚都可以围绕一个核心主题展开，如"鱼尾巴"（关于捕鱼或烹饪鱼的故事）、"古巴自由！"、"民权"、"生存之道"等。我设想：每个故事之夜都由一位特邀策展人策划，他们可能是艺术家、作家、舞者，甚至是渔夫；我们将协助他们挑选故事讲述者，并为这些故事赋予结构和方向。几乎每个故事之夜，我们都只邀请一小群听众，因为这对创造亲密的氛围至关重要。我们会寻找与主题相呼应的引人入胜的音乐。我们会挑选独特的场地，比如："鱼尾巴"活动可以在一艘驳船上举行，"古巴自由！"活动可以选择在一家古巴风格的酒吧举办，而"生存之道"活动则可以在墓地进行。想到这些后，我开始向朋友们征求意见。然而，许多朋友对此感到困惑，甚至有些抵触。他们说："我们可以举办音乐之夜，但最好只安排一个故事，以免听众感到厌烦。"或者："为什么不找一些'传统'故事讲述者，将其定位为儿童活动呢？"

尽管如此，我还是得到了一些坚定而充满爱意的支持，以及温柔的激励。最终，在西四街的公寓中，加比·塔纳用她的话语让我下定决心，勇敢地迈出了那一步。

"好吧，"我说，"就一次，就举办一次飞蛾故事会，看看效果如何。"

**佩吉·韦尔，创始董事会成员**：对于首场活动的到来，我们心中充满了忐忑，不确定故事能被接受的程度，也不确定这种讲故事的形式能否成功。活动恰如其名，"寻找归属"。那个夜晚，我们肩上承载着巨大的期望。我们试图回归讲故事的本质，将其还原至最原始的状态。听众会喜欢吗？我们邀请大家放松身心，静心聆听。活动伊始，乔治满怀热情地分享了他在佐治亚州旺达家门廊上的夜晚，在那里，人们围坐在一起，讲述着故事，而飞蛾在头顶的灯光周围翩翩起舞。他渴望在纽约重现那份温馨与亲密。那一刻，空气中弥漫着激动人心的气息。

**梅尔文·埃斯特雷拉，创始董事会成员**：飞蛾的首场活动既充满魅力又混乱。故事讲得太久，以至于我们的酒都告罄了！显然，我们意识到在未来的活动中，必须对每位故事讲述者的时间加以限制。但不管怎样，我们确信自己正在见证一场非凡事件的诞生，尽管它尚不完美。那个夜晚的听众在随后的多年里持续回归。他们为故事讲述者欢呼，这种支持至今未曾改变。飞蛾的听众期待你讲述精彩的故事，他们会全力支持你，助你一臂之力。他们始终是你的坚实后盾。我从未见过这样的听众，从来没有。

**佩吉·韦尔**：在接下来的几年里，这种叙事形式逐渐成熟。在1998年的一个夜晚，我有幸在兰斯基酒廊组织了一场教师故事分享会。我邀请了我的高中老师路易吉·詹努齐，以及刚因感人的回忆录《安琪拉的灰烬》获得普利策奖的弗兰克·迈考特。我在电话簿上找到了迈考特的联系方式，而他欣然接受了邀请，这让我激动不已。当晚的主持人是我们的朋友，也是飞蛾早期的合作伙伴罗兰·莱加迪·劳拉（来自新波多黎各诗人咖啡馆）。这些依靠天赋和本能的故事讲述者，曾在课堂上激发学生的灵感，如今在乔伊·桑德斯这位创始艺术总监的创意指导下，向一群陌生人娓娓道来他们的故事，这样的场景令人心潮澎湃。从乔治的客厅起步的飞蛾故事会，正一步步走向更广阔的世界，随着每一场活动的举办、每一个故事的讲述，听众群体不断壮大。

首场活动虽然起初并不顺畅，但当它落幕时，在场的每一位听众都仿佛经历了一场心灵的旅行，被引领至未知的领域。故事本身就是一种艺术，因为当它们被赋予舞台与时间，便能引发深刻的变化。那一夜的火花点燃了无数个夜晚，催生了一场持久的文化运动。尽管最初的岁月充满了挑战（几乎耗尽了乔治的积蓄），但那一晚的激情与精神至今仍在飞蛾的舞台上回响。

## 为何选择讲述真实的故事？

当我们聆听他人讲述自己的记忆和亲身经历时，一条强烈的情感纽带便悄然形成。飞蛾中的故事，有些来自亲历历史书中所记载事件之人的第一手叙述。萨拉·乌丁带我们回到 1965 年，深入民权运动的心脏地带，分享了他作为自由乘客①的生活片段。玛丽-克莱尔·金博士向我们述说了她是如何获得资助，并最终发现乳腺癌易感基因的故事。柯迪·阿扎里博士引领我们领略了人类首次手部移植手术的惊心动魄。弗洛拉·霍格曼则向我们讲述了她在大屠杀期间作为被隐匿的儿童的艰难岁月。而通过航天员里克·豪克的亲身经历，我们仿佛身临其境，与他一同经历了"挑战者"号失事后的首次航天飞行任务，感受他胜利归来的激动时刻。

你无须成为新闻焦点，也能讲述一段扣人心弦的个人经历。伊娃·圣地亚哥讲述了她在爱人克里斯托弗服刑期间与他坠入爱河的浪漫故事。金·里德分享了她完成性别转变后，作为高中橄榄球队的明星四分卫，回到蒙大拿州家乡受到的热烈欢迎。詹妮·艾伦描述了在癌症治疗期间，因一顶假发而发生的令人啼笑皆非的尴尬事件。马文·盖尔芬德回忆起他第一次拿到图书馆借书证时，那份自由与独立的感觉。加布里埃尔·谢伊则讲述了在为未来亲家准备感恩节大餐时，一道通心粉的小小失误所带来的紧张时刻。我们还跟随着亚当·韦德回到他的青少年时代，一同体验了在一个周五的夜晚，他与阿姨和祖母共度的驾车之旅。

有些故事将历史的长河浓缩成细腻的片段，将宏大叙事细化为一个个私密的瞬间。而有些故事则将日常中的平凡时刻——如获得驾照、初尝爱情、首次投票——注入它们发生那一刻的激情与感动。无论在哪种故事中，讲述者的真情实感都是关键。当我们能够真切地感受到并确信故事的真实性时，我们才能认真、投入地聆听。

因此，飞蛾故事的指导原则便是真实。

---

① 自由乘客（Freedom Rider）：1960 年代对美国南方挑战种族隔离政策人士的称呼。——译者注

**尼尔·盖曼，飞蛾故事讲述者兼董事会成员：**在这些以第一人称叙述的故事中，真实性究竟有多重要呢？在讲故事时撒谎就像是在玩单人跳棋游戏时作弊，它会剥夺游戏的所有乐趣。

## 我们听到了什么？

随着飞蛾从那个舒适温馨的客厅扩展到世界各地的舞台，我们这些幕后的创意团队聆听了无数在舞台上被讲述的故事。这些故事成千上万，且仍在不断累积。在这个过程中，那些为故事创造空间、激励讲述者并要求在后排分心玩手机的听众保持安静的人，逐渐洞察到哪些故事最能打动人心。他们明白了哪些故事能够唤起情感，点燃热情，引发笑声，令人感到惊心动魄，或者引人思考。他们在这些故事中发现了一些秘密，知道什么样的故事能够唤起人们既熟悉又新奇的情感。

在飞蛾最成功的一些夜晚，讲述者与听众仿佛能心意相通。随着故事的流转，整个空间内的思绪似乎交织在一起，心跳在无形的旋律中共鸣。

想象一下，当我们发现这种共鸣感得到了科学验证时，我们是多么兴奋！神经科学家乌里·哈森的研究表明，当一个人全神贯注地聆听并理解一个故事时，他们的大脑活动与讲述者的大脑活动开始产生耦合，即所谓的"讲述者—听众神经耦合"。核磁共振扫描的结果显示，讲述者与听众的大脑活动趋于同步。当讲述者大脑的某区域变得活跃，或者说被"点亮"，很快听众大脑的相同区域也会随之被点亮。然而，这种神奇的同步现象只有在听众真正投入并理解故事内容时才会出现。简而言之，要激发他人的思维火花，你的故事必须引人入胜。本书将助你激发他人的思维火花。

**法托·武里，飞蛾故事讲述者：**因内战之故，我们被迫离开了塞拉利昂，流离失所超过十一年。我的母亲与她的家人血脉相连，却失去了她的庇护所——她的母亲、阿姨、父亲、兄弟以及众多家族成员——这些亲人曾是她年轻时为人妻为人母道路上的支持者与指引者。她常常整天唱着歌，或用她的母语曼德语自言自语。她会将我们姐妹紧紧拥入怀中，向我们讲述她的童年往事。虽然我们并不总是能完全理解故事的所有细节，但目睹母亲讲述时眼中闪烁的光芒，我们也被深深感染。她的喜悦感染了我们，她的悲伤也触动了我们，如此往复。正是这些故事的讲述，支撑着她在连番的痛失亲人中继续前行，让她的心脏在悲伤中跳动——此刻我领悟到了故事讲述的力量。

想象一下，一间房内座无虚席，听众的思绪在故事的引领下悄然同步。当无数陌生人共同沉浸在一个人的故事中，一种无形的力量便在空气中凝聚。在那些昏暗的剧院和无线电波中，信仰不同、背景迥异的人们一同倾听一个故事，它会挑战我们根深蒂固的信念，也让我们在倾听后对先前所坚信的真理重新审视，它们或许被颠覆、被摧毁，抑或被加固。

在飞蛾的世界里，你可以聆听来自熟悉的面孔、似曾相识的身影，甚至那些你生命中未曾谋面的陌生人的故事。我们或许以陌生人的身份相遇，但在故事的尾声，我们的心灵却紧密相连——这正是我们追求的至高境界。分享个人故事培育了我们的共情之心，众多故事的交织让我们汇聚成一个共同体。

这一切，都始于一个故事。

# 第二章　没有笔记与网络

故事讲述是神圣的，因为它维系着逝者的记忆，激励着生者继续前行。它让我们将最真挚的自我呈现于世。故事的力量能够跨越种族、国界、性别、语言和权力的隔阂，它是人类心灵的语言，映照出我们作为个体和群体的丰富人性。

——法托·武里，飞蛾故事讲述者

在历史的长河和多元的文化中，叙事艺术呈现出千姿百态。本书将探讨我们所称的"飞蛾风格"叙事：即在没有笔记的情况下，公开讲述一个真实的个人故事。

要让潜在的故事讲述者相信"他们应该站上舞台分享自己的故事"，这并非易事。面对这样的提议，他们可能会疑惑地发问："我为什么要这样做?"

我们向他们解释，每个人的体验都是独一无二的。一些人可能会把讲故事当成一场充满激情的冒险，一个终于能够独占舞台的机遇；而对那些犹豫不决的人来说，我们使他们相信这将是一次深入自我心灵的探索，能够驱散心中的阴霾。它将帮助你像拼图大师般，将自我的碎片重新拼凑，恢复完整的自我。对那些正经历相同困境的人来说，你的故事可能为他们提供指引。它可以成为你调整生活旋律或澄清误解的时机。它可能为你带来新朋友，或帮助你识别真正的对手。与其在人生的旅途中急匆匆地前行，不如放慢脚步，坐下来，给自己一个反思的机会。

信不信由你，未曾相识的人们会排队等候聆听你真实的故事。在飞蛾的漫长岁月里，我们见证了数百万来自世界各地的听众齐聚一堂，共同倾听那些反映我们所生活的世界的真实个人故事。

你的故事如同一张奇妙的通行证，让听众能够从你的视角体验这个世界，与你并肩同行十分钟，倾听你的述说。

早期，我们精心设定并不断打磨了飞蛾风格的叙事准则。尽管规则似乎带来了束缚，但是我们却坚信，正是这些规则为创意之火添柴加薪：

飞蛾故事须是对真实经历的第一人称口述。

飞蛾故事不能以读稿或背诵的方式讲述。

飞蛾故事都需承载着某种冲突或挑战，伴随着角色的某种蜕变。

飞蛾故事需要在限定的时间内完成。

我们将深入剖析每条规则的深层意义与实施之道，但根据我们的经验，这些规则无疑是构筑故事魅力的坚实基石。

## 你的专属飞蛾引导员

如果你曾在《飞蛾广播时光》《飞蛾播客》或飞蛾的现场演出中，被某个故事深深打动，那么你应该知晓，这些引人入胜的叙述并非讲述者独自完成的壮举。你所聆听到的，是众人智慧与创意的结晶。无论是在开放麦①的故事擂台赛②上脱颖而出，还是在飞蛾故

---

① 开放麦（open mic）：一种表演艺术活动，通常在音乐、诗歌、喜剧、讲故事等艺术形式中出现。在这种活动中，组织者提供一个公共的舞台和麦克风，任何对表演感兴趣的人都可以上台展示自己的才华。——译者注

② 故事擂台赛（StorySLAM）：由飞蛾主办的一种开放麦讲故事比赛，在全球 28 个城市举行。这些比赛对任何愿意在当晚主题下分享 5 分钟故事的人开放。当活动开始时，有参赛意向的讲述者会将自己的名字放入飞蛾的帽子中。半小时后，名字被抽取，讲述者依次上台讲述他们的故事。10 位被选中的讲述者的故事将由从观众中选出的评委团队评分。每次故事擂台赛都会产生一个获胜者。在 10 次故事擂台赛之后，所有获胜者将在"终极擂台赛"中一决高下。——译者注

事速递①中被慧眼识珠，抑或是因等待汽车保养时偶然分享的奇妙经历而得到青睐——对每一位飞蛾故事讲述者来说，他的故事都会与一位飞蛾引导员相遇。这位引导员会如同雕琢璞玉一般，帮助讲述者深入探寻故事的核心，精心打磨，直到它在舞台上熠熠生辉，绽放出独特的光彩。（不妨将本书视为你的专属飞蛾引导员！）

故事的探索之旅始于一场心灵的对话，在记忆的深处挖掘那些闪光的瞬间。或许你已在记忆的宝库中找到了某个故事的雏形，又或许你正为寻找灵感而苦恼。在这时，我们会引导你思考：

● 你生命中有哪些瞬间，无论平凡还是非凡，至今都让你难以忘怀？

● 哪些故事你渴望着与新结识的朋友分享？哪些故事你的挚友或伴侣总是让你不断重述？

● 你生命中的哪些故事最具代表性？

我们会聆听你的回答，然后做进一步的深入探询。许多深入探询的问题，你将在本书中找到。我们追溯故事发生时你生活中的每一个细节，探究为何这些时刻对你意义非凡。我们会追溯你的过往，挖掘那些塑造了这一时刻的点点滴滴。是什么让这些时刻与众不同？为何它们在你心中留下深刻印象？我们会关注那些迟疑和磕绊——它们往往是隐藏在表面之下的更丰富的故事的线索。（有时候，那些沉默的瞬间，正是发现珍贵故事的宝贵时刻。）

有时，你的回答可能会包含"这是第一次""这是最后一次""这

---

① 飞蛾故事速递（Moth Pitchline）：飞蛾征集和筛选故事的一种方式，它允许人们通过网络或电话热线向飞蛾的工作人员简短地"推销"他们的故事。这是一种快速的、即兴的故事分享方式，参与者有机会在几分钟内讲述他们的故事，如果参与者的故事足够吸引人，他们可能会被邀请参加飞蛾的正式故事讲述活动。——译者注

是最艰难的时刻"或"这是最美妙的时刻"——我们就以这些关键时刻为起点。那么，你所说的这一次与以往的经历有何不同之处？

当我们深入挖掘一个故事时，我们会邀请讲述者探索一些更深刻、更具挑战性的问题。

● 这个故事对你个人而言，究竟意味着什么？

● 你为何觉得有必要分享这个故事？

● 在故事的起点，你是怎样的一个人？故事落幕时，你又蜕变成了怎样的自己？

这些问题往往需要耐心探询。我们相信，挖掘故事的过程能引导你一步步揭开隐藏的答案。通过深入的探索和提问，我们陪伴你一起揭示故事的灵魂与情感内核，展现你在故事中的蜕变与成长，绘制出一幅完整的故事画卷。

在确立了故事的核心之后，我们便要着手寻找讲述它的最佳路径。我们会挖掘那些能够使故事栩栩如生的场景与细节。我们会引导你思考："如果这个故事是一部电影，哪些片段会让观众全神贯注？"请追溯每一个瞬间，用生动的色彩来描绘它们。我们鼓励你将故事放大，深入挖掘每一个细节，最终挑选出那些最引人入胜、最熠熠生辉的片段。

随后，我们专注于故事的结构设计。在这段宏大的叙事中，是否存在一个更加细腻的故事片段，能够为整个叙述增添魅力，引发共鸣？以艾米·比安科利关于她丈夫离世的故事为例，我们引导她深入探讨婚戒的象征意义，以此串联起他们共同生活的回忆，直至她决定摘下戒指的那一刻。

在初次通话或会面之后，我们会勾勒出故事的框架，用简洁的要点标注可能的结构，并在关键节点提出问题。故事的骨架被不断确认、构建和调整，因为随着新发现的涌现，故事大纲也会相应变化。这就像挑选鞋子，你需要亲自试穿！有时，鞋子在橱窗模特脚上看起来完美无瑕，但你穿上后却发现鞋跟太高，或是走路时发出的声响令人心烦。正如鞋子需要合脚，故事也需要与讲述者相契合。在"试穿"故事的过程中，你将获得深刻的洞见和力量。

一旦故事的框架被搭建起来，我们便邀请你将其娓娓道来。

作为引导员，我们将成为你的第一批听众。我们以真挚之心聆听，如同初次听闻，细致审视每一个细节，确保故事流畅无阻，剔除一切冗余。我们会留意故事是否在某些段落显得拖沓，邻居家公鸡的这段插曲是否真的不可或缺。我们会捕捉那些引人发笑、令人心惊胆战、让人泪眼模糊，或是令人不寒而栗、惊呼连连的瞬间。

我们鼓励你在叙述中融入情感的点缀。正如心理治疗师那样，我们会深入探询：那些经历让你有何感触？这些感触正是你需要分享给听众的。

我们引导讲述者将故事的焦点集中，让叙事的主线尽可能清晰。这样做有助于甄别，哪些细节在故事中不可或缺，哪些可以暂时搁置，又有哪些值得在未来的叙述中绽放光彩。

时间管理对飞蛾故事讲述者来说是至关重要的一环。无论在何种场合，讲述者都必须对时间保持敏感。在飞蛾主场演出中，我们期望故事的时长控制在十到十二分钟之间。而在开放麦的故事擂台赛活动中，讲述者则只有五分钟的时间。我们对时间的把控如此严格，以至于会有一名乐手担任计时员，与讲述者共同出现在舞台上。一旦讲述者超时，乐手会用一段简短的旋律作为提醒，示意讲述者是时候收尾了。如果讲述者继续讲述超过一分钟，乐手会再次演奏，且音量更大。这种计时方式是有意为之的，目的是让每位讲述者都感受到时间的紧迫。在限定的时间内完成一个故事的讲述，要求讲述者进行周密的思考和巧妙的编排。马克·吐温曾经打趣道："我没有时间写一封短信，所以写了一封长信。"① 同样，讲述一个十分钟的故事而不面面俱到也需要技巧。虽然我们无法为你提供乐手，但我们会提供必要的工具，帮助你在讲述中精准把握时间的流逝。

在飞蛾的叙事之旅中，最后一步是现场集体彩排。所有即将亮相的讲述者汇集一堂，逐一讲述自己的故事。一群由同行讲述者和飞蛾团队成员组成的听众会全神贯注地倾听。这样的彩排让讲述者得以预演在真实听众面前的讲述，感受现场的氛围。尽管许多人认为彩排是最具挑战性和令人紧张的环节，但是我们仍要强调其不可或缺的价值。因此，你需要寻找一位可信赖的伙伴，作为你彩排的反馈者。他将帮助你发现可能的紧张点、情感波动的瞬间、容易遗忘的场景，或是观众可能感到困惑的细节。最为关键的是，成功完成彩排将极大地提升你的信心。

你或许在想："我缺少一位引导员的指导。"别担心，现在你拥有了！本书的作者团队正是我们这些引导员——梅格、凯瑟琳、珍妮弗、莎拉和凯特，以及飞蛾的艺术和工作坊团队——将为你提供必要的指导工具。我们已将所有的工作流程进行拆解，然后详尽地呈现在书中，并列出了所有我们在引导故事讲述者时会问的问题。我们将细致地引导你完成每一个步骤，再辅以一些巧妙的技巧，助你一臂之力！

## 我们遵循的规则

在 2001 年，受到诗歌朗诵擂台赛热潮的启发，我们决定创造一

---

① "我没有时间写一封短信，所以写了一封长信。"马克·吐温的这句话讽刺人们在试图节省时间时，可能会采取一种反直觉的方法，即通过增加内容谋求表达得更全面，结果却可能适得其反，耗费了更多的时间。告诫人们写作要精练是马克·吐温说这句话的初衷。——译者注

个平台：一个舞台、一个主题、一位主持人，向所有怀揣故事的人敞
开大门，每晚挑选十人讲述他们的故事。我们称这一活动为故事擂台
赛。为此，我们确立了简洁的规则，为由听众投票选出的评委团队设
定了评判标准，并鼓励有志于讲述故事的人士将他们的名字写在纸上
投入一个帽子，争取分享五分钟故事的机会。在密集聆听了数千个故
事后，我们发现了一些成功的模式和常见的陷阱：引人入胜的开头，
圆满的结尾，以及那些常见的磕绊。每一次故事擂台赛都是一场密集
的学习之旅，我们会记录下哪些策略奏效，哪些则需要改进。

在故事擂台赛的初创时期，我们见证了鲍里斯·蒂曼诺夫斯基在俄
罗斯追寻祖父墓碑的冒险，安迪·克里斯蒂以一次跳伞挑战来对抗中年
危机，菲·莱恩在得克萨斯州的校园剧中扮演一个纤细的角色，詹·李
在中西部地区推广玫琳凯化妆品，迪翁·弗林在医院陪伴临终的母亲时
与继父建立了深厚的情感，杰拉德·海耶斯险些错过了弟弟的重要婚礼，
而养育四个孩子的单身母亲雪莉·韦弗则在摩托车后座上找到了爱情。

**珍妮弗谈故事擂台赛**：这些讲述者此前与我们并未有过
合作，这些故事来自一个充满变数的环境。故事的展开犹如
过山车，时而激动人心，时而险象环生，时而颠簸不平，时
而平淡无奇，时而高潮迭起，时而戏剧性地失败。然而，每
个故事都限定在五分钟内，转瞬即逝，我们便迫不及待地期
待下一个。这个过程就像操作一台点唱机：下一个故事会带
给我们怎样的惊喜？

随着忠实听众的不断回归，一种独特的文化在那个空间
里悄然生根。起初，我们只是渴望聆听那些故事，但很快，
我们也沉醉于讲述者与听众之间擦出的火花。就这样，一个
社群便应运而生。

# 飞蛾故事擂台赛

何不在今晚讲个故事？

**故事必须真实。**

飞蛾只接受纪实故事。

---

**故事必须贴合主题。**

你精心准备的故事应与今晚演出的主题紧密相关。

---

**故事必须承载某种冲突或挑战。**

故事的核心在于行动，而行动必然伴随着结果。在这段旅程中，你获得了哪些，又失去了哪些？紧迫感源自何处？冲突的根源是什么？你追求的目标是什么，又有哪些障碍在前方？从起点到终点的旅程，如何塑造了你，改变了你？

---

**故事必须与你相关。**

你是否亲历其中？你是否是那些"核心人物"之一？你需要在故事发展中扮演至关重要的角色。我们需要的不是新闻报道，而是你亲身经历的篇章。

---

**最后**，讲述必须严格守时。故事擂台赛的故事时长应精确控制在五分钟，允许增加一分钟的缓冲。

祝你好运！

---

**我们不希望看到的：**单口喜剧式的表演、重复性的故事、陈词滥调、长篇大论、说教式的文章、操作手册、忏悔录、讲座、虚构的叙述，以及任何赘述。（详情请参考飞蛾故事擂台赛的禁忌清单）

**我们期待看到的：**让我们被你的故事深深吸引，对你的命运产生深切的关注。生动地描绘场景，明确地展示你的恐惧、渴望和面临的困境。让我们对故事的结局充满好奇和期待。揭示冲突，让我们为你感到紧张。用你独到的见解打动我们。让我们在故事的高潮时刻与你共鸣。以一个历经转变的身份结束你的故事：是胜利的喜悦，失败的反思，困惑的探索，还是心灵的觉醒？……总之，故事是成长与蜕变。

**乔恩·古德，飞蛾主持人和故事讲述者：** 故事，是将朋友转化为家人的无形纽带。

数十年后，故事擂台赛之夜已遍布世界各地的城市。这种不可预测性往往赋予比赛的夜晚以魔力。然而，正如你所料，总有诸多因素可能让这份魔力瞬间消失。

我们真的无法预测，人们会将怎样的故事带到故事擂台赛的舞台上。我们曾被那些陌生人所展现的温柔与脆弱深深触动，不禁思索，为何一位才华横溢的底特律会计行政人员尚未在美国家庭电影台拥有自己的喜剧节目，但同时，我们也见证了一些令人难以置信的时刻。

自始至终，故事擂台赛的内容就是不可预测且难以驾驭的。并非所有的故事都是我们愿意主动聆听的。一个略显尴尬的事实是，在这片广袤的土地上，有无数人愿意站上舞台，分享他们未能及时抵达洗手间的尴尬经历。从迈阿密到墨尔本，关于失禁的故事屡见不鲜。（严格来说，这些故事确实触及了"脆弱"的主题，因此我们不得不脱帽致敬。但脱裤致敬①？嗯……还是算了。我们更希望人们能将这种脆弱提升到精神层面，展现心灵或思想的脆弱，而不仅仅是身体上的尴尬。）

我们精心设计了一张海报，详细阐述了飞蛾风格叙事的要点，并将其置于舞台的显眼之处，以便每位即将登台的讲述者在报名时都能一目了然。

---

① 脱裤致敬（pants off）：原著里使用的一个谐音梗。前面出现了 hats off，有脱帽致敬的意思。而 pants off（脱下裤子）与 hats off 发音相似，结构相同，既与脱帽致敬有相似之意，又暗指失禁。——译者注

# 飞蛾故事擂台赛的禁忌

飞蛾致力于提升故事讲述的艺术和技艺，并颂扬人类经历的多样性与普遍性。

以下是一些我们认为可能削弱这一使命的因素。

如果你的故事中存在这些问题，不妨重新审视并加以改进。我们相信，经过这样的打磨，**你的故事将焕发出更加夺目的光彩！**

---

请避免以不恰当的方式"解读"你不熟悉的文化（例如，模仿某种口音，讲述不属于你所属社群的"传统"）。

请不要将他人的身份特征（如阶级、性别、种族、性取向、体型等）作为故事的笑料或主线。让故事聚焦于你自己的经历和挑战。

以他人的身份特征作为故事的辅助元素或情节发展点，请谨慎处理。

（如果你决定在故事中提及他人的种族、性取向、外貌或身体状况，请确保这些元素与故事的核心紧密相连。）

请不要在故事中赞美不受欢迎的性行为。

当然，绝对禁止使用种族侮辱性词汇或仇恨言论。

**一如既往的要求：**

请不要重述你之前在飞蛾已经讲述过的故事。

请不要依赖笔记或道具。

在飞蛾故事擂台赛的舞台上，我们曾以为那些关于洗手间的逸事是最差劲的，但事实并非如此。这是一个开放麦活动，因此虽然大多数参与者带来了温暖人心、充满人性、疯狂冒险和情感真挚的故事，但也有一些令人不适、缺乏同理心的叙述。

一个常见的、令人不悦的叙事手法是将他人用作故事的道具。例如这样的故事：我是一个真正的失败者，感到如此沮丧、空虚，仿佛失去了一切。然后，我看到了朱莉，她正勇敢地与显而易见的困境抗争。我在想，朱莉的生活是多么艰难，她真是一个可怜的人，但却勇敢地面对每一天。我无法想象她每天起床后面对镜中的自己，那该是多么可怕。正是朱莉的勇气让我感到安慰。朱莉，你是我的英雄。

如果你是朱莉，你会如何看待这个"故事"呢？她可能并不愿意成为他人眼中的英雄，或者被他人用作衡量自我价值的反面教材。没人愿意承担这样的角色。（而且，别忘了，朱莉可能正享受着她的生活，感到无比幸福与满足！）

更令人不安的是，我们发现了一些更深层次的问题。坦率地说，我们曾在一些开放麦故事擂台赛活动中听到过包含赤裸裸的种族歧视、性别歧视、对残疾人的偏见以及对同性恋者的憎恶的故事。这些故事中充斥着各种负面的"主义"和"恐惧症"。面对这样的情况，我们不得不提醒那些即将上台的讲述者，在分享他们的故事之前，要深刻反思自己的言辞。我们鼓励他们去培养和实践同理心。

我们不愿让"飞蛾的禁忌内容"挤占"我们所期待的内容"的海报空间。因此，我们制作了一张新的海报，供那些即将登台的故事讲述者在报名时参考。这无疑是向着正确方向迈出的重要一步。

我们建议所有人（也包括你在内）在塑造自己的故事篇章时，将这些规则深植于心。

我们致力于颂扬人类经历的多样性与普遍性。（这正是我们的宗旨所在!)夜复一夜,我们目睹陌生人之间因共同经历而产生的认同与欢庆——然而,我们不能忽略这样一个现实:我们讲述和聆听故事时,总是不可避免地受到个人经历和内在、外在偏见的影响。我们是由所有过往的经历汇聚而成的,因此,我们对故事的感知和理解,有时大体相同,有时却会存在深刻差异。

为了我们能够真诚地尊重和颂扬你的故事,作为听众,我们需要确信你会以同样的敬意对待我们的故事。这是你作为讲述者应承担的责任。

## 每个人都有属于自己的故事——没错, 你也不例外

在 1999 年,我们创立了飞蛾故事工作坊,致力于触及那些在舞台上较少发声的群体。我们与当地社区紧密合作,聚集在护理协会、退伍军人中心或图书馆这些地方,以小组的形式共同挖掘和编织故事。起初,许多人怀疑自己是否拥有值得讲述的故事,但几次工作坊会议之后,故事会相互碰撞出火花,激发出更多的叙述,最终每个人都找到了可以分享的故事。在飞蛾故事会,我们深信每个人都有独一无二的故事,我们热衷于引导他们发现这些故事。

朱迪思·斯通,飞蛾创始董事会成员兼故事讲述者:在飞蛾社区项目的故事工作坊中,讲师们总是以这样一句话作为开场白:"分享故事,既是勇气的体现,也是慷慨的赠予。"这两种品质都令人赞叹,但后者尤其触动我的心弦——故事是讲述者传递给听众的礼物。在讲述者的慷慨分享中,我们这些听众得以在故事的海洋中既迷失又寻回自我。我们的心灵在同情与希望的滋养下复苏,与这个充满矛盾、既复杂又奇妙的人类世界重新建立了联系。在那短暂的

时光里，我们的心灵与思想敞开，接纳了故事带来的一切。这不仅是一场心灵的洗礼，也是我们在故事结束后继续前行时的宝贵财富。

多数故事并不是在舞台上绽放光彩的。或许你正期待着在下一次高中同学聚会上或下一次约会中，以一段轻松幽默的故事活跃气氛；又或许你想在工作中，通过一个引人入胜的故事，点燃同事们对新想法的热情；也许你正计划在一次重要的演讲、婚礼上的祝酒或葬礼上的悼词中，以一种更为庄严的方式，讲述一个深刻的故事，或者寻找那些能够激励他人为崇高事业挺身而出的言辞。

我们将以飞蛾中广受欢迎的真实故事为例，引导你学习如何挖掘、塑造和精炼你的叙事。我们会传授给你实用的方法和技巧，让你在日常生活中每一个讲述故事的时刻，都能运用这些工具。你将发现，这些方法和技巧适用于你未来所有的故事——"所有的故事?"是的，毫无疑问你的故事世界丰富多彩，远超你的想象。

此刻，你正站在起点，并不需要怀揣一个现成的故事。对一些人来说，找一个故事轻而易举。他们可能已经想到了一个故事，带着满腔热情开启故事讲述的旅程。若他们曾亲历过非凡或具有历史意义的事件，那是一个绝佳的起点。然而，大多数人，包括你，不必因未知而感到恐惧。困惑和探索是寻找故事的必经之路。请相信，我们有办法帮助你自然地讲述你的故事。

确定你想讲述的故事可能充满挑战。请准备好经历一番探索和尝试。有些人可能坚信自己没有故事，有些人可能觉得自己的故事不够重要，不值得被讲述——然而，每个人都有值得讲述的故事。你的记忆就像一个充满无限可能的宝库。或许你尚未构思出故事的框架，但精彩的故事终将呈现。首先要做的，是认真对待自己作为故事讲述者的身份。无论生活轨迹如何，无论选择将你引向何处，生活都会带给你故事：只要你活着，你就拥有故事。

但请记住，探索故事的旅程并非总是线性前进的，新的启示可能会出现在旅程中的任何地方。尽管这本书按照逻辑顺序编排，但请理解，你可能会在阅读的过程中回溯，重新审视之前的章节——这正是探索的美妙之处。

现在，让我们一起探索你记忆的宝库。回忆你还是十一岁孩子的时代，那罐被遗忘在高处，藏在蔓越莓酱后面的沙丁鱼罐头，它或许正是孕育你心中最动人故事的种子。

第二部分

# 塑造你的故事

# 第三章　探索记忆的宝藏

　　创作故事如同雕琢一件艺术品，它需要你的深思熟虑和细心呵护。现在，深呼吸，享受这份喜悦吧！你的故事就像你独有的指纹，独一无二，只有你，才能讲述它们的精彩。

——莎拉·奥斯汀·詹内斯

　　属于你的故事，需要在生活的点点滴滴中寻觅：无论是电话铃声、闹钟的催促，还是紧迫的截止日期；无论是日落的美景，还是税务的烦琐；无论是心碎的分手、跌跌撞撞的挫折，还是一败涂地；无论是全垒打的辉煌，还是意外的好运。在这些纷繁复杂的经历中，你要细细品味，寻找那些让你心灵深处最真实的自我闪耀的时刻，或是那个理想中的自我逐渐浮现的瞬间。

　　想象一下，你正坐在一本旧相册或剪贴簿前。（如果你手边没有，不妨在心中构建一个。你最渴望珍藏哪些瞬间的照片？）那些真实或想象中的画面与纪念品，将唤醒你对过往人物、场景和经历的记忆，比如一张记录家庭旅行的明信片，一张你首次演唱会的入场券，你初吻那个夏天的照片，你表弟婚礼上帐篷意外倒塌的一幕，以及你与哥哥初次相见的那一天，等等。还能回忆起你祖母家中那熟悉的壁纸，感受到炉火上飘散出的香气吗？还记得你对她做的肉丸子有多么抗拒吗？这些记忆的碎片，每一片都能助你发现并雕琢出属于你自己的故事。（祖母，对不起。）

你在寻找的时刻，是能让你窥见真实自我的时刻。从巨大的挑战到看似平凡的选择，生活中的转折点总会多次出现，无论是转变了你的生活历程还是引领你发现了新事物，都在不知不觉中塑造并改变了你。

> **内沙玛·弗兰克林，飞蛾故事讲述者：** 我相信我们每个人都像俄罗斯套娃，那些过往的经历和记忆，层层叠叠地嵌套在我们内心深处。只需轻轻拧开表层，那些珍贵的片段便会呈现在眼前。

试着回想一个生动的记忆片段。想象一下，午休时分，你偶然与一位街头默剧艺术家的邂逅？或者在母亲节的那个周末，你在教堂里被邀请独唱一首圣歌，却意外地忘词了？又或者，在祖母离世多年之后，你在她的衣柜深处，意外地找到了那个装满你童年时光的玩具小汽车的塑料袋？

当你心中萌生一个微小的灵感，勇敢地去追寻它。不必羞涩，深入挖掘这个灵感，这个过程将引导你判断它是否值得继续追寻。有时候，放弃一个故事构思也有价值，只要你愿意投入时间去细细琢磨。在思维的田野中，故事灵感不过是一粒种子。尝试将它大声讲述，观察它如何在言语中生长。言语往往会赋予故事新的形态，让它摆脱荒谬或恐惧。记住，当你向他人讲述你的故事时，难免有人会回应："嘿，我也有类似的经历。"

探寻一段深具意义的记忆，无论是场所、物品还是友情，它都或许给予你力量，或许险些将你击垮。总之，请尝试将注意力集中在一个特定的记忆上！

回想那些时刻，当你……

● 感受到强烈的情感：笑得前俯后仰，泪水夺眶而出，或是在情绪的冲击下失去了冷静。

● 尝试了一些你从未想到会涉足的事情。

● 试图扮演一个与你截然不同的角色。

● 发现了关于自己、周遭环境、家族历史或这个世界的新知。

● 经历了与他人关系的转变——无论是微妙的改善还是剧烈的变迁。

● 揭露了一个秘密——无论是由你还是由他人来揭露。

● 为了守护对你至关重要的事物，不惜冒险或面临损失。

● 为了正确（或错误）的理由做出了艰难的选择。

● 发现自己说出了这样的话："我愿意！""我拒绝！""绝不！""你敢?!""无论代价如何，我都不会！""这将是我无上的荣耀。"

生活，本就是由无数片段编织的丰富叙事。试图将整个人生压缩进一个故事是不现实的。将漫长岁月压缩为单一的故事，无异于将多彩的画卷简化为单调的线条。在飞蛾故事会，我们称之为"然后，然后，然后"的叙述方式，这种叙述缺乏细节，情感与深意被稀释，最终变得枯燥无味。

请将目光聚焦于一个特定的时刻——或许是你青春时期的某个午后，或许是你四十岁生日前夕的那一周——并深入地描绘它。在飞蛾故事工作坊中，我们总是从寻找一个难忘的场景开始。"在人生的电影中，哪个场景是你永生难忘的？"一位勇敢的讲述者可能会分享："那是六年级时，我们搬家的那一天。"

太好了！现在，请花一分钟时间，带我们回到那个搬家的日子。车子缓缓驶离时，你的心情如何？请将我们带入那个瞬间。你记得看到了哪些景象，闻到了哪些气息，触摸到了哪些物品？周围有什么声音？你记得自己说了些什么？你的内心有何感受？现在，让我们再次回到那一天，这次请用三分钟的时间，更深入地描绘那一天的每一个细节，让我们沉浸其中。

持续地进行这项练习，你的记忆将被唤醒，而那些故事的种子将悄然生长。

**梅格，关于在社交场合寻找故事的灵感：**几年前，一位朋友邀请我参加她在曼哈顿公寓举办的非正式鸡尾酒派对。她告诉我，所有被邀请的客人都与我们的家乡阿肯色州有着某种联系。当我踏入派对现场，虽然有一两个面孔似曾相识，但余下的对我来说都是陌生人。面对这样的场合，我通常会感到有些局促，因为需要通过闲聊来建立联系。然而，女主人为聚会设定了一个主题，正是这个巧妙构思为宾客们提供了一个自然的交谈话题。她问道："你们与阿肯色州有何渊源？"这使得每个人的自我介绍都变成了一个关于其个人的小故事。他们或是在那里求学，参与过克林顿的竞选活动，或是与女主人有过一段情感纠葛，甚至为了见未来的亲家而飞往那里。这些故事不仅为每个人提供了背景，也为对话的展开提供了契机。最美妙的是，我们之间已经有了共同的话题。那晚的派对成为我记忆中最愉快的一场。虽然并非每个夜晚都有如此精心设计的主题，但当你需要与陌生人展开对话时，试着提出一个问题，激发他们分享自己的故事。例如："你是如何认识这家主人的？"这样的问题往往能轻松开启对话。赞美也是一种有效的破冰方式，你可以询问他们的家乡或是他们期待的事情。不过，尽量避免直接询问对方的职业。（尽管在纽约这样的话题很常见，但在其他地方，人们可能并不喜欢这样直接的提问。）

## 你才是主角

飞蛾故事的核心在于个人经历，它们是只属于你的故事。请避免讲述那些缺乏与你个人相联系的故事。除非你亲身陪伴，或者那个故事深刻影响了你，否则不要分享阿尔玛阿姨踏上牙买加之旅这样的故事。你是那个故事的见证者吗？你是否也品尝过那道阿开木煮咸鱼[①]的美味？这个故事是否反映了你的成长背景，或是你与阿姨之间的特殊情感？你需要思考这个故事如何与你个人的生活紧密相连。当然，只要一个故事深刻影响了你，你也可以讲述他人的故事。

人们往往倾向于讲述那些涉及已故亲人的故事，这当然可以，但须遵循同样的准则。如果你能够将这位亲人的故事融入你的生活脉络中，以一种生动而富有情感的方式呈现，那便是一个美妙的开端！但请记住，故事需要有情节。你叔叔激发你骑行热情的事迹固然令人感动，但这仅是一段观察，而非完整的故事。将目光聚焦于一次具体的骑行经历也许会更好。

在寻找故事素材时，那些不同寻常的瞬间往往在我们的记忆中留下难以磨灭的痕迹。人们倾向于从伤痛、灾难、不幸和心碎中寻找灵感。个人在其中的艰辛与挣扎固然是故事的一部分，但它们还不足以单独构成一个完整的故事。一个基本原则是，不要让故事仅仅围绕创伤或挣扎展开，而是将其作为故事的背景。一个好的故事总是超越"发生了不幸"这一层面的。（现在，让我们用一句飞蛾格言来总结：只有痛苦，没有欢乐？这样的叙述难以吸引听众。这并不意味着故事

---

① 阿开木煮咸鱼（ackee and saltfish）：牙买加国菜，需准备腌鳕鱼、阿开木果、苏格兰帽椒、番茄等材料，通常与面包一起食用。——译者注

必须有一个快乐的结局，但要避免仅仅列举你的不幸经历。关键在于，将你生活或婚姻中的不幸经历一一列举，这并非故事，而是一份抱怨的清单。而听众，并非你的心理治疗师。)

## 开启故事

并非所有故事都需要宏大叙事，它们往往源自生活的点滴：被传唤参与陪审，不小心将钥匙遗失在电梯井中，或是拨打了一个错误的电话号码。

故事常在期望与现实的交汇处诞生。有时，它们会在那些例外时刻或意外事件中悄然展开。

让我们追溯那些非同寻常之事不经意间触动你的时刻：

- 意外地在错误的站点下车。
- 在口袋深处发现一张写着电话号码的纸条。
- 与某人的目光在房间的另一端不期而遇。
- 我发誓，这是最后一杯，最后一杯龙舌兰酒了。
- 一个吻。
- 一个谎言。
- 一个承诺。
- 一次背叛。
- 一笔意外之财。
- 一次反败为胜。
- 前任突然站在门前。
- 压垮你的最后一根稻草。

试着这样思考：回忆那些你打破常规、跳出习惯的时刻。那一天与平日有何不同？那个打破常规的瞬间，可能就是启动你故事的"关键事件",是一切变化和行动的起点。

回顾你生命中那些打破常规的瞬间:

- ●"我向来手机不离身,但那次,我将它遗忘在了车中……"
- ●"我回家总是走同一条路,直到那次,我选择了另辟蹊径……"
- ●"我曾告诉所有人我绝不会参加速配活动——然而,后来……"

故事的旅程往往由一个意外事件开启,而你在这旅程中的选择,将引领你走向更深刻、持久的自我转变。没有这样的意外事件,故事便不会诞生。以下是一些飞蛾故事讲述者分享的激发故事发展的意外事件实例:

> 在下班回家的路上,我踏入旧金山的地铁站,心中涌起一股不悦。拄着拐杖、腿上绑着支架的我,面对停运的电梯和自动扶梯,意识到在办公室久坐八小时后,我得亲自走下三层楼梯才能到达月台。没有其他选择,我只能这么做。站在楼梯口,我深吸一口气,告诉自己,楼梯并不可怕。我紧握那总是沾满灰尘的扶手,踏上了下行的旅程。
>
> ——艾伦·庞,《平衡之举》

> 为了庆祝黑人历史月,他们展出了一个标语:"从奴役到书籍:黑人历史月。"旁边摆放着哈莉特·塔布曼①和科林·鲍威尔②的画像。我凝视着那标语,环顾四周,心中疑惑是否有人注

---

① 哈莉特·塔布曼(Harriet Tubman, 1822—1913):一位美国废奴主义者和女权主义者,杰出的黑人废奴主义运动家。她本人就是一个逃跑的奴隶,帮助许多黑奴逃亡,被称为"黑摩西"或"摩西祖母"。——译者注

② 科林·鲍威尔(Colin Powell, 1937—2021):美国政治家、外交官和美国陆军军官,2001 年至 2005 年任美国第 65 任国务卿,也是美国历史上第一位黑人国务卿。——译者注

意到它的不妥。我感到一阵愤怒，仿佛那几个词刺痛了我的心，它似乎在告诉我，黑人在美国的历史，我族人的历史，可以被简化为中央航道①的苦难、奴隶制，以及科林·鲍威尔对你的意义。"从奴役到书籍。""你曾被奴役，现在你可以阅读了。恭喜。"我感觉自己在与这个标语进行一场辩论，而且似乎输了。但我意识到，我不必接受这种观点作为最终的解释。于是，我走向校园报社，宣布："我要撰写一篇社论！"他们惊讶地问："你不是电影评论员吗？"我回答："那是曾经的我。"

——R. 埃里克·托马斯，《一个标语，一篇讽刺，一场丑闻》

1981 年的愚人节那一周，开端就弥漫着阴霾。那个星期天的夜晚，我的丈夫向我宣告他要离我而去，他已爱上了一位他的研究生，并且他们将在第二天启程返回热带的怀抱。

——玛丽-克莱尔·金博士，《谁可信任？》

十四岁那年，我获得了一次深具意义的体验，如此真实，如此原始，几乎神圣，我知道这将塑造我余生的样子。我在音乐电视上看到了辣妹合唱团。

——大卫·蒙哥马利，《热辣》

我走向电梯，按下了按钮，等待着它下降至大厅。突然，灯光熄灭了。我们四处张望，心中充满了困惑。那是"9·11"事

---

① 中央航道（middle passage）：大西洋奴隶贸易中的一个阶段，即非洲奴隶被迫从西非被运送到美洲或西印度群岛的旅程。这是三角贸易路线的一部分，其中还包括从欧洲运送货物到非洲，以及从美洲和西印度群岛运送奴隶生产的商品（如糖、烟草、朗姆酒等）返回欧洲。"中央航道"对非洲奴隶来说是一个极其残酷和危险的旅程，因为船只通常过度拥挤，条件恶劣，许多奴隶在旅途中因疾病、饥饿、虐待或其他原因死亡。这段历史对非洲裔美国人和全球黑人社区具有深远的文化和历史意义，它不仅是对人类苦难的见证，也是奴隶贸易和种族压迫历史的重要组成部分。——译者注

件后的第二年，空气中弥漫着一丝紧张。我们不禁猜测，这会不会是另一次袭击。那是 2003 年，大多数人还没有手机，我也不例外。大约十分钟后，有人宣布："停电了。"

——约翰·特托罗，《黑暗中的摸索》

某个周日，我应邀参加了一场由阿拉伯和南亚学生举办的野餐。我刚一抵达，便被一位英俊的男孩吸引。他的眼睛，那深邃的绿色，宛如一瓶珍贵的橄榄油。他与我交谈，滔滔不绝，而我的心中却只有一个念头："愿他是基督徒，愿他是基督徒，愿他是基督徒。"他的话语中夹杂着"普什图人"① 和"巴基斯坦"② 的字眼。我的心沉了下去，意识到"橄榄油"是穆斯林。你必须理解，在我们的文化中，基督徒阿拉伯女孩与穆斯林男子相恋是被严令禁止的。打我十岁起，我就知道这样的爱情会带来一些严重的后果：被家族抛弃，母亲因生气而心脏病发作，甚至可能遭遇荣誉谋杀③。我一向顺从父母，从未想过与穆斯林有任何情感纠葛。然而，当他邀请我共进晚餐时，所有的禁忌瞬间被打破，我毫不犹豫地答应了。

——苏西·阿弗里迪，《橄榄油色的眼睛》

在你寻找故事灵感的过程中，记忆往往会突然涌现。在认为它们

---

① 普什图人（Pashtun）：主要居住在阿富汗和巴基斯坦的民族，大多数是信仰伊斯兰教的逊尼派，属于穆斯林。——译者注

② 巴基斯坦（Pakistan）：巴基斯坦人主要信仰伊斯兰教，其国民大多为穆斯林。——译者注

③ 荣誉谋杀（honor killing）：一种极端的家庭暴力形式，指的是家庭成员，通常是男性亲属，为了"恢复家族荣誉"而杀害其他家庭成员，尤其是女性成员。这种谋杀行为可能因为受害者被认为违反了家庭或社区的道德规范，如受害者有婚前性行为、通奸、拒绝由家族安排的婚姻、提出离婚等。荣誉谋杀在全球范围内都有发生，尤其在中东、南亚和北非的一些地区更为常见。这种行为通常受到当地文化、宗教和社会结构的影响，被视为对家族荣誉的维护。荣誉谋杀是国际社会普遍谴责的人权侵犯行为，许多国家和组织都在努力通过法律和教育来预防和打击这种现象。——译者注

微不足道之前，请先思考一下，这些记忆为何如此深刻地烙印在你的心中，又在此刻涌现。

在这个阶段，你只需要寻找灵感！也许你已经选定了一个，正跃跃欲试。我们知道你能做到！还没有头绪？别担心，我们才刚刚开始！

> *祝酒词*：祝酒词往往比传统的第一人称叙事更具观察性。在这些故事中，你虽然参与其中，但真正的主角是你要祝酒的人。无论是庆祝挚友的婚礼、祖母的九十华诞，还是同事的荣休，都请思考这个人是如何深刻地影响了你和周围的人。你可能见证了他们触动人心的时刻，参与了他们的疯狂冒险，感受到了他们的幽默与力量，以及目睹了他们如何为你和他们的社区挺身而出。挑选那些将我们与被敬者紧密相连的场景和事例。一段精彩的祝酒词，能让被敬者感受到珍视与理解，是送给他们的最珍贵的礼物。

## 以转变为中心

你是否还记得那些深深震撼你、让你全身发颤的时刻？那个让你下定决心，再也不与里卡多同行的旅程？那个令人恍然大悟的时刻？或是那些柔和的启示：一个让你感到谦卑的瞬间，一段需要时间沉淀才能完全领悟的心碎，以及那些至今仍在你心中回响的善意。

飞蛾故事的核心在于讲述者因经历而发生的观念转变。在挖掘个人故事时，回想那些生命中的转变时刻。你如何随着岁月的流逝而成长？回望过往，哪些事件是你人生的转折点？

你是否曾经：

- 摒弃了长久以来的信念？
- 在某个瞬间，觉得世界变得清晰无比？
- 意外地发现自己的坚强远超预期？
- 恍然大悟，原来自己一直错了？
- 尝试了一种新发型，让你感觉如获新生？

在故事的尾声，你已蜕变为一个全新的自我。与昔日的自己相比，如今的你已焕然一新。

> 在那个时代，孩子们很少被告知真相，我们只能自行探索。我们逐渐理解了小儿麻痹症的残酷：医院、热敷、痛苦的治疗，以及那些冰冷的铁肺①。我站在门边，目睹母亲拾起我妹妹那双小小的夏日凉鞋。她轻柔地握着它们，仿佛是捧着受伤的小鸟，然后缓缓放入抽屉。随着抽屉的关闭，我瞥见她眼中的泪光，那一刻，我懂了。

——玛丽·纳瓦拉修女，《天主教学校的辍学生》

**再想想那些塑造或摧毁你的时刻。**

> 在我十四岁那年，一场突如其来的灾难降临：我疯狂地爱上了班上的一个女孩。尽管我们自小学起就同校，却从未有过深入的交流。我不明白为何自己如此迅速地对她产生了强烈的情感，但这份情感确实存在。我得知她偶尔会去街对面的教堂，于是每

---

① 铁肺（iron lungs）：一种早期的医疗设备，用于治疗脊髓灰质炎（小儿麻痹症）导致的呼吸肌麻痹。这种设备是一个大型的金属筒状装置，患者除了头部和颈部外，整个身体都被放置在密封的容器内。通过改变容器内的压力，铁肺能够帮助患者进行呼吸。在20世纪中叶，这种设备对治疗严重呼吸功能障碍的患者至关重要，尤其是在小儿麻痹症流行期间。随着医疗技术的进步，铁肺逐渐被更现代的呼吸机所取代。——译者注

个周日，我都会去那里。如果她在，我会静静地坐在教堂里，聆听整个布道并认真记下笔记。如果她不在，我则会在地下室与我最好的朋友保罗一起打台球。

——马克斯·加西亚·科诺弗，《孩子的信仰》

你是否曾经对某件事深信不疑，直到某天你意识到自己大错特错？是否有人向你透露过某件事情，让你的整个世界观在瞬间被颠覆？

在与客户打交道的过程中，我逐渐结识了一些人。其中有一位心理治疗师，开着一辆路虎车，连续几年与我有接触。有一天，他走进我的办公室，对我说："约翰，我一直在犹豫是否应该告诉你这件事。你曾多次向我倾诉你的孤独和隔绝感。这背后是有原因的。在心理健康领域，有一种被称为阿斯伯格综合征①的自闭症谱系障碍，你就像是它的典型患者。"他告诉我："通常，心理治疗师避免给朋友做诊断，否则他们会很快失去这些朋友。"然后他继续说："但我认为这对你来说可能非常重要。"他递给我一本书，我翻阅着，看到书中描述阿斯伯格综合征患者无法识别社交信号，难以与人对视，也无法理解肢体语言，甚至会说出一些不合时宜的话。书中的每一个描述，都与我的情况如出一辙。这一切，在我四十岁那年，彻底改变了我的生活。

——约翰·艾德·罗宾逊，《一个完全正确的人》

也许你曾长期受制于他人的规则，直到某个时刻你决定不再忍受。那之后，你的生活发生了怎样的变化？与过去相比，现在的你有

---

① 阿斯伯格综合征（Asperger Syndrome）：又名亚斯伯格症候群或亚氏保加症，是一种泛自闭症障碍，其重要特征是社交困难，伴随着兴趣狭隘及重复特定行为，但相较于其他泛自闭症障碍，仍相对保有语言及认知发展。——译者注

何不同？

在戴姆·威尔伯恩的故事《诅咒》里，她与一位朋友一同去拜访一位占卜师。当她踏入店铺时，占卜师热情地迎接了她。

> 占卜师凝视着我，说道："你被诅咒了。你被诅咒了！你将永远无法找到真爱。这是我见过的最严重的诅咒。你的家族世世代代都背负着这个诅咒。我震惊于你所受诅咒之重。"我站在那里，心中却涌起一股莫名的兴奋。多年来，我一直以为问题出在自己身上！我以为是因为我太吵闹、太胖、肤色太深，或是其他什么。但如果，我只是被诅咒了呢？谢天谢地！这意味着我们可以解除它。好了，让我们开始想想如何解除它吧。

变化有时如暴风骤雨般迅猛，有时又如细水长流般缓慢。某日清晨，我惊觉自己已久未忆起旧爱，且心中已无半点痛楚。如果你也有相似的经历，请深入挖掘这份感悟！试着去揣测其背后的原因。或许，你将发现一段动人的故事。

**凯瑟琳，关于求职面试时讲述的故事**：在求职面试中，潜在雇主可能会抛出这样的问题——"请多介绍一下你自己"，或者——"请分享一段你希望以不同方式再做一次的工作经历"。这些问题实际上是在邀请你讲述一个简短而富有启示性的个人故事，以此来展现你的个性、职业素养以及解决问题的能力。在面试前，不妨精心挑选并准备一两个这样的故事。例如，在一次电视制作岗位的面试中，我曾巧妙地讲述了一个故事：在摩洛哥，我如何在一场突如其来的骆驼奔逃事件中成功脱险，并保护了手中昂贵的摄影设备。这个故事帮助我赢得了那份工作。另一个令人难忘的故事来自我的朋友蒂姆·巴特利特。他曾在英国乡村独

自旅行一年，拍摄纪录片。他乘坐公共汽车在各个城镇之间穿
梭，在他所拍摄的乡村里过夜。有一次，在拍摄结束后的寒冷冬
夜，他错过了前往下一个目的地的末班车，而他所在的小村庄既
没有出租车也缺乏住宿设施。不得已，蒂姆点了一份比萨，并请
求将其送到他预订的、在下一个城镇的酒店。他问道："我能跟
着比萨一起去吗？"最终，送餐员将比萨和蒂姆都送到了目的地。
这个故事不仅展示了蒂姆在解决问题上的创造力，还透露出他那
冒险家的精神和幽默感。这样的候选人，无疑是任何团队都渴望
拥有的成员。记住，面试的目的不仅在于评估你的技能，还在于
判断你是否能够融入团队。所以，请选择那些能够让你未来的雇
主心生"我需要这个人加入我们团队"念头的故事。

## 那些下定决心的瞬间

在追寻个人故事的旅程中，让我们追溯那些生命中具有转折性的
瞬间。这些瞬间往往伴随着一个关键的决定，一旦你选择了×，你的
一天（或许是一周、一个月，甚至是一生）便随之改写。是否曾有那
么一个瞬间，你毫不犹豫地说出"是"，或是坚决地说"不"？大多数
飞蛾故事蕴含着自主的力量——事情的发生，正是你选择作为或不作
为的直接结果。让我们回想那些你做出选择从而引领人生走向新方向
的关键时刻。

**在职场上的诸多抉择：**
选择离开现有的工作岗位。
辞退一位团队成员。

迈向全新的职业领域。

重返学术殿堂，继续深造。

在关键时刻，选择挺身而出，或是选择静观其变。

**在友谊之路上的诸多抉择：**

在友谊的土壤中，悄然绽放爱情的花蕾。

打开心扉，让他人进入你的内心世界。

筑起心墙，与他人保持一段距离。

承认内心的嫉妒与竞争欲。

洞察并调整那些需要改善的人际互动模式。

**在情感上的诸多抉择：**

开始约会。

亲密关系更进一层。

分手与和解。

重新界定彼此的界限。

彻底结束一段感情。

**关于"家"的诸多抉择：**

乔迁新居。

寻找或决定离开某个社区。

挥手告别童年的家园。

邀请某些人来做客，或将某些人赶出家门。

挽起袖子，投身于一场大扫除。

**关于家庭的诸多抉择：**

建立新家庭，或是增添新成员。

与家庭成员断绝关系。

修复与家庭成员的裂痕。

决定是否向家人提供经济支持。

决定是否继续追随自幼耳濡目染的信仰。

**乔治·道斯·格林，飞蛾故事会创始人：** 每个引人入胜的故事都建立在一个核心决定之上。在故事的脉络中，可能会有无数的选择：放弃、加码、转向、他人的选择，以及你对这些选择的回应。然而，故事的灵魂往往在于那个至关重要的决定。在最动人的故事里，这个决定往往充满挑战。（听众中也许有人会赞同你的选择，也许有人会为此感到震惊。）杰出的讲述者很快会领悟到：故事的情节本身并非关键；听众真正关心的，是你在面对抉择时的选择。我听过许多可怕的车祸故事，但它们往往让我觉得平淡无奇。直到有一天，一个男人向我讲述了他的车辆在桥上经过漫长滑行，最终坠入小河的经历。汽车被水包围，但车窗紧闭，他尚有足够的空气。这时，他面临着一个抉择：是打开车窗，让河水涌入以便逃生，还是继续在余下的空气中等待救援？这个故事因其决定的艰难而立刻变得扣人心弦。

当我们回溯那些可能成为故事的往事时，重要的是要重新沉浸在当时的心境之中。如今看来或许不起眼的选择，比如挑选舞会的服装，或是准备请假去看辣妹合唱团的演出，对当时的自己来说却是重大决策。站在成年人的角度，我们明白一个九岁的孩子尝试驾驶一辆摩托车有多么危险。然而，如果你是那个天不怕地不怕的九岁孩子，你会认为自己能够驾驭它！从这两种截然不同的视角来讲述故事，无疑增添了趣味。你内心深处那个九岁的自我依然存在，让他/她自由地表达吧！

在生活的旅途中，你需要不断地做出决策，这些决策有时如跨越大陆的迁徙般宏大，有时则如视角的细小转变般微妙，正如彼得·普林格尔的故事所描绘的那样。

我们通过清白计划①首次邂逅了彼得。他的飞蛾故事《仿佛我不在场》讲述了一段他在未犯任何罪行的情况下，被囚禁于单人牢房的往事。尽管身处狭小的空间，失去了行动的自由，彼得的故事却展现了对自主力量的深刻探索。

> 当我听闻狱卒们谈论他们在我即将到来的处决中所承担的角色，以及官方已告知他们将参与其中，我深知自己正站在死亡的边缘。我竭尽全力将自己与这份恐惧隔绝，努力平息内心的怒火……虽然我深知，他们对待我最残酷的行径莫过于夺走我的生命，但在那一刻真正到来之前，我仍是自己命运的主宰。他们或许能束缚我的肉体，却无法囚禁我的思想、我的情感、我的灵魂。于是，我决定在内心深处寻找生存的力量。在那狭小的死囚牢房中，我为自己营造了一个心灵的庇护所。我学会了几乎完全忽略周遭的一切，只专注于内心的世界。

在《作为一名步兵》的故事中，西比尔·乔丹·汉普顿博士回忆她在 1959 年作为十五岁的少女，勇敢地站在小石城中央高中反种族歧视斗争的前沿。在那个拥有 544 名学生的班级里，她是唯一的黑

---

① 清白计划（the Innocence Project）：一个非营利组织，致力于恢复被错误定罪者的自由。该组织成立于 1992 年，旨在通过 DNA 测试和其他科学技术来证明被错误定罪者的清白，并帮助被代表的每个人在释放后重建他们的生活。——译者注

人。毕业典礼时，她坚信自己将不会重返那片土地：

> 我对自己说："我不会怀念这里的任何人。这段经历已经画上了句号。我将迈入新的生活，不再踏入这座建筑，我也确信，此生不会再与这些人重逢。"然而在 1982 年，我收到了一个邀请，邀请我回到母校参加毕业二十周年纪念活动。我决定接受邀请，因为我渴望了解，岁月是否为那里带来了改变。

请铭记：不采取任何行动，同样是一种决策。许多飞蛾故事正是基于选择沉默和不作为而展开。回想是否存在这样的瞬间：你在关键时刻选择止步不前，在面对压力时选择隐藏真相，在面对巨大挑战时选择退避三舍。

**莎拉**：主动选择不作为是较为罕见的，但却能编织出感人至深的故事。我至今难忘在西雅图飞蛾终极擂台赛上梅根·麦克纳利所分享的故事。她讲述了自己决定将孩子送给领养家庭后，与外祖母之间原本亲密无间的关系出现裂痕的往事。自那以后，她们再也没有提及这个决定。在故事《未言之事》中，她如是说：

> 当我女儿十八岁时，她在"脸书"上找到了我，我向同事透露了这个消息，却对外婆保持了沉默。几年后，当我得知她已经完成大学学业，搬到纽约，并且找到了爱情，我依然没有向外婆提及。多少次，我站在外婆面前，试图鼓起勇气向她讲述关于她第一个曾外孙女的故事。我曾那么害怕，担心自己的决定是错误的，悲伤让我变得面目全非。我的女儿在没有我的陪伴下，依然成长得如此出色，而我，却深感遗憾，因为我让外婆错过了这一切。然而，随着时间的流逝，开口变得越来

越难。在外婆生命的最后几年，我们无话不谈，唯独这件事，我们从未触及。当她中风时，我坐在她身边，意识到这可能是我最后的机会。我问她："外婆，你还记得我曾有个女儿送给别人领养了吗？"我从未预料到她会回答："不记得了。"第二天，外婆离世，我失去了向她诉说的机会。

梅根迟迟未与外祖母分享关于她女儿的真相，这一沉默最终引发了她内心的深刻转变。她的不作为揭示了一个沉重且无法挽回的现实。这成为她生命中最为深切的故事篇章，而我们，作为西雅图的听众，有幸亲耳聆听。在《飞蛾广播时光》播出她的故事之前，我与她进行了交流，提出了一些问题。梅根坦言，她多年来一直背负着遗憾。她说道："我后悔自己未能理解悲伤的真正含义。我从未寻求过帮助。我未能用爱战胜恐惧。我害怕他人看到我内心的破碎，我害怕面对自己对所爱之人造成的伤害。对于外婆，我深感遗憾，因为我从未鼓起勇气去提起，去坦诚地交流。如今，那个机会已经永远失去了。真的，一切都太晚了。"

回想站在命运的交叉口，或面对一条鲜有人迹的道路时，你做出了怎样的选择，它又将你引向何方？

## 寻找"痛处"

一些最为严重的失误往往能成就精彩的故事，它们是你在派对上被不断提起的谈资，甚至在你现身之前就已经传遍了整个房间："哇，你就是那个在屋顶派对上意外从天窗跌落的人！我听说过那个疯狂的夜晚！"虽然这种名声有时不太正面，但一个精彩的故事能够将你最尴尬的时刻转化为自豪的资本。比如，"哎呀，我不小心给我们的拉比①发了条性感信息②"可能成为你最得意的派对故事。

犯错是普遍存在的。当我们分享那些或大或小的失误时，我们传递出一个信息：犯错是人之常情。这些经历成为我们学习与成长的契机，有时也让我们得以放松。因为当我们坦诚面对这些错误时，就会发现它们往往蕴含着令人捧腹的幽默。

当你回想起某件特定的往事，是否感到轻微的尴尬、忧虑，甚至是羞愧？（"我怎么能这样做？别人会怎么看我？"）勇敢地去审视它！你所不愿提及的，可能正是你需要深入挖掘的内容。真诚地面对自己，你又有什么损失呢？

**迈克·比尔比利亚，飞蛾主持人及故事讲述者：**多年来我发现，当你在讲述一个故事时感到极度不适，甚至在过程中多次想要逃避，这往往意味着你走在正确的道路上，正在接近一个真正的故事。

人们往往倾向于讲述那些让自己显得光鲜亮丽的故事，然而，这样的叙述对听众而言，可能显得过于自恋和夸耀。例如："我举起了与体重相等的重量/荣获了皮博迪奖③/曾经航海/成功完成了长达十六小时的手术/背下了整部协奏曲"。这些非凡的成就可以作为故事的背景，但不应成为故事的全部。一味地炫耀自己的辉煌成绩，很容易让听众失去兴趣。因为你只是在单方面地讲述，没有邀请他们参与到

---

① 拉比（Rabbi）：通常指犹太教的宗教领袖、导师。——译者注
② 性感信息（sexted）：sex 和 text 两个词的结合体，指的是含有性暗示或色情内容的短信。——译者注
③ 皮博迪奖（Peabody Award）：全称乔治·福斯特皮博迪奖，是一个由美国广播文化基金会颁发的奖项，用以表彰在广播、电视和在线媒体领域中的杰出人物。——译者注

你的故事中来。

我们都曾有过与那些自我陶醉的人共进晚餐的经历，直到聚会结束才能解脱。庆祝成功当然可以，但如果你愿意分享在成功路上的跌跌撞撞，那么你的故事将更具吸引力。在这个过程中，你学到了什么？如果事情没有按计划完成，会有什么后果？成功中的故事就隐藏在你如何达成目标、过程中的情感体验，以及你坚持的理由之中。

在与陈杰赖·库马尼卡共同探讨他的故事《两次与劳伦斯·菲什伯恩的邂逅》时，我们希望他分享自己在 90 年代作为嘻哈明星的辉煌岁月，以及在年轻时得到了梦寐以求的工作后，如何面对一切突然消逝的现实。

在讲述成为音乐明星的真实经历时，陈杰赖担心自己会显得自满或炫耀，这确实有些棘手。因此，我们决定从他团队解散后不得不接受的一份工作开始，以一个令人尴尬的失误来开启他的故事。

> 当我提及"我的工作"，你们需要明白，这仅是一份临时性的工作。而临时工作的含义在于，我今日的表现将直接影响我是否能够继续留任。因此，当我踏入老板的办公室时，她对我说："陈杰赖，昨天我让你订购两百套《吉尔莫女孩感恩节特辑》的视频光盘。但根据你制作的电子表格，订购数量远超这个数目。""哦，超出了多少？""整整一百万套！你能解释一下吗？"我能解释：我对制作电子表格一窍不通。为了获得这份工作，我不得不夸大了自己的技能。

我们在陈杰赖处于低谷、职场受挫时与他相识，这让我们在他后来乘坐私人飞机、在爆满的体育馆中演出时，已经成为他的坚定支持者。

音乐领域的另一个例子是罗珊·凯许，在她的故事《直到真实的你出现》中，她并未炫耀她的多首排行榜冠军单曲。相反，她讲述了一张未能产生热门单曲的专辑背后的故事。

> 在录音棚内，我满怀自豪地等待着，准备首次向唱片公司的老板播放我的作品。他走进来，静静地坐在录音控制台前，我们完整地听完了整张专辑。在每首歌曲间隙，他始终保持沉默。我心中暗想："他一定是被这张专辑的纯粹之美震撼，以至于无话可说。"然而，当最后一曲的余音消散，他转过头来，对我说："对这张专辑的推广我们无能为力。你当时是怎么想的？"

> **凯特，关于同为新手妈妈的朋友：** 在我儿子降生后的几周，我渴望结识其他一些新手父母，于是参加了一个我在网上找到的聚会。我们在啤酒花园①里一个充满阳光的角落相聚，大家一边喝水一边闲聊，互相展示着各自的宝宝。我正站在人生重大转变的门槛上，疲惫不堪，经历着情感上的大起大落，但聚会上的话题却总是围绕着大家最爱的用品展开，比如一种哺乳枕头。我对这些讨论都提不起兴趣。不久，一位妈妈发给我一张她宝宝呕吐的照片，原来我们的孩子只相差一天出生。我们开始聚在一起，彼此分享新手母亲身份下最深沉的恐惧、失败、自责，以及气愤。一次聚会后，她发信息说："当你今天讲述完故事后愤怒地乱踢时，我从未如此强烈地感受到与你心灵相通。"几天后，我们在日落时分带着孩子去公园，她递给我一个装满红酒的婴儿食品罐，说："干杯，这真的很难。"的确，养孩子很难。但正是我

---

① 啤酒花园（biergarten）：主要提供啤酒等酒类及配酒料理的露天餐饮店。——译者注

> 们之间坦诚的故事分享，让我感到自己并不孤独。从那时起的多年间，我一直在寻找这样的交流，建立了一个如同家人般的社区，并让我成长为一位更好的母亲。

当现实生活中的英雄在飞蛾的舞台上分享他们的故事时，他们最能打动听众的，往往是那些揭示了他们平凡一面的时刻，而非仅仅叙述他们如何英雄了得的事迹。

宇航员迈克尔·马西米诺在准备讲述他的飞蛾故事《从太空看地球》时，提到过一件事情："我可以告诉你，那次我弄坏了哈勃太空望远镜。"什么？？请继续！马西米诺被指派执行一项航天飞行任务，目的是修复哈勃太空望远镜的故障。他和他的团队经过多年的严格训练，为每一个修复步骤和可能遇到的任何问题都做了详尽的准备。毫不夸张地说，这项任务耗费了纳税人数百万美元。在多年的准备之后，马西米诺终于站在了航天飞机上，漂浮在浩瀚的太空中，与那台著名的望远镜仅一步之遥，手中握着他信赖的工具。他开始拆卸保护望远镜的外壳，就在这时，一个意外发生了——他拧坏了一颗螺丝，无法取下它。这颗螺丝本应轻易拆卸，以至于他们从未为此准备预案。多年来不断地训练，现在却因为一颗小小的螺丝而无法继续进行修复工作。这个看似微不足道的错误，却可能危及整个任务。在太空中漂浮的他，开始思考自己的失误可能带来的严重后果。

> 我无法触碰到那个失效的电源，这意味着我们今天无法修复这台仪器，而这将阻止那些聪明的科学家们在其他星球上寻找生命迹象，这一切的责任都将落在我肩上。我能预见到，在未来的科学史册中，人们会这样写道："我们本有机会知晓其他星球上是否有生命存在……但加比和丹尼尔的父亲破坏了哈勃太空望远

镜，我们可能永远无法揭开这个宇宙之谜。"这将成为我身后无法洗清的污点，由我的孩子背负，被我的子子孙孙在课堂上一遍又一遍地看到。

我们中的大多数人或许永远不会有机会踏上美国航空航天局的太空之旅。然而，谁会不能体会那种投入大量时间为重要时刻做准备，却因为一个微不足道的失误——比如拧坏一颗螺丝——而让所有努力付诸东流的感受呢？

剧透警告：马西米诺最终克服了难题，成功修复了哈勃太空望远镜，挽回了危局。但故事的核心魅力，恰恰在于那个微小的失误。

故事的核心之处在于愿意展示自己的脆弱。当人们敢于展露自己不那么完美的一面，便能给予听众一种心理上的安慰，一种放松的许可。这并非一场较量，也并非为了赢得赞赏——我并不完美，所以你也无须完美。当一个人敞开心扉，承认自己的过失，听众便会侧耳聆听，一种无声的纽带便在悄然间建立。这是信任的体现，是一个人对我的信任，让我知晓他们所犯的错误。这份信任，是通往深切共鸣和动人故事的桥梁。虽然现在这句话几乎成了老生常谈（感谢布琳·布朗①，你真的很聪明），但脆弱确实是力量，尤其在讲述故事时。分享我们的故事，就是打开心灵，与他人建立联系的开始。

---

① 布琳·布朗（Brené Brown）：一位社会工作者，曾在 TED 上做《脆弱的力量》（The power of vulnerability）的演讲，广受欢迎。——译者注

### 来自引导员的提示

● 你心中涌动着无数故事，只是该从何处开始讲述呢？回想那些铭刻于心的时刻——无论是震撼心灵的大事，还是悄然改变你的小事。若有故事的火花闪现，不要急于熄灭它。细细品味。为何这些瞬间如此难忘？

● 回想那些你主动做出选择的时刻，无论大小。你的作为或不作为带来了怎样的结果？

● 思考这个故事与你个人的关联性。如果你讲述的是他人的经历，请确保它对你产生了直接影响，否则应由当事人来讲述。

● 你还记得那些让一切失控的时刻吗？你是如何走出困境的？从中你学到了什么？勇敢地探索那些令人不适的瞬间，分享你的真实一面。严重的失误往往孕育出最动人的故事！这些经历让我们更真实，脆弱则是与听众建立联系的桥梁。

● 记住，不要让故事仅仅停留在创伤或挣扎上，而是要作为故事的背景。故事总是应超越负面事件的层面。

● 故事的起点在哪里？是什么关键事件触发了一连串的行动？或许是你打破了常规，或是意外地扰乱了惯例。总之，那个改变一切的瞬间是什么？

● 回想那些时刻，它们或许曾将你推向意想不到的方向，或是将你从既定的轨道上拉离。这些转折点让你发生了怎样的转变？

# 第四章　筑牢故事的基石

过于渴望完美，则真诚与同情心难以绽放。

——梅格·鲍尔斯

　　当你心中已经萌生故事的种子，便到了着手建设的时刻。建设不需要什么许可证，也不需要安全帽，但你的确需要一个基本蓝图。故事的基石至关重要，而它的核心部分在于故事对你的意义。

　　飞蛾引导员们与讲述者的携手合作始于倾听，继而提出一系列开放性的问题。各种或大或小的问题层出不穷。在倾听的过程中，我们深入探索，揭示故事背后的联系，发现其中的模式与主题。为何在众多故事之中，这个故事特别触动你？为何你如此在乎它？是什么让你铭记于心？它对你产生了何种或大或小的影响？在回答这些问题的过程中，你将逐渐揭示故事的利害关系。

　　**莎拉，关于与故事讲述者的首次对话：** 作为引导员，即使我已辅导人们讲述过数百个故事，面对与潜在讲述者的初次通话，我仍然会激动不已。故事创作的起点往往令人感到惶恐不安，但故事之旅总要启程，不是吗？

## 利害关系

利害关系往往出现在那些关键时刻，你感觉自己要么能获得一切，要么可能满盘皆输。你可能正在为了生存而战斗，或者惊觉你没听到闹钟响，可能赶不上航班去参加姐姐的婚礼。

利害关系是你作为讲述者赋予故事的，而不是由你的家人或朋友定义。它们源于你内心深处的渴望、需求、不可或缺或极力要逃避的事物。有些利害关系看似普遍，比如"我绝不想从这令人恐惧的悬崖边缘坠落"，然而，每个人的利害关系都是独一无二的。对他人而言，利害关系可能是："我必须站在这悬崖边缘自拍，向卡洛斯展示我的勇敢，证明即使没有他我也能过得精彩。"故事中的利害关系源于你内心深处，而你作为讲述者的任务之一，就是让我们理解这背后的原因。有时，这些利害关系体现在微小而具体的场景中，比如："即使我不得不推翻这台可恶的自动售货机或砸碎玻璃，我也必须从里面取出我已付款的椒盐脆饼。去叫保安吧！看他们能否阻止我！"如果没有像这样失去理智，你可能会选择薯片作为替代，但在你故事的情境中，那包椒盐脆饼关乎世界的未来，你绝不能退缩！

利害关系能为故事注入紧迫与活力。它们激发紧张感，让听众或兴奋或恐惧，让他们在情感的起伏中与你同行。利害关系可以清晰传达你心之所系，也便于我们与你共鸣。

在《决斗》这个故事中，乔纳森·艾姆斯，飞蛾故事的资深讲述者与主持人，向我们娓娓道来他那场传奇般的击剑对决，利害关系被他描绘得淋漓尽致。

> 在普林斯顿大学读大二那年，我心中埋藏着一个秘密目标：战胜哥伦比亚大学的顶尖剑手罗伯特·惠特森。与他的历史对决中，我从未赢过，战绩是 0 胜 13 负。自高中起，我们就在剑道上交锋，甚至在青少年奥运会上，他也是我无法战胜的对手。在一次社交场合的聚会上，他对我的冷落更是在我心中留下了难以

愈合的伤口。他在纽约接受一位俄罗斯教练的指导，他技艺超群、举止高傲、动作优雅——他的世界观与我截然不同，而我，总是败在他手下。因此，那一年，我暗自下定决心，誓要战胜罗伯特·惠特森。

为了支持他敬爱的教练，乔纳森将比赛的利害关系推向了新的高度。

我的教练同样迫切希望我能获胜，因为他的妻子离他而去，跑去与哥伦比亚大学的教练同居，她似乎对剑术高手情有独钟。所以，他渴望我能赢得这场比赛。我们共同背负着一份复仇的决心。

在《脱钩》的故事里，一位年轻的探险者南森·恩格兰德，在苏联解体的余波中，在东欧的一趟列车上意外地被赶下车。

我心中充满了恐惧，因为这里曾是吞噬犹太人的土地。那座墙在一夜之间崩塌，同样可能在一夜之间重建。多年来半个世界都曾被它囚禁。我不禁自问："我们究竟做了什么？"

清晰地呈现利害关系能够让听众为你喝彩，为你加油，为你的胜利而欢呼。在编织故事的过程中，你要不断地问自己：故事的利害关系在哪里？寻找那些让你感受到面临得失抉择的关键时刻。

**梅格，关于餐桌上的谈话：**在晚宴上进行轻松的交谈通常是一种挑战。作为主人，你的责任是让谈话持续下去。这并不意味着你需要站在聚光灯下，向宾客们讲述你最近的旅行故事。推动谈话的窍门在于如何巧妙地引导他人参与进来，激发他们的谈话欲望。在多伦多电影节期间，我有幸与昆汀·塔伦蒂诺①共进晚

① 昆汀·塔伦蒂诺（Quentin Tarantino）：意大利裔美国导演、编剧、演员、制作人，代表作品有《低俗小说》《杀死比尔》《被解救的姜戈》等。——译者注

餐。桌上的许多人彼此不熟悉，为了打破沉默，昆汀提议每个人分享他们最喜欢的笑话，我们依次讲述。面对这位电影大师，我不得不承认，被点名讲笑话让我感到有些紧张，但这种紧张反而让我们之间产生了一种特殊的联系，因为我们都有些缺乏信心。有些笑话让人忍俊不禁，有些则并不好笑。笑话是否好笑已经不再重要，重要的是，这样的互动改变了晚餐的氛围，我们仿佛瞬间成了朋友。可以试着向在座的每个人提出问题，如："你有什么不为人知的才能？""你的名字背后有什么故事？""请分享一次你挑战自我的经历。"这些启发性的问题，就像我们在寻找故事时所用的提示，能够激发出流畅而有趣的对话。

## 目标与动机

目标往往求而不得，会遇到重重阻力。不妨自问：你内心深处最渴望什么？是什么或是谁在考验你？当故事讲述者的目标和动机变得明确时，故事便愈发引人入胜。

> 作为长期记忆领域的专家，我对记忆的解剖构造与生理机制了然于心。然而，面对我父亲的记忆衰退，我却束手无策。
>
> ——温迪·铃木博士，《说出我爱你》

利害关系能够激发紧张感。在下列情况中，你可以从何处捕捉到这种紧张感？

- 一个亟待解决的难题。
- 面对艰难抉择的挣扎。
- 一个需要解答的问题。
- 一个试图揭开的谜团。

● 一个出乎意料的事件。

紧张感能让听众始终保持好奇心，听众心中在想：接下来会发生什么？他们能否达成目标？故事的结局会怎样？

> 十二岁那年，我正生活在第三个寄养家庭。我的第一位养父打来电话，表达了对我母亲离世的哀悼。但他并不知道，对她的死讯，我还一无所知。
>
> ——塞缪尔·詹姆斯，《珍妮》

对那些考验或危及你成功的机会，关乎你的人身安全、清白、信仰或身体/情感上得失的时刻，不妨深入挖掘。你追求的是幸福安宁、对世界的乐观态度，还是生活的稳定？要让你的听众明白，哪些事情对你而言是至关重要的。

> 作为首位华盛顿特区警察学院的跨性别者，当跨入它的门槛时，我深知自己的道路将与众不同。我必须追求卓越，力求完美，因为我的每一步都将成为学院评判后来者的标杆。
>
> ——摩根·吉文斯，《警察学院》

利害关系赋予故事深度，使其不仅仅是一系列事件的堆砌或零散的思考。它们向听众揭示了这个故事对你个人的重要性，并为整个故事的发展提供了支撑。

许多故事的本质，可以归结为一种看似正常却混乱不堪的局面。独自穿越森林前往祖母家的旅程，本身不过是一篇描绘采花和孙辈责任感的散文。然而，一旦恶狼的身影悄然出现，故事便被赋予了张力，危险与挑战随之而生。敌人的阴影笼罩，使得原本平凡的旅程变得充满未知与刺激，每一步都充满了克服困难的决心与勇气。

> 突然，火舌如同狂野的风暴，席卷了整个房间，火光在头顶

上方跳跃，沿着墙壁肆虐。那是一片火海。温度急剧攀升，热浪逼得我跪倒在地。我试图转身，寻找我们进入时的路径，却发现出口已被熊熊烈火封锁。我四处张望，却不见那位紧随我身后的消防员的身影。我意识到自己陷入了绝境，唯一的出路，似乎只有穿越这栋燃烧的房子，寻找一线生机。

——西瓦德·约翰逊，《勇敢行动，或勇敢面对死亡》

想象一下，你经历了一场在机场的噩梦，行李不翼而飞。然而，在日常生活中行李丢失并不罕见——这又有何特别？但如果你告诉我们，丢失的行李中藏有你珍藏的唯一——张祖母的相片，那么这个故事的利害关系便更加明晰。我们开始理解，这不再是一个给你造成不便的小插曲，也不只是一个不幸的事件，而是一段承载着深切情感和重大意义的经历。

让我们从描绘你打包行李的那一刻开始。你轻轻将那张珍贵的、你已逝祖母的照片，放入行李箱深处的内衬口袋。她养育了你，给予了你无尽的爱。这张照片，是你无论走到哪里都随身携带的宝贝。然后，让我们跟随你的脚步，步入那场令人窒息的机场遭遇。当行李遗失的消息传来，我们随之被带回那张照片所给予你的记忆——那是祖母留下的唯一念想。在这一刻，你的故事不再只是关于行李的丢失，听众会因你的故事而动容。

通过将照片的细节巧妙地编织进故事，你为故事赋予了深刻的意义。听众本能地使用了你的思维模式，回想起自己生命中那些相似的经历。在这一刻，他们与你的心灵产生了共鸣。

在戴维·里特的故事《你见他了吗？》中，这位前白宫雇员肩负着一项看似简单的任务：向时任总统贝拉克·奥巴马递上一副有线耳机。

我摸索着从口袋里掏出了一团看起来像是毛球的线团。我心中一片茫然，也许是在等候室时，我闷闷不乐地将这玩意儿揉成了一团无望的乱麻。我不知所措，最后只能将这团纠缠在一起的耳机递给了美国总统。在白宫工作的日子里，我常听到这样一句话："世上没有比总统的时间更宝贵的了。"这句话在我听来不过是陈词滥调。然而，直到我目睹了贝拉克·奥巴马总统花了整整三十秒的时间解开那团耳机，且目光始终未曾离开我，那一刻我才明白这句话的分量。

利害关系往往能通过生活的细微之处或命运的微妙转折而被放大，例如错过一个车站、不经意间走错了方向，或者在晚宴上意外地与旧日相识相邻而坐。这些突如其来的小插曲都在考验着你。

> 我刚踏上纽约这片土地，没有工作，没有朋友，没有计划，唯有一堆待洗的衣物陪伴着我。我日复一日地在电梯间穿梭，前往楼下的洗衣房。某日，乘电梯返回时，我在手指上转动着钥匙。如同被命运捉弄一般，钥匙飞出，从门缝间滑落，伴随着"叮当"的回响，坠入深邃的电梯井底部。我愣在原地："怎么办？我现在没有钱包，没有手机，没有钥匙，甚至没有一个认识的人。"尽管在飞机上邂逅了一位友善的女孩，我却未能记住她的联系方式。邻里之间尚无交流，我光着脚，未穿内衣，饥肠辘辘，面对这突如其来的困境，我茫然无措。
>
> ——伊莎贝尔·拉斐尔，《赤脚与城市》

## 内在与外在的利害关系

有些故事侧重深入挖掘内在的利害关系，即那些心灵深处的挣扎——我是否会永远孤独？我有足够的能力通过这次考验吗？我是否有勇气去原谅我的母亲？而另一些故事则聚焦于外在的挑战——一头熊的威胁、一次财务审计的压力或是与一个暴怒的邻居的冲突。然而，最引人入胜的故事往往是融合了内外因素的故事。

利害关系是情境的产物。那时的你，正站在人生的哪个十字路口？是即将高中毕业，还是正经历着婚姻生活中的波折？在你的生活中有哪些事情可能因为这一刻而改变？你曾经认为理所当然的事是什么？你又在哪些事情上投入了过多的精力？是什么让一切变得岌岌可危？向听众揭示你内心的世界，说出你所忧虑的得失。

在卡伦·达芬的飞蛾故事《讲话撰稿人的悲歌》中，她通过精心挑选的细节逐渐堆砌起故事的利害关系。她从自己的职业生涯入手，为我们描绘了故事发生的情境，并透露了一旦事情出错，她将承受的巨大风险。

> 我曾担任一家巨头企业执行总裁的讲话撰稿人多年。这份工作要做的远不止是文字的雕琢，它更像是成为一位专业的知己。你必须能够续写他们的话语，传递他们的声音。因此，我需要与雇主共度大量时光，一起旅行，学会以他们的方式表达。当然，需要聘请一位讲话撰稿人的雇主必定日程繁忙。一周之内，我们可能要穿梭四五个国家。登机时，我会问道："我们的下一站是哪里？沙特阿拉伯？"随后，我会拿出所有资料，教他如何用阿拉伯语问候。他非常信任我，相信我的发音准确，相信我告诉他的当地的 GDP 等基本情况。这份信任，是经年累月建立起来的。我见证过许多人的失败，并非因为他们缺乏才华，而是因为他们未能建立起这种至关重要的信任。

卡伦已经为自己所珍视的事物打下了坚实的基础。她所提及的信任，正是她所担心可能失去的宝贵财富。她接着向我们讲述了在年度股东大会前夕，她与老板共同打磨讲话稿的情景。（更加突出了利害关系！）

> 我送他回去时，对他说："明天早上六点，我会来接你，我

们一起排练，你定能大放异彩。"

　　归家后，我完成了讲稿，将其发送给了制作人。为了确保万无一失，我设置了六个闹钟，时间都设定在清晨五点。然而，第二天我却在闹钟响起之前醒来，这很奇怪，因为我从来不会在闹钟响之前醒来。阳光透过窗户洒满房间。我心想："这是怎么回事？我在加利福尼亚，又不是阿拉斯加，为何阳光如此灿烂？"紧接着，仿佛电影中观众会惊呼"不！"的那一刻，我脑海中也回荡着同样的声音。我猛地从床上跃起，仿佛在以慢动作的方式翻滚着，抓起手机，时间显示7：30。而他，将在八点登上讲台。

得益于之前的情境铺垫，我们在这一刻与她一同感受到了可能产生的严重后果（利害关系）。她不仅面临失去工作的风险，还可能失去老板的信任。

　　我收到了二十二条短信和四条语音留言，其中一些是他发来的。他，这个地球上最温柔的人，让这个故事的情节更加沉重。他就像一个不会对你生气的父亲，只是对你感到失望："嗨，卡伦，现在是早上6：04或6：12。你的车是不是出故障了？我不确定。我打算自己开车过去。"我收到了六条这样的留言。随后，我联系了通讯部门的主管，对方说："没事的。我很高兴你还活着，因为约翰今天早上不得不中断排练，向大家解释说：'我今天状态不佳，非常焦虑，因为我担心我的通讯团队中有人出事了。我不知道她在哪里。'"

老板对她的信任如此深厚，以至于在她未能如期出现时，他所能想到的唯一解释便是她可能遭遇了不幸。

她终于在数小时后抵达活动现场，她是这样描述那一刻的：

　　那个场合聚集了我职业生涯中所有的关键人物——公司的高层领导、通讯部门的全体成员——每个人都在场。想象一下你人生中最羞愧的时刻，正如我所经历的这样一个彻底的职场羞耻。所有人都知道发生了什么：他们先是以为我遭遇了不测，现在却发现我还活着，只是像一个十七岁的少年那样，因为贪睡而迟到了。

这个故事的魅力在于卡伦如何巧妙地堆砌利害关系，每一个新细节的加入都让故事的紧张感层层叠加，如同过山车在轨道上逐渐攀升，每一个节拍都让人心跳加速。她巧妙地营造并利用这种紧张氛围，引领我们穿越故事的每一个情节，直至揭晓最终的结局。

若非她成功地构建了故事的利害关系，这或许只是一则关于没听到闹钟而贪睡的平凡故事。然而，正是这些利害关系让我们对最终的结局充满期待。

在编织故事的利害关系时，如何巧妙布局，让听众洞察你心之所系，这是一门艺术。若你在构建这些关系的过程中更添几分热忱，或许能向世人展示一个更为深邃的自我。

一个没有利害关系的故事就没有张力，故事最终会平淡无奇。如果你还渴望听众与你同在，为你的胜利喝彩，就去寻找那个瞬间，那个能够触动人心的独特而个人化的细节，让他们如同亲历一般感受到故事中的利害关系吧。

**推销你的创意：** 曾几何时，人们难以相信有一天我们会将电脑随身携带，如今我们却能轻松地通过软件与朋友克劳德进行视频通话，甚至加上彩虹滤镜。假如你手握一个革命性的创意，你该如何说服利益相关者，让他们相信你的愿景？分享那个你意识到这个创意的非凡之处的瞬间，即使当时周围充满了怀疑。利用你的故事，为听众描绘一个在这个创意下诞生的世界，带领他们穿越你的顿悟时刻，展示这个创意如何重塑未来，并最终回到现实。你的故事将激发所有人对这个创意的热情。

## 逸事与故事

人们往往将"逸事"与"故事"等而视之，然而它们有着显著差异。逸事是一段简短而风趣的描述，记录了真实的事件或人物。故事则不仅仅是一系列事件的串联，它关乎成长与变迁。若你对某事既无所求也无所欲，那么它便不足以构成一个故事。一个精彩的故事是层层递进的。当故事落幕时，一切都已发生了根本性的转变。它留下的痕迹是永恒的，你无法逆转，无法视而不见，也无法将之抹去。正是这些经历塑造了你，使你成为一个全新的自己。

逸事或许点缀着戏剧性和娱乐性的细节，但它们往往缺少深刻的内涵。这些逸事值得深入挖掘，因为一旦我们探究其背后，往往能发现更多层次的故事。许多深受人们喜爱的飞蛾故事正是从这些逸事中孕育而生。

在埃莉·李的大学时代，她父亲经营的杂货店——新英格兰地区最大的亚洲商店——不幸遭遇了一场毁灭性的火灾。这场灾难中有许多细节令人印象深刻。比如，波士顿市在一周前对那片区域进行了施工，却忘记了恢复消防栓的正常供水，结果在火灾发生时无水可用。埃莉·李最初向我们讲述的这段经历，后来被她编织成了一个名为《一种智慧》的故事。

> 那场火灾简直是一场浩劫。消防队员们试图从十条街之外的消防栓引水，而事态变得愈加严峻，火势跨越了小巷，连带点燃了邻近的建筑。那幢建筑的顶层非法存放着一万平方英尺的烟花，它们在火海中爆炸，仿佛在进行一场盛大的庆祝活动，恍若一场超现实主义的狂欢。

在埃莉深入反思这段经历后，她发现这场火灾彻底改变了她对父亲的看法。在此之前，她像许多青少年那样，对父亲抱有一种轻蔑的态度。

但在火势蔓延的过程中，她逐渐开始从一种全新的角度来看待他。

　　我清晰地记得，三位老妇人泪眼婆娑地站在那里。我走近她们，关切地询问："你们还好吗？为什么在哭？"其中一位女士泪眼蒙眬地望着我，然后转向我父亲那被火焰吞噬的商店，指着它哽咽着说："我们的家没了，我们还能去哪里？"那一刻，我的观念发生了转变。我从未如此深刻地思考过父亲的商店，我一直以为那只是他为了家庭生计而经营的生意，但实际上，他所提供的远不止于此，他支撑着一个更大的社区。

　　埃莉在飞蛾故事中不仅讲述了烟花爆炸的逸事，还深入地探讨了家庭、尊重和社区的深层意义。真正引人入胜的故事，不会仅仅局限于事件的表面事实。我们渴望与你同行，一同深入故事的每一个细节，去体会和理解其中的情感与智慧。

　　想象一下，你在机场错拿了别人的行李，归还它的过程对你来说是一种折磨。又或者，在公交车上，你意外地与一个人相邻而坐，后来才意识到，他竟是你已故父亲最亲密的童年伙伴。这些情节构成了完整的故事，但故事的深层含义何在？行动、角色、场景——这些元素都已齐备，唯独缺少了你讲述这个故事的真正动机。

　　我们向亲友反复讲述的逸事，初听之下似乎只是轻松幽默（"说说那次彩排晚宴①上出了多少岔子！"），然而，当我们深入思考，便

————————

　　①　彩排晚宴（rehearsal dinner）：国外婚礼前夜举行的一个传统活动，通常在婚礼仪式彩排之后进行。这个晚宴的主要目的是让新郎和新娘的亲朋好友聚在一起，庆祝即将到来的婚礼，同时感谢婚礼工作人员（如伴郎、伴娘等）的支持和帮助。在彩排晚宴上，人们通常会进行一些轻松的娱乐活动，如游戏、舞蹈或音乐表演，还可能会有简短的演讲或致词。此外，新郎和新娘可能会在晚宴上向婚礼工作人员赠送礼物，以表达对他们的感激之情。彩排晚宴通常由新郎的父母主办，但现代婚礼中，新郎和新娘也可以自己主办。这个活动有助于缓解婚礼前的紧张气氛，让婚礼当天的流程更加顺利。——译者注

会发现背后隐藏着更深远的主题（"新郎和新娘对两个迥异家庭的融合感到忐忑不安"）。是什么驱使讲述者不断分享这些故事？是否有更深层的内涵在吸引他们？深入探究，我们往往能从中挖掘出意义，这正是这些故事对你来说意义非凡、值得不断回味的原因（"那次混乱的彩排晚宴将两个不同的家庭紧密地联结在一起"）。

我们不仅要追溯那些降临于你身上的事件，还要深入内心，找出它们对你产生重要影响的根源和原因。

**不要轻易抛弃那些逸事：**有时，那些看似轻松的逸事可能是更深层次故事的萌芽，但有时它们本身就是完整的故事。在诸如医生候诊室、公司野餐或家长会等非正式场合，你可能没有时间讲述一个充满紧张情节和温馨结尾的完整故事。例如，如果泰雅·迪格斯[①]在飞往洛杉矶的航班上，对你和你哭泣的孩子表示同情，并接过孩子，短短两分钟就让他安静入睡——这便是你故事的全部了。你可以就此结束，无须深入探讨当时你对自己育儿能力的怀疑。这些社交场合的交流往往是短暂的，没有人能连续讲五分钟不被打断。尽管如此，这些短暂的时刻依然能产生深远影响，促进人与人之间的联系，并激发他人分享自己的故事。一个故事激发另一个故事，引发一连串的故事，可能就此开启新的友谊、商业伙伴关系，甚至是浪漫篇章。

## "微言大义" 式故事

有时，一个微小的故事背后隐藏着宏大的叙事，引发讲述者的深

---

① 泰雅·迪格斯：美国演员、制片人，代表作品有《芝加哥》《撕裂的末日》等。——译者注

刻转变。这样的故事虽小却蕴含着深远的意义，我们称之为"微言大义"式故事。

在《泥塑之头》这个故事中，杰伊·马特尔面临着一个挑战：如何处置一尊从母亲那里继承的沉重且外观丑陋的雕像。然而，这个故事背后更深层的情感纠葛在于，实际上这尊雕像是以他青少年时期的形象为原型的泥塑头像。尽管他并不情愿承担起保管这尊雕像的责任，但当他意识到父母在缩小居住空间后已没有存放它的一席之地时，他的内心不禁涌上一丝伤感。如果他拒绝接受，这尊雕像会不会被遗弃在街头？

伊斯梅尔·比亚在《非常常态》中描述了自己在新学校努力融入的经历，他尝试着去参与同学们热衷的漆弹游戏①。然而，这个故事背后隐藏着一个更深刻的秘密：他的同学们并不知道，伊斯梅尔曾是战争难民，童年时期还曾是战场上的一名士兵。这场模拟战争的游戏，与他亲身经历的残酷现实形成了强烈对比，让他得以窥见童年的天真。

**资深策划制作人苏珊娜·拉斯特，关于"微言大义"式故事的起源：** 在一场聚焦女性故事的展览中，姆马基·扬蒂斯讲述了她的故事《遇见纳尔逊·曼德拉》，回忆了她在南非作为 14 岁学生的一段难忘经历。

> 当我踏入高中的门槛，我在内心与自信心展开了一场艰苦的较量。我对自己缺乏信心，感觉自己似乎无法

---

① 漆弹游戏（paintball）：一种模拟战争的游戏。玩家使用装有彩色颜料的枪械进行对战。这种游戏通常在户外进行，玩家穿着迷彩服，戴着防护面罩，使用特殊的彩弹枪发射含有水溶性颜料的彩弹。当彩弹击中对方玩家时，颜料会在对方身上留下标记，表示该玩家"被击中"并需要退出游戏。——译者注

为这个世界带来任何价值。尽管如此，我的母亲始终在我耳边鼓励——"姆马基，我相信你。""姆马基，教育至关重要。""姆马基，坚持住，总有一天，你会明白这一切的意义。"我清晰地记得开学的第一天，我消瘦的身躯顶着一件又大又肥的校服，裙子拖过了膝盖。我向四周望去，发现其他女孩的母亲都同意修改校服，将校服改得舒适又合身，还为她们梳了最流行的辫子。

姆马基的母亲在地方报纸上发现了一则征文比赛的启事，并鼓励女儿参加。比赛的主题是"如果我有一日成为国王或女王"。尽管比赛并未提及任何奖励，姆马基还是不情愿地完成了文章，随后便将其寄出，不再放在心上。然而，几周之后，她被叫到了校长办公室。

我走进校长办公室，惊讶地发现校长见到我时显得异常激动。他告诉我，我在一场征文比赛中赢得了胜利，作为奖励，我将被邀请前往南非首都比勒陀利亚，参加一场颁奖典礼。原来，这场征文比赛确实设有奖励！我迫不及待地回到家中，将这一喜讯分享给了父母和其他家人，我们沉浸在无尽的喜悦与激动之中。随后，我和母亲一同被带到了比勒陀利亚的一家豪华五星级酒店。在那里，我们详细了解了颁奖典礼的安排。随后得知，作为奖励的一部分，我们还将有幸与伊丽莎白女王和纳尔逊·曼德拉总统会面！

姆马基的故事之所以特别，不仅是因为她有幸见到了这些名人，更是因为这次经历改变了她对自己的看法。

我抬头望去，看到其他获奖选手们身着宽松的校服，梳着传统的发辫。我以几乎一样的形象，加入他们的队伍，静静地站在那里等待着。伊丽莎白女王逐一向每位获奖选手致意，直到她来到我面前。我伸出手，行了一个屈膝礼。我们谈论了领导力，以及我当时对它的理解。她离开后，我激动地难以自抑，心怦怦直跳。纳尔逊·曼德拉那象征着自由的声音越来越近，他即将与我面对面。我一抬头，便看到了那个伟岸的身影——纳尔逊·曼德拉。在那一刻，母亲的鼓励回响在耳边："我相信你。你只需专注于你的学习，这一切终将有意义。"我站在那里，突然意识到我能为这个世界做出自己的贡献。我能站在这位伟人面前，是因为我内心的话语和思想，而不是什么校服和发辫。

当我第一次聆听姆马基的故事，我就立刻意识到这是一个"微言大义"式的故事。虽然表面上看，一个女学生在征文比赛中获胜的故事似乎平凡无奇，但这个故事背后连接着更广阔的世界，它激发了讲述者内心的转变，从而赋予了它非凡的意义。因为这个故事，"微言大义"式故事这个概念在我们的飞蛾故事中成为一个标志性的术语。

（一句忠告：偶遇名人本身并不构成一个"微言大义"式故事。见到碧昂斯固然令人欣喜若狂，但除了那短暂的激动之外，这个事件是否真正触动了你的内心，或者改变了你的人生轨迹？）

## 找到故事的弧线

飞蛾故事涉及成长与转变。而转变是故事的骨架，能帮助我们勾勒出故事的完整弧线。简单来说，弧线描绘了你的转变，从故事开始时的你，转变为故事结束时的你。因此，故事中的事件如何改变了你的生活，以及这些改变为何对你如此重要，构成了故事的核心。

如果故事讲述了你不慎将钥匙遗失在电梯井中，那么自那以后，你是否养成了将钥匙始终放在口袋里的习惯？又或者，如果你的故事描述了在一场混乱的婚礼彩排晚宴之后，家庭成员间的关系变得更加密切，那么自那之后，你是否以更加轻松的态度对待家庭聚会，不再那么紧张？

所有飞蛾故事都记录了讲述者的转变。这种转变可以是：

- 身体上的（身材走样→如今跑马拉松）。
- 境遇上的（忍受糟糕的婚姻→离婚后自由自在）。
- 情绪上的（每天提心吊胆→现在醒来都感到快乐）。
- 行为上的（曾经爱吃肉→现在成为素食者）。
- 态度上的（讨厌狗→现在养了三只）。

故事中的转变是利害关系的源泉。它可能是你获得的洞见，或是你摒弃的旧习。但请自问：我们为何要关注你身上的这些变化？你又为何对它们如此在意？（或许，那些狗狗填补了你内心的空虚？）

**莎拉：**若故事中没有发生任何转变，那么你所讲述的不过是对过往的回顾，或是一段精练的概括。故事的魅力就在于它所描绘的变化。

在编织故事的过程中，最有成就感的莫过于发现那些在你心中留下烙印的经历的意义。故事的表层事件（即情节）与它所蕴含的真义有所区别。作为叙述者，我们需要洞察到那些决定性的时刻，以及它们如何不断地塑造和转变我们的人生。

费思·萨利在飞蛾故事中讲述了她为离婚诉讼挑选一件礼服的经历。但这个故事的情感核心，其实在于她渴望最后一次让前夫看见如花朵般盛放的自己。

尼科什·舒克拉讲述了一个故事，关于他在母亲离世后如何学习制作她生前最爱的鹰嘴豆咖喱①和达尔巴特②。在这个故事的更深层次，他通过复现这些熟悉的菜肴，唤醒对母亲的记忆，让自己在心灵上与她更紧密地相连。

诺里科·罗斯蒂德分享了一段经历，她为心爱的猫咪斯宾塞寻找合适的宠物保姆。而这个故事的背后，其实是她与年轻邻居之间意外建立的深厚联系。

当你给自己留出时间，去回顾和反思那些过往的经历，你将逐渐洞察到其中的模式与主题。讲述者们常常会惊讶地发现："我从未意识到自己是这样的。"通过深入审视自己的生活，你会将那些零散的片段连接起来，从而揭示出故事背后的深刻含义。

**米歇尔·贾洛夫斯基，飞蛾引导员：**我喜欢讲述者拿起电话对我说："我突然想起了一些事情！"在他们追溯过往经历的过程中，往往会有一些新的领悟浮现，这些领悟不仅改变了他们对自身经历的看法，还赋予了他们对故事更深层次的感悟。

---

① 鹰嘴豆咖喱（chana masala）：一道印度美食，主要由鹰嘴豆、洋葱、番茄、香料和咖喱粉制成。——译者注

② 达尔巴特（dal bhat）：尼泊尔的传统食品，包含豆汤、米饭、咖喱马铃薯和炒挂菜等，类似套餐。——译者注

**凯特，关于祝酒词**：飞蛾故事总是以转变为核心。然而，祝酒词并不总是需要这样的变化。在一次故事擂台赛的活动中，我遇到了我的父亲。我走向他。他面带微笑自豪地告诉我，他准备报名参加擂台赛，重述几个月前在我婚礼上所说的祝酒词。他确信那段祝酒词触动了在场所有人的心弦，甚至有人因感动而离开现场，独自散步以平复情绪。在祝酒词中，他对我的爱自始至终都是那么明显——并没有任何转变。他从未对这份爱有过丝毫的怀疑！我凝视着他的眼睛，说道："爸爸，你的祝酒词确实完美，但如果你想在擂台赛上分享……我有一些建议。"祝酒词只要充满庆祝气氛、简短精练，并描绘出生动的场景，就可以在不涉及故事发展的情况下，赢得观众的热烈掌声。（等到下次参加擂台赛时，再来考虑如何构建故事的弧线吧！）

## 凝练成句

当你开始踏上创作故事的旅程，你已经捕捉到了一两个关键瞬间，对故事的利害关系有了基本的把握，并且内心深处感受到了故事事件给你带来的变化。在深入构建故事之前，试着将这一切提炼成一句简洁而深刻的话。

你故事的精髓是什么？

选定的这句话将成为你叙述的指南针。你不必在故事正文中直接呈现它——无须在一开始就明确设定前提。（请避免这样做！）将其视为一种工具，帮助你保持故事的焦点和方向。在创作过程中，你可以反复参考这句话，借助它来筛选细节，确保故事不会偏离主题。

让我们回到埃莉·李在本章前面所讲述的《一种智慧》的故事，

探讨那个能够概括整个故事的精髓。

> 直到一场灾难降临，我才深刻体会到父亲在社区中所扮演的关键角色。

这句话中蕴含着故事的情节和她的成长轨迹。

- 社区发生了一场灾难（波士顿唐人街那场毁灭性的五级火警火灾）。
- 埃莉的父亲在社区中扮演着某种重要角色。
- 在那场火灾的极端情境下，埃莉才真正领悟到父亲在社区中的重要性。
- 当埃莉透过社区成员的视角重新审视她的父亲时，她对父亲的敬意与钦佩达到了一个新的高度。

故事的走向会因精髓句中任何一个字眼的改动而大相径庭。这句话可以用作你审视故事的镜头。你可以围绕同一个生活经历编织出不同版本的故事，因此了解你想要讲述的故事的核心，将帮助你聚焦于主题。比如，在关于参加一场奢华新年晚会的故事中，与发现你的伴侣是你生命中的挚爱这一主题相比，若主题是克服对人群的恐惧，你将挑选出截然不同的细节来强调这一主题。

**凯瑟琳：**有时，在我所指导的讲述者分享完他们的故事后，梅格会提出一个问题，或当场或事后："你认为这个故事的精髓用一句话怎么概括？"每当这时，我的心总会沉下去，因为我意识到讲述者试图传达的精髓可能已经遗失。尽管我知道找到这个答案总能极大地提升故事的质量，但我仍然对这个问题感到忐忑。

飞蛾故事讲述的是个人经历，因此你需要从你的视角来叙述。为了确定故事的视角，你可以自问：

● 这个故事是否反映了你内心的斗争，比如你意识到并承认自己对推特的依赖？

● 它是否描绘了你与他人关系的发展和变化，比如你发现儿子没有告诉你你即将成为祖母？

● 它是否展示了你与外部世界的互动，比如作为一个拐杖和腿部支架的使用者，你是否经历过在拥挤的高峰时段通勤？

在创作故事之初，清晰地界定故事的主题可以帮助你挑选细节和场景，以便更好地支持故事的构建。在后续的编辑阶段，我们会多次回顾精髓句，它将成为你筛选细节的指南，帮助你识别哪些内容能够增强故事，哪些可能会使故事偏离主题。从现在开始，可以将这句话作为你创作过程中的导航图，时常回顾。

**来自引导员的提示**

● 深入思考：你的故事中存在哪些利害关系？你认为自己可能失去或得到什么？你渴望、需要、必须拥有或无法割舍的是什么？记住，利害关系揭示了你的关切，也让我们明白为何我们应同样在乎你的关切。

● 你的故事是否超越了简单的逸事？或许你已拥有戏剧性的片段或一连串有趣的经历，但故事需要更深层次的挖掘！反思这个时刻为何对你产生了持久的影响，这样你就能将逸事升华为一个完整的故事。

● 你的故事的弧线如何发展？故事开始时你是怎样的人，结束时又变成了怎样的人？你经历了哪些变化？这些事件如何影响了你的生活方式？

● 对你而言，故事的核心是什么？你能否将其提炼为一句话？记住，同样的经历可以编织出不同的故事——将故事浓缩为一句话，将帮助你聚焦核心，清晰地塑造你想要讲述的故事。

# 第五章　情节碎片

在我初次与新晋的讲述者对话时，我会提出一连串的问题，深入探讨他们心中的故事蓝图，和他们共同挖掘每一个细节。我常将这一过程比作"将装满思绪的宝箱倾倒于床榻之上"。我们一同在这片创意的海洋中遨游，精心挑选那些闪耀着灵感光芒的珍珠，而将那些平凡无奇的沙砾轻轻放回。

——凯瑟琳·伯恩斯

在编织你的故事篇章时，你需要寻觅那些不可或缺的元素。幸运的是，你所需的一切早已藏匿于你心灵的深处。现在，是时候踏上这场记忆的探险，深入那片充满魅力的废墟，寻找那些散落的宝贵碎片。拿起你的寻宝工具，我们即将启程。在这场寻宝之旅中，虽然我们会不时遇到平凡的铜板和瓶盖，但旅程中的每一步都可能引领我们发现真正的珍宝。

## 叙事路径的踏脚石

在叙事的旅程中，虽然故事的起点与终点已定，但其间的路径却充满了各种可能性。为了完整地描绘这条叙事之路，我们需要识别并串联起哪些关键的情节碎片？让我们尝试绘制一张蓝图，它不仅要囊括那些决定性的瞬间，还要涵盖那些铺垫高潮与结局的深层背景、关键的洞察与心灵的觉醒。

请铭记：飞蛾故事并非仅仅是事件的串联（例如，某件事发生了，你能想象这样的事情居然发生了吗?），它们总是在行动与反思之间不断地切换。行动可能是一个特定的瞬间（或场景），或者一连串的瞬间；而反思则可能是对所经历事件的即时反应（即内心的想法与情感），也可能是帮助我们更好地理解行动和利害关系的背景信息。

故事中的关键节点，宛如河流中的踏脚石，构成了叙事的骨架。每一块都对流畅地叙事至关重要，缺失了其中任何一块，故事的脉络便可能变得难以追寻。

你是否曾在聆听故事时，心中浮现疑问："故事是如何发展到如此地步的?"是否曾因某个细节突然呈现的重要性而感到困惑？这往往是因为讲述者在叙事中遗失了某个关键环节。比如，故事开头你还在底特律的街头挣扎求生，转眼间却现身巴黎，挑选着奢华的香水，这样的转变无疑会让听众感到迷茫。你必须在故事中加入那个转折点，比如，在女友向你吐露她对埃菲尔铁塔的向往之后，你意外地收到了一笔丰厚的退税。

在叙事之旅中，你宛如一位正在驾驶汽车的驾驶员，而我们则是车内的乘客。你心中有明确的目的地，对每一个转弯都了如指掌。沿途，有些风景你只是轻轻掠过，然后继续驶向故事的下一个节点。然而，在某些特别的瞬间，你会减速，甚至停下，让我们细细品味眼前的景致，或是观察那些住在沿途房屋中的住户，那些能真正理解你内心世界的人。

在叙事之旅中，你无须逐字逐句地描述旅途中的每一个细节。你可以有跳跃性的思维！你只需向我们描绘驾驶的片段，而不必详尽地描述如何上车、插入钥匙、启动引擎、挂倒挡、倒车出库等琐碎动作。要害在于捕捉那些关键的瞬间，它们将带领我们深入你的故事。我们需要哪些关键信息，才能完整地理解故事的脉络？

以杰基·安德鲁斯的故事《饲养场的小牛》为例，她讲述了自己在十六岁时怀孕，随后在生活的艰辛中挣扎求存，最终在社区的支持下找到了希望。这个故事的叙事踏脚石可能是这样的：

● 故事开始于杰基家的餐厅。在那里，她向父母坦白了怀孕的消息，并坚定地表达了抚养孩子的意愿。

● 随后，场景切换到医院。她第一次拥抱着新生的女儿，那份深沉的母爱和对未来的坚定决心在这一刻萌生。

● 她向我们描绘了她的日常生活：在应对高中的学业、家务活和在温迪快餐店的兼职之余，她还要照顾女儿。

● 面对突如其来的医院账单，她在温迪快餐店的收入显得捉襟见肘，她不得不寻求其他途径来支持自己和女儿的生活。

● 杰基透露了自己的成长背景：她的父亲是一个具有强烈独立精神的人，不允许她寻求社会救助。

● 接着，她详细讲述了父亲的一项计划：从饲养场救出新出生的小牛，喂养它们，然后在拍卖会上出售（同时揭示了她的家庭的谋生方式和饲养场的运作机制）。

● 随着农场危机的到来，牛肉价格暴跌（关于利害关系的重要背景）。

● 最后，场景切换到拍卖会上。尽管气氛沉重，但当杰基的父亲向其他农民讲述了她为了支付账单所做出的努力时，他们被深深打动。尽管他们也在困境中挣扎，但他们慷慨地出价，帮助杰基筹集到了所需的资金。

● 故事的结局是杰基终于能够偿清所有债务，她对那些在困难时刻伸出援手的社区成员充满了深深的感激。

在精心布置好故事的每一块踏脚石之后，你或许会发现，有些节点是可以省略的。有时候，只有站在全局的视角，才能洞察到通往目的地的最短路径。在叙事的跳跃中，你可以轻松地从一个情节跃至另一个，而不会削弱故事的魅力。你不必描述称量面粉、搅拌面糊的每一个细节，只需将你从烤箱中取出蛋糕的场景展示出来。

在后续的篇章里，我们会深入讨论多种叙事结构。但此刻，在构建故事之初，你只需识别出那些关键的情节碎片。在你的叙事画卷中，哪些细节需要被放大、细细勾勒，而哪些又可以被一笔带过？

在飞蛾故事中，讲述者主要运用三种元素带领我们领略故事的魅力：

**场景。**场景描述故事中的片段，它们使故事变得完整，是构成故事的弧线的关键。故事的高潮往往蕴含在这些场景之中。

**概述。**概述让我们在故事的时间轴上跳跃，无缝衔接下一个重要节点（例如，"三周之后""经历无数尝试与挫败后""在完成硕士学业后我已准备好……""在有两个孩子和抵押贷款之后……"）。

**反思。**反思是讲述者内心世界的窗口，揭示了他们在经历中所学、所感、所悟以及决定的改变，或者他们所接受的深刻洞见。

在杰基的故事中，她以一个简短的场景开场，并以此为触发事件，为后续故事的发展奠定基础。

> 1979 年的某天，我站在我们位于内布拉斯加州西部农场的餐厅中，泪水模糊了视线。我向我的父母坦白道："我怀孕了。"

她的开场场景让我们瞬间置身于那一时刻，并交代了利害关系。紧接着，她简洁地描述了父亲的反应，然后迅速切换到故事的下一个场景。

父亲将我的女儿抱到我的床边，将她放入我的怀抱，并对我说："杰基，这是你的女儿，你要尽你所能去爱她。无论你如何努力，你总会在不经意间让她感到失望。"他继续说："但这是我们所有人的通病。只要你真心爱她，让她感受到这份爱，她就会原谅你。"

**接着她回顾了当时的感受。**

我当然爱这个孩子。自她第一次躺在我的臂弯，那份爱便超越了我的生命。我深知，我们母女将肩并肩，奋斗到底。

**她随后概述了安定之后的生活作为故事背景。**

清晨，我醒来后开始做家务。随后，我投身于乐队的排练，再步入校园。放学铃响，我便急切地踏上归途，只为在前往温迪快餐店工作前，能与女儿共度片刻。夜幕降临，我回到家中，继续处理家务，然后完成我的作业。在那些日子里，我学会了在臂弯中抱着她，一同进入梦乡。尽管生活充满挑战，但是我感觉自己尚能勉强应对，直到那些庞大的医院账单如同汹涌的海浪，将我淹没。

**她又述说了一些背景信息和重要的成长故事，让我们了解到她是如何被抚养长大的。**

我的父亲，一个崇尚民主、珍视孩子、尊重勤劳双手的人，对资本主义抱有深深的反感，对体制充满不信任，对铺张浪费的社会风气更是不屑一顾。他坚信，我们可以在这个农场自给自足，所需之物皆源自这片土地。若农场无法提供，我们便以物易物，交换所需。

**她还插入了一个小场景来加以说明。**

我依然能够清晰地回想起那个画面——父亲站在那儿，手里拿着一个从杰克与吉尔杂货店后面的垃圾桶中捡来的烂水果，对我说："杰基，看这个。这个梨还有四分之三可以吃，却被人无谓地丢弃了。"接着，他会切除坏掉的部分，我们便一起享用剩下的。他总是以这样一种独特的视角观察世界。

她继续叙述，详细描述了拯救新生小牛、精心喂养它们并在拍卖会上出售的策略，同时解释了饲养场的运作机制。她巧妙地将生动的场景融入叙述，让我们见证了他们如何将这一计划付诸实践，以及在这一过程中所面临的挑战，包括1980年那场突如其来的农场危机。

随后，杰基以拍卖小牛的最后一个大场景为故事收尾。在那个场景中，她的父亲向其他同样经济困难的农民们分享了她的故事。

拍卖会拉开序幕，牛群一队接一队地走进拍卖圈，其价格之低廉几乎让人感觉它们像是被慷慨赠予一般。我内心紧张，因为我的命运似乎正缓缓向我走来。当我的牛群登场时，那些农民居然开始竞价，而且竞相出价，仿佛这些牛是珍稀的种牛。价格飙升，远超其实际价值，因为这些农民在用这种方式表达他们对我努力克服困难、偿还债务的支持。他们在农场危机中已经损失惨重，他们的慷慨并非出于富裕，而是出于真诚的心意。最终，我带着足够的资金离开，将医院的账单一笔勾销。

她以一段概述为故事画上圆满的句号，其中融入了她对这段经历的深刻反思与感悟。

在那之后不久，我完成了高中学业，带着女儿离开了内布拉斯加州，踏上了通往大学的道路。之后我投身军旅，因在沙漠风暴行动中的英勇表现荣获铜星勋章。我走遍了世界，目睹了无数令人叹为观止的美景，然而，我心中的一部分永远留在了内布拉斯加州西部，它将永远与那些给予我生活机会的农民同在。

作为叙事者，你负责决定如何运用场景、概述和反思来构建你的故事。方向盘在你手中，是你带领着乘客穿梭于你的叙事之旅，决定让他们看到哪些风景、在哪些地方驻足细观。如果你的故事主题是追求成为法律事务员的梦想，那么提及你父母经营的小丑学校或许并不必要。或许为了更好地讲述你的故事，这可能是你决定停下巴士、邀请所有人下车去深入探索的隐喻之地。例如，"我在小丑学校学会了用手走路，却学不会如何系好一条不会喷水的领带①"。

> **莎拉，关于求职面试时讲述的故事：**我父亲在企业高层管理领域积累了丰富的经验，他坚信故事可以展现简历上的连续性和成长。他常说："审视你的简历时，想想你在每个职位上学到了什么，这些经验如何引领你迈向下一个阶段？你的职业旅程有着怎样的故事线？为什么这个新职位是你职业生涯的下一个合理选择？"比如，你可能从低音管演奏者成长为指挥家，最终追求成为音乐教育者，因为你渴望激励更多年轻人投身音乐事业。虽然你未必能预见职业道路的终点，但回顾过往的每一步，你总能发现它们之间的联系。在这些经历中，你学到了什么，让你更加明确自己未来的方向？
>
> 飞蛾的行政助理和办公室协调员特拉维斯·考克森在申请这份工作时，刚刚结束了他作为百老汇巡演舞台经理的漂泊生涯。我们曾担心他是否会怀念那些在路上的日子。然而，在面试中，他分享了疫情导致的剧院关闭让他意外地长时间留在家中的经历。

---

① 系上领带在这里隐喻成为法律事务员。——译者注

他发现自己开始享受与伴侣共度的宁静早晨，曾经的临时栖息地变成了温馨的家园。他逐渐适应了这种新的生活方式，并感到前所未有的踏实。他渴望转变，希望在不用漂泊的情况下，利用自己的组织才能继续为现场戏剧活动服务。他的故事深深打动了我们，我们毫不犹豫地向他伸出了橄榄枝。能够将职业生涯的转变编织成连贯的叙事，这样的人往往能够脱颖而出。将自己的工作经历编织成故事，向潜在雇主展示自己、解释为什么你是这个职位的理想人选，这是一种极具说服力的展示方式。

## 寻找场景

要学会在故事中捕捉那些关键场景，并赋予它们生命。想象这些场景发生的瞬间，如同电影画面一般在你的心中重现它们，然后生动地叙述，让我们仿佛置身其中，与你一同感受和见证。

在故事《我的危险美丽使命》中，埃丝特·恩古比描述了一个熟悉的成长仪式：穿耳洞。

> 肯尼亚的一个小村庄，没有沃尔玛或克莱尔①的饰品店供我选择，我只能采用传统的方式来完成我的穿耳洞仪式。我关上房门，拿起针和线，调整好墙上的镜子，以便清晰地看到自己的动作。我小心翼翼地推进针头，虽然感到刺痛，但心中憧憬着即将蜕变的、美丽的埃丝特，这份期待让我的痛感变得微不足道。我想象着初吻的甜蜜，初恋的悸动。针头穿过耳垂，我小心地系好

---

① 克莱尔（Claire）：一家专门销售时尚饰品、化妆品等商品的零售连锁店，尤其以提供穿耳洞服务而知名。——译者注

线，然后重复这一过程。经过漫长的等待，我的另一只耳朵也终于穿好耳洞了。我深吸一口气，静静地欣赏着镜中那个美丽的自己。

通过将我们带入这个细节丰富的场景，她让听众感受到了她亲自解决问题时所经历的痛苦与喜悦。

在《这将是一场煎熬》中，马修·迪克斯向我们讲述了他在一场几乎致命的车祸后被送往急诊室的经历。

护士走近我，询问我的联系方式，我便给了她我父母的电话号码。接着，我又提供了一家麦当劳店的号码，因为我原定当晚在那里工作。她对此不以为然，但我坚持说："不，没有我，那个得来速①窗口可就运转不畅了，他们得找人顶替。"她心地善良，真的拨通了麦当劳的电话。我的父母并未现身。后来我才知道，得知我情况稳定后，他们先去查看了事故车辆。我在等待手术，然而正值 12 月 23 日，外科医生难觅，我感到很孤独。然而，这种孤独并未持续多久，因为当护士通知麦当劳我无法去工作时，那里的员工开始互相传递消息。急诊室的等候区逐渐被一群十六七岁的孩子填满。他们推着我的病床穿过急诊室，打开一扇门，我的朋友们依次站在门口，向我挥手，竖起大拇指，用一些傻气的话逗我开心。

马修本可以简单地告诉我们："在父母缺席的时候，我的同事和同学成了我的非血缘家人。"然而，他选择让我们通过具体场景共同感受那份深刻领悟所带来的美好。

———————————————

① 得来速（drive-through）：一种服务设施，通常出现在快餐店、银行、药店等地方，允许顾客在不下车的情况下完成交易。顾客驾车通过一个专门的通道，通过窗口与服务人员交流，完成点餐、支付和取餐等过程。——译者注

在琳恩·弗格森的故事《弗格森之前》中，她向我们讲述了一次她和丈夫永生难忘的外卖点餐经历。

当我们回到家，丈夫突然兴起，想要点一份外卖。而我，心中涌起一股莫名的冲动，决定进行一次怀孕测试。测试结果显示为阳性。就在这时，丈夫带着装满美食的棕色纸袋归来，迎接他的，是我激动的话语："亲爱的，先放下你的咖喱，我有件大事要告诉你！"

琳恩通过对这个朴素场景的描绘，凸显了一个对她家庭未来产生深远影响的转折点。

特瑞娜·米歇尔·罗宾逊在故事《青铜铸就》里，分享了她探索祖先历史的经历，详细叙述了她踏上肯塔基州、追寻先辈足迹的情景。

我们终于抵达了这片土地，在这里我的家族先辈曾被奴役。我们走出车外，看到四周被繁茂的野花和高高的草丛环绕。我们的向导斯科特，开始为我指示和讲解，例如告诉我主屋的旧址，以及那些原生的草本植物和树木的名字，让我得以窥见家族先辈当年的视野。那里有美丽的古橡树、樱桃树和绚烂的金菊。正值秋季，万物渐显凋敝，然而在阳光的照耀下，它们依旧绽放着惊人的美丽。我心中涌起一股复杂的情感，因为这片曾经见证苦难的土地，如今却孕育着如此动人的美景。

特瑞娜对故事中场景的描绘，让我们仿佛身临其境，沉浸在故事的情感之中。因为我们能够想象阳光照耀在金菊上的情景，所以我们能更好地理解她如何在自然之美与历史之丑之间寻找和谐。在你的故事中，有哪些踏脚石可以通过场景来生动地描述？你可以从一个充满激情的时刻，或者一个令人震惊的消息开始，比如，你意外发现自己中彩票的那一天。请根据以下提示深入描绘那个场景。

- 你当时在哪里？

- 你是否总是在同一天、同一地点购买刮刮乐彩票？

- 你是独自一人还是和朋友一起？

- 当你看到结果时，你是立即相信，还是需要别人帮忙确认？

- 你是惊讶得说不出话来，还是立刻跳起了狂欢的胜利舞蹈？

- 然后发生了什么？

……诸如此类，不断追问。

## 为关键时刻留出空间

场景往往源自故事中那些活跃的瞬间，那些是你想要放慢脚步去深入探索的地方。例如，如果你的故事以辞职为起点，不要仅仅陈述这一事实，让我们置身于那个场景——你是在老板的办公室里紧张地等待，还是在一台刚刚喷出覆盆子味冻酸奶的机器旁，情绪失控？周围是否有电话铃声响起，或是有孩子在旁笑得前仰后合？随后发生了什么？你是语无伦次，还是愤然脱下沾满酸奶的紫色围裙，将其掷于地上，然后怒气冲冲地离开？

在《富城滑者》的故事里，雅各比·科克伦带我们穿越时空，回到了 1990 年代，那时他被邀请参加一场紧张刺激的轮滑比赛。

> 如果你对轮滑一无所知，那么你可以将"全国派对"理解为这一领域的格莱美奖①。这里汇聚了美国顶尖的轮滑高手，他们齐聚一堂，展示各自的技艺、音乐和风格。当时，我们正在进行一场城市间的展示，每个城市都要在舞台上展现自己的特色。得

---

① 格莱美奖（Grammy Awards）：由美国国家录音艺术与科学学会主办的年度音乐奖项，旨在表彰音乐界的杰出成就。这个奖项自 1959 年设立以来，已经成为全球音乐界最具影响力和最受瞩目的奖项之一。——译者注

克萨斯的选手们带来了"慢步"，底特律的选手们展示了"舞厅滑"，而肯塔基的选手们则在腿间投掷中展现了他们的狂热。从加州到纽约，再到佛罗里达，每个地方的选手都展现了他们独有的风采。现场人潮涌动，座无虚席。经典的旋律震撼人心，灯光与音乐同步跳动，烟雾弥漫在空气中。就在这时，灵魂乐①之父詹姆斯·布朗的歌声响起，《复仇》的前奏中那标志性的"呜呜"声一响，我们就知道，轮到芝加哥的选手们登场了。

在《士兵的故事》中，陆军老兵雷·克里斯蒂安勇敢地讲述了他与创伤后应激障碍②的斗争。在几个充满紧张气氛的场景里，我们目睹了他情绪的波动，时而愤怒，时而迷茫，甚至陷入妄想。随后，他分享了这样的经历：

　　我坐在商场的长椅上，试图整理纷乱的思绪。一位中年女士陪伴着她年迈且行动不便的母亲走过来。她轻声对母亲说："妈妈，我要去洗手间，你在这里等我，别走开。"说完，她便离开了。那位老妇人的目光紧紧地锁定在我身上，我试图转移视线，但她的目光依旧执着。她缓缓地伸出颤抖而羸弱的手，轻轻地放在我的手边，然后紧紧握住。那一刻，泪水不由自主地涌出我的

---

① 灵魂乐（Soul Music）：一种起源于20世纪50年代末至60年代初的美国音乐流派，结合了节奏布鲁斯（Rhythm and Blues）、福音音乐（Gospel）和爵士乐（Jazz）等多种音乐元素。灵魂乐以强烈的情感表达、富有感染力的旋律和节奏感以及即兴演唱（Vocal Improvisation）而著称。——译者注

② 创伤后应激障碍（PTSD）：一种在经历或目睹了极度恐怖、生命遭到威胁或身体完整性受到严重威胁的事件后可能出现的心理障碍。主要症状包括重新体验经历的创伤事件，回避与创伤相关的人、地点、事物或思想，表现出持续的负面情绪，出现睡眠障碍、集中注意力困难、易怒、焦虑、抑郁等心理症状。创伤后应激障碍的症状通常在创伤事件发生后的几个月甚至几年内出现，但有时也可能在事件发生后立即出现。——译者注

眼眶。

　　她的女儿回来了，看到这一幕，说道："妈妈，你在做什么？你不能这样随意触碰陌生人。先生，您还好吗？"我回答道："我很好。"接着，她的母亲抬起头说道："这正是他所需要的。"

　　是的，这正是我所需要的。

　　在故事的开端，雷已经向我们展示了他那反复无常的行为。当我们目睹他在一位陌生人的温柔触碰中找到了慰藉，我们明白他无法再回避自己创伤后应激障碍的征兆。这正是他开始正视此事的时刻。

　　场景让我们亲眼看见关键时刻，而非仅仅向我们陈述事实。在鲁比·库珀的故事《柯克的圣诞礼物》中，她运用场景深入挖掘了她与儿子之间的情感纽带。

**她本可以直接说：**"我儿子拥有非凡的魅力。"

**然而，她选择通过场景让我们感受到：**

　　在他七岁那年，我第一次带他去学校。我推着他的轮椅穿过走廊，他兴奋地喊道："嗨！我是柯克。嗨！我是柯克。"一边喊一边热情地挥手，仿佛在竞选一样。

**她本可以直接说：**"我很难拒绝我儿子的要求。"

**然而，她选择通过场景让我们感受到：**

　　那年，他掉了一颗牙，我告诉他："我们会把牙放在枕头下，牙仙子会来，用钱换走它。"他反驳道："不，我的牙仙子会给我带派。"我解释说："牙仙子只给钱，不送派。牙仙子只是个带着一袋硬币的小东西。"他坚持己见："我的牙仙子会送派。"我无奈地问："好吧，那是什么口味的派？""巧克力的。"第二天一早，

牙不见了，取而代之的是一盒来自本地面包店的牙仙子
送的巧克力派。

在这个温馨的小插曲中，柯克发号施令，而鲁比则无法拒绝。鲁比为我们描绘了故事后续中关系发展动态的雏形。

在《肖尼族人永不放弃》中，阿利斯泰尔·贝恩回忆起他被邀请在教堂唱赞美诗的时刻。

我转向那位静静等待的风琴手，轻声请求："请弹奏《迈克尔，划船靠岸》，好吗，女士？"她微笑着点头，赞许道："聪明的选择。"随着音乐的响起，我在心中默念着歌词，开始唱道："迈克尔，划船靠岸，哈利路亚。迈克尔，划船靠岸……"直到我唱到第二个"哈利路亚"，我才惊觉，这是我唯一能记住的歌词。但肖尼族人从不轻言放弃。我想，一首歌可以有多种演绎方式，就像那些循环播放的舞曲混音。我闭上眼睛，因为有时不去看观众会更好。在歌声中，我反而有时间去思考一些存在主义的问题，比如：迈克尔是谁？上帝为何要他划船靠岸？当我第十六次唱出那句歌词时，我停了下来。风琴手不确定是怎么回事，还在继续弹奏，直到她意识到歌声已停，弹奏才戛然而止。随后，一片寂静降临，我沿着教堂的中央通道缓缓走回座位，越过朋友的膝盖时，我们目光交汇，他只是淡淡地说了句："哥们。"

在阿利斯泰尔的叙事中，场景逐渐累积，展现了他在教堂表演的压力下如何屈服，以取悦主办方。他通过描绘自己的内心世界放慢了故事的节奏，从而构建了他在台上那一刻的紧张、焦虑和恐惧。这种叙述手法不仅揭示了他的脆弱，还让听众仿佛亲身体验到了同样的恐惧。

在叙事艺术中，有些故事由众多细腻的小场景编织而成，有些则

以两三个深刻且关键的场景为核心。通常，故事的精髓在于一个宏大的场景，它承载着整个故事的高潮，是推动情节发展至顶点的关键。缺少了这个场景，故事便失去了其核心。

在詹姆斯·布莱利的故事《最后一张家庭合影》中，家族成员聚集在妹妹凯西的病榻前。在故事的高潮场景中，他们共同经历了一场在临终关怀室举行的特殊婚礼。

父亲缓缓站起。护士进来确认婚礼出自凯西自己的意愿。史蒂夫走向角落，紧握凯西的手，牧师翻开《圣经》，急促地念出："亲爱的，我们在此聚集见证这对男女的神圣婚姻。"——他的语速之快，宛如拍卖师。因为他必须在凯西再次沉睡之前完成仪式。

凯西轻声说："我愿意。"父亲看着史蒂夫，手握在一起。

母亲轻声道："恭喜。"随即，她给了史蒂夫一个拥抱，尽管她的双臂因骨质疏松而显得脆弱。我打开香槟，将金色的液体倒入饮水机旁的纸杯。

在众人为新人举杯祝福之际，有人提议："为什么不给孩子们拍张照呢？"

我走到角落，站在凯西床边，我的兄弟和姐姐站在另一边，我们摆出姿势，准备留下纪念。我们的目光落在墙上的巨幅海报上，那是二十年前在姐姐科琳的婚礼上拍摄的，是我们四人唯一的合影。科琳将它放大，挂在凯西的墙上，让她能时时感到家的温暖。

我站在那里，凝视着我们曾经的影像，为我们将拍摄的最后一张合影摆姿势。父母在一旁默默注视，这是我们记忆中第一次，也可能是最后一次，全家人齐聚一堂。凯西用生命教会了我们，放手虽然艰难，却也能如此美丽。

**生日庆典：** 在玛丽·多莫五十岁生日那天，这位飞蛾的资深志愿者举办了一场派对。她邀请了来自生活各个角落的朋友们：霍博肯市的挚友、东村的邻居、职场伙伴、飞蛾的同仁，以及火人节①的参与者。派对的主旨是"这就是玛丽"，每位宾客都被要求用两分钟的时间讲述一个关于玛丽的、飞蛾风格的故事。每位宾客只有一分钟的时间来描绘一个场景，以展现她独特的才华。这些短小精悍的故事不仅为那些素未谋面的宾客搭建了沟通的桥梁，更让玛丽感受到了被爱、被祝福和被关注的温暖。所有的宾客都感受到了更加紧密的联结。

在世界的另一端，内罗毕②恩巴卡西街区，一位十八岁的少女在她的生日派对上，邀请每位成年宾客讲述一段他们十八岁时的难忘往事。女孩的祖母、祖父以及所有到场的宾客都分享了他们的故事。最令人难忘的故事来自祖母，她讲述了祖父如何教会她驾驶汽车的经历。在场的飞蛾引导员莫琳·阿马卡贝恩感慨道："那场景真的很温馨。女孩的祖父承诺在明年的生日派对上，他会讲述自己版本的这个故事，我们都被逗笑了。我和我的小女儿一同在场，我们不仅更加了解了这个家庭和邻里，女儿还兴奋地问，她过生日时我们是否也能这样做。"

---

① 火人节（Burning Man Festival）：一年一度在美国内华达州的黑石沙漠举办的活动，八天的活动开始于美国劳动节前一个星期日，结束于美国劳动节当天。火人节的名字来自周六晚上焚烧巨大人形木像的仪式。这个活动被许多参与者描述为对社区意识、艺术、激进的自我的表达，以及彻底自力更生的实验。——译者注

② 内罗毕（Nairobi）：东非国家肯尼亚的首都。——译者注

### 退出场景之前

在塑造你的故事场景时，确保自己置身于行动之中，由内而外地去描述它们。记住，你是故事中的积极参与者，而非旁观的叙述者，不要以事后的视角来讲述，让那些瞬间以它们原本发生的方式自然展开。

思考一下这两句话之间的区别：

当我走进房间的时候，我害怕极了，因为我听到了某种声响。

我打开门，听到角落里传来一阵低吼——我的心开始狂跳！

讲述故事时，将自己置身于那个场景之中，仿佛正在感受它。

若是细节或场景出人意料，请勿提前泄露，让我们与你一同体验那份惊讶。避免使用类似"然后，最令人震惊的事情发生了"这样的引导语。

预设期望有时可能会削弱故事的冲击力。抑制住自己的冲动，不要告诉听众他们应该思考或感受什么，让他们自己得出结论。

如果你的故事平淡无奇，或者你察觉到听众的注意力开始游离（甚至你自己也可能如此），不妨寻找一个场景来增加故事的魅力。

## 细节

黄油的品牌、收音机里的歌曲、毯子的质感、门框上残留的犯罪现场胶带碎片、赤脚踩在苔藓上的感觉——这些细节赋予你的场景以色彩，让故事栩栩如生、触手可及。细节往往是故事中最引人入胜的元素，即使最不起眼的细节，也能让故事更加贴近人心。细节不仅凸显了故事的关键时刻，还营造了情感氛围，增添了紧张感，最终支撑起故事的利害关系和情节发展。细节让故事在听众心中留下难以磨灭的深刻印象。

**梅格：** 我常鼓励人们要大胆地深入挖掘——审视你手中的每一个细节和瞬间，然后甄选出那些真正能够支撑你想要传达的故事精华。

在利兰·梅尔文的故事《沉默的一刻》里，他描绘了自己抵达国际空间站后，被俄罗斯舱段的指挥官邀请共享晚餐的情景。指挥官建议他携带脱水蔬菜，而肉类则由他们准备。他以这样的方式叙述了那个夜晚：

> 肉香在加热时弥漫，牛肉大麦与杏仁青豆交织，我们与曾经的对手——俄罗斯人和德国人——共享这一餐。在以每小时17 500英里的速度环绕地球、每90分钟经历一次日夜更替、每45分钟目睹一次日出或日落的空间站中，我心中充满了对那些现在与我并肩工作、可以托付生命的人们的思考。他们是非裔美国人、亚裔美国人、法国人、德国人、俄罗斯人，以及国际空间站的首位女性指挥官。我们在空中分享面包，食物在失重中飘向彼此的嘴边。而这一切，都伴随着莎黛①的《调情圣手》②轻轻回荡。

精确的细节赋予场景以生命力。不要简单地说"雨在下"，而是

---

① 莎黛（Sade）：出生于尼日利亚的英国歌手、词曲创作人和演员。她以其独特的嗓音和深情的演唱风格而闻名，被认为是灵魂乐和爵士乐的代表人物之一。——译者注

② 调情圣手（*Smooth Operator*）：英国歌手莎黛的一首歌曲，收录在她的专辑《璀璨人生》（*Diamond Life*）中，描述了一个在社交圈中游刃有余的男性形象，他擅长吸引女性。——译者注

让我们听到雨滴敲打屋顶的声音，或是看到那些在小径上形成的水洼。

在特丽莎·米切尔·科伯恩的故事《梅西小姐》中，她勾勒出了从南方小镇到繁华都市的旅程。

> 梅西小姐与我，携带着一瓶苏格兰威士忌利口酒和一包南方炸鸡，踏上了前往纽约的列车。经过三十个小时的旅程，我们终于抵达了华尔道夫酒店。我们从未见过如此景象，这里的一切对我们来说都如同电影中的场景，人们的谈吐和装束与我们所熟悉的截然不同。我们入住的房间，与我在亚拉巴马州家中那间简朴的煤渣砖房相比，简直是另一个世界。

请尝试从你的感官深处挖掘那些细节。它们在情感和身体上唤起了怎样的感觉？是一阵沁人心脾的芬芳，还是一阵令人不安的哨音？有没有一句话，如同回音般在你的心头萦绕？在那一瞬间，有没有一个念头在你脑海中留下痕迹？

在肖恩·莱昂纳多的故事《征服者》中，他描绘了自己作为摔跤手在第一次踏入擂台那个夜晚的感受。

> 夜幕降临，我置身于一个临时搭建的擂台上，四周围着一圈折叠椅，墨西哥流浪乐队的激昂旋律在耳边回荡，营造出一种令人振奋的氛围。当裁判高声宣布我的名字时，我感到热血在体内沸腾。然而，我迅速调整状态，心中燃起斗志，身披白金色战衣，宛如一位身披十四英尺长天鹅绒披风的骑士。我踏入擂台，意气风发，然而，紧接着，我便在对手的猛烈攻势中败下阵来。

**乔迪·鲍威尔，飞蛾引导员：**我们往往会忽视内心独白的重要性。在某些时刻，你内心的低语，其价值甚至超过你向外界表达的话语。

在《飞蛾广播时光》的一期节目中，黑人艺术家弗朗索瓦·克莱蒙斯①分享了他的故事，引领我们走进了《罗杰斯先生的邻居》②。该节目拍摄于那个民权运动风起云涌的时代，他与白人弗雷德·罗杰斯共同演绎了一个标志性的温馨场景：两人在儿童泳池中一同泡脚。

> 我脱下靴子，将袜子搁置一旁，我们便一同将双脚浸入水中。回想起那一刻，我仍不禁感到一丝战栗。他说着充满关怀的话语。我们并肩坐在水边，他手持细水管，缓缓地为我们的双脚淋水。在那个时代，警察们把水管作为权力的象征，将人们无情地击倒。而在这里，我们却以水管为媒介，共同沐浴在友谊的温馨之中。

在人生的旅途中，我们都会有一些共同经历：陷入爱河、失去亲人、面对癌症、勇敢地展现真实的自我，以及迎接新生命的到来。在这些故事中，许多"踏脚石"对每个人来说都是相似的。真正的挑战在于挖掘那些细节，那些让你的故事与众不同、闪耀着个人光芒的独特瞬间。

思考一下，"我们接吻了"这样的陈述与飞蛾故事讲述者杰妮·德拉奥描述她与丈夫初吻时刻的差异所在。

> 那个吻仿佛能直达我的脚趾。即便时隔多年，仿佛那吻的温

---

① 弗朗索瓦·克莱蒙斯：演员、艺术家，以其在儿童电视节目《罗杰斯先生的邻居》（*Mister Rogers' Neighborhood*）中扮演的角色"克莱蒙斯警官"而闻名。——译者注

② 《罗杰斯先生的邻居》：美国儿童电视节目，以罗杰斯先生的虚构邻里为背景，通过歌曲、故事、手工艺和与邻居们的互动，向孩子们传达了关于友谊、宽容、自我接纳和情感表达等重要的价值观。罗杰斯先生以其温和、真诚的风格和对孩子们的深切关怀而闻名，他的节目旨在帮助孩子们理解复杂的情感和社会问题，如离婚、死亡、种族歧视等。——译者注

柔仍在我足尖轻轻回荡。

许多人在驾驶生涯中，曾经历过一些惊心动魄的时刻。但在帕德玛·拉克希米的故事《手臂上的疤痕》中，她将我们从她在母亲车内享用午餐的宁静时刻，带入了一场突如其来的车祸现场。

> 我正吃着米饭，突然，一声震耳欲聋的撞击声响起。我抬头望去，只见盘子飞了出去……米饭四溅，如同纷飞的五彩纸屑。随着米饭纷纷扬扬地落下，我眼前只剩下了一片美丽的、晶莹剔透的蓝天。没有云朵，没有车辆，没有前方的道路，没有树木，什么都没有。只有那无尽的、奇迹般的蓝天，还有那些洒落各处的黄色米粒。然后，突然间，又传来一声闷响。接着，一切都陷入了寂静。

当你深入探索那些已经选定的场景，细节便开始浮现，它们可以为你的故事增添趣味和深度。那双陪伴你度过 1986 年每一天的网球鞋，或许能揭示你青春期的某些特质；而那个在杂货店蔬果区突然爆发出无法抑制的笑声的陌生人，或许让你感受到了周围人的奇异举止。

在达努西亚·特雷维诺的故事《有罪》中，她展示了自己并不想被选为陪审团成员的情景：

> 在陪审团选拔的那一天，我刻意地打扮了一下。将头发故意弄乱，完全露出手臂上的蝙蝠文身，脚踏一双摩托车靴，身穿破洞牛仔裤，上身穿一件印着"我想成为你的狗"的 T 恤。

每位故事讲述者都运用了具体的细节来让场景栩栩如生。在你的故事中也试试这样做。不要简单地说"我对即将到来的会议感到焦虑"，而是描绘一下你戴上耳机，播放那首激励人心的乐曲，满怀信心地走进上司办公室，勇敢地提出加薪要求的场景。让我们为你加油，期待你赢得那份你应得的尊重！

**乔治·道斯·格林，关于"埋藏的宝藏"：**故事讲述者
们运用了一种我称之为"埋藏的宝藏"的魔法。在故事的开
头，大约在最初的一两分钟里，他们会巧妙地引入一些微小
而富有象征意义的细节："记得那天，威尔金斯叔叔带我们
去了康尼岛游乐园。我们乘坐了过山车，体验了摩天轮，然
后挤进狭小的照相亭，留下了四张连拍照片。拍每张照片
前，叔叔都会喊出一种情绪让我们模仿：'惊喜！'我们尽力
装出惊喜的样子。'愤怒！''悲伤！''狂喜！'"

随着故事的深入，你将这个细节藏匿起来，让它在叙述
中暂时隐退。直到故事接近尾声，你才再次将其揭示：

"……接着，警官递给我威尔金斯叔叔那磨损的钱包。我
仔细翻看，里面只有一张已经十二年的健身卡和一张过期的驾
照，似乎别无其他。然而，还有一组被折叠得整整齐齐的长卡
片。我小心翼翼地展开它，发现那是一叠四张照片。照片中的
我们，正模仿着那些表情：'惊喜''愤怒''悲伤''狂喜'。"

听众或许早已将那一沓照片抛诸脑后，直到你在故事的
新篇章中将其重新呈现。此时，随着他们对角色的进一步了
解，这沓照片——那"埋藏的宝藏"——便被赋予了全新的
意义。若你能灵巧地运用这一叙事技巧，它将化作一股强烈
的情感力量，深深打动人心。

## 细节构建角色

在描述故事中他人的形象时，努力捕捉那些能够深刻揭示其性格
特质的细节和行为。例如，在米凯拉·布莱的故事《GFD》中，一个
小细节就能让我们对她的同学有更深刻的理解。

　　她是那种爱涂口红的女孩，而我，是只用润唇膏的类型。显然，她比我懂得多，不是吗？而且，她似乎对九年级一点也不感到紧张。

在《演唱会》中，克里斯蒂安·麦克布莱德回忆起第一次遇见传奇音乐家弗雷迪·哈伯德的情景。

　　弗雷迪·哈伯德，一个拥有巨大精神力量的男人，他身上散发着一种近乎黑帮老大般的霸气。对他而言，仅仅成为一名出色的音乐家还远远不够。他喜欢尝试新鲜的生活：他没有排练，没有做音响测试，直接现身于演出现场。我在更衣室里，紧张得颤抖不已，卡尔向他介绍："弗雷迪，这是克里斯蒂安·麦克布莱德。"那时我只有十七岁。弗雷迪只是瞥了我一眼，轻描淡写地说："很高兴认识你。"我们登上舞台，开始演奏。当他的号声在我耳边回响，我的心几乎要跳出胸膛。我心中惊叹："天哪，我竟然能与弗雷迪·哈伯德同台演出，我简直不敢相信。"

在众多故事里，总会有一位个性鲜明的家族成员。在琼·朱丽叶·巴克的《骨灰与鲑鱼》中，她并未直接描述"我的叔叔是个怪人"，而是通过引用叔叔唐的话语来展现角色的性格。

　　"在我负责将你祖母的骨灰送往戛纳安葬的途中，有人赠予我一条熏鲑鱼，以慰藉我的心情。我并未将熏鲑鱼放入行李箱，而是放在了随身携带的包中，而你祖母的骨灰则安置在一个泛美航空的淡蓝色过夜包①里。这两件物品都被我放置在飞机座位上

---

　　① 过夜包（overnight bags）：一种用来携带个人物品进行短期旅行或过夜住宿的包袋。这类包通常比日常背包或手提包要大一些，能够容纳衣物、洗漱用品、个人电子设备等必需品。——译者注

方的行李架上。然而，当我们抵达尼斯时，我带走了熏鲑鱼，却遗忘了你祖母的骨灰。"

在安德鲁·所罗门的故事《大都会、弗里兰夫人与我》中，他回顾了为传奇人物《时尚》杂志编辑戴安娜·弗里兰工作的经历。他并未直接陈述弗里兰对时尚有着坚定的观点，而选择这样描述她：

> 在大都会博物馆的宏伟大厅中，她用纤细的手抓住我的手臂，停下脚步，对我说："年轻人，稍作停留。仔细观察这里，思考这样一个事实：在场的每一位，都曾在众多选择中，独独挑选了此刻身着的这件服饰。"

在故事《过桥》中，我们邀请卡尔·班克斯更清晰地描绘他自杀的双胞胎妹妹。时间紧迫，他必须在寥寥数句间，从人生无数的回忆中精选出最能代表她的片段。

他这样说道：

> 她是一位才华横溢的视觉艺术家。她还是一个无悔的激进分子，带有一丝无政府主义者的色彩。但她拥有一颗无比温柔的心，并且极其敏感。

他本可以就此打住，但他选择了增添这一抹丰富的细节：

> 她曾于六旗游乐园为游客绘制漫画肖像，然而，她那颗过于敏感的心使她难以从这项工作中获得报酬。她总是将画作慷慨地赠予他人，有时是因为她觉得作品尚有不足，有时则是因为她认为作品太过出色，理应无偿分享。

他对妹妹的描述已经很不错了，但六旗游乐园的细节更是锦上添花，让画面栩栩如生。

这是另一种与听众建立联系和互动的方式。这个细节，让我们感到与他的妹妹以及与卡尔本人更加亲近了。

> **珍妮弗，关于在剪彩仪式上的祝酒词：**在某些场合，你可能需要为某个地点或事物举杯祝酒，比如医院的新部门、新分店的开设或是新品牌的诞生。这时，你实际上是在向背后的团队致以敬意和祝贺。这个团队有何特质？（坚韧不拔、勤勉努力、充满神奇的创造力、激情四溢、令人敬畏！）这些特质如何体现？我们可以探究一下这个团队是如何汇聚一堂，如何在共同的目标下找到了凝聚力。不要忘记强调他们行动的初衷："现在，我们能够治愈更多生命/服务更多客户/创造更多价值。"有时，我们可以找到一个清晰的故事线，从萌芽到成长，从构想到现实。在讲述时，不妨提及那些挑战，因为正是这些低谷让成功的时刻更加辉煌，而祝酒词正是对这些辉煌时刻的颂扬。

## 控制细节数量

细节是故事的调色板，但使用时要适度。过多的细节可能会让听众分心，甚至感到疲惫。例如，当你在讲述一个与主线无关的细节——比如你叔叔艾尔的故事——而他的角色并不关键时，听众可能会感到困惑。这样的细节如果引发疑问，会让听众在心中思考答案，而你的故事已经向前推进，这就导致他们与你的故事失去联系。

想象一下，壁炉架上摆满了花瓶，每一只都试图吸引你的目光，结果却是你难以专注于欣赏任何一只的独特之美。在讲述故事时，我们常提醒自己："观众会迷失在众多细节之中。"因此，要挑选那些真正耀眼、能够扣人心弦的细节。至于其他的细节，不妨留给另一个故事，让它们在适当的时候绽放光彩。你的故事库丰富无比，它们终将找到属于自己的舞台。

　　在评估细节的相关性时，不妨回到你故事的精髓句——如果它是"一只狗找到了它的家"，那么除非关于猫的元素能够说明狗的故事，否则不必提及猫的任何细节。

　　关于如何避免陷入细节的陷阱，以下是一些建议：

　　● **避免过多的日期细节。**在故事中频繁提及具体日期可能会让叙述显得拖沓乏味，使听众感到负担，因为他们可能会误以为需要记住这些日期。例如，连续提及"2009 年 3 月 9 日我做了这件事，2010 年 9 月 21 日又发生了那件事，再到 2021 年 11 月 24 日"，这些日期是否真的关键？除非某个日期对故事的进展至关重要，否则应避免反复提及日期。

　　● **避免过多的人物姓名和角色。**我们不需要详尽了解你二十三位表亲的姓名和年龄。在故事中，只有那些关键人物才需要被赋予名字。一旦你为某些角色命名，听众可能会觉得有必要记住他们，因为他们对故事的发展至关重要。有时，即使是核心人物，为了叙述的简洁，也可以通过角色身份来指代（比如"我的牙医"而非"南希"）。故事中新增的每个角色都应有其特定的功能。

　　● **避免过多的视觉细节。**除非这些细节是故事的核心，否则无须深入描述伤害事故的惨烈或浪漫关系的私密时刻。有时，讲述者可能会为了追求效果而添加一些自认为引人入胜或震撼人心的细节，但这可能会让听众分心。当讲述者继续推进故事时，听众可能还在回味那些你无意中描绘的不必要画面。确保你挑选的细节能够增强而非削弱故事的吸引力。

　　● **避免无关的细节。**在构建故事时，尽管现实生活的复杂性不可避免，但请确保叙述的逻辑清晰。例如，如果你的故事是关于你父亲在暴风雪中驱车四小时来接你，只因你的约会不尽如人意，那么他在高中时抄袭关于《罗密欧与朱丽叶》的论文可能与故事并不相关。我们只需要理解他在故事中的角色和性格，以及这些如何与你的故事相互影响。

● **避免误导性细节。** 例如，除非你打算让水管破裂成为情节的一部分，否则不必提及你叔叔刚刚完成了管道工培训。如果你对某个细节给予了过多的关注，听众会在故事中不断期待这个细节的后续发展。如果你没有再次提及，他们可能会感到失望，心想："那个水管工后来怎么样了？"

● **避免不确定的细节。** 在叙述自己的故事时，避免使用诸如"我记不清争论的具体内容"或"我可能正开车去学校"这样的表述，这可能会让听众对你记忆的准确性产生怀疑。相反，你可以说："上课前，我们发生了激烈的争吵！"专注于分享你清晰记得的细节，而不是强调你遗忘的部分。通常情况下，这些记忆深刻的细节足以推动故事的发展。

● **避免使用细节来报复。** 这不是一个宣泄个人恩怨的场合。我们注意到，当讲述者在叙述中对某人——无论是前任伴侣、朋友还是父母——进行负面描述时，这可能会引起听众的戒备。出于本能，人们往往会同情那些无法为自己辩护的人。你的邻居或许确实令人不悦，但如果听众不了解也不关心你，他们可能会质疑你讲述这个故事的真正意图。因此，你首先要做的是向听众展示你的真实自我，建立起信任。这样，当你提到那些负面人物时，听众自然会站在你这边。

## 关于细节的真相

在《飞蛾广播时光》每一集的尾声，制作人杰伊·艾利森都会提醒我们："飞蛾故事是基于讲述者的记忆并确认的真实故事。"记忆并非总是精确无误的，我们对过往经历的回忆有时与事实有所出入。因此，我们可以将飞蛾故事看作个人对事件情感体验的艺术性记录。

**弗里梅特·戈德伯格，飞蛾故事讲述者**：故事并非一成不变，它们如同生命般生长、凋零，时而扩张，时而收缩。正如人类会经历变迁，我们自己的故事也在不断演变。记忆本身充满变数，我们往往基于当下的感知来回顾过往。因此，每个人的故事都随时间而变。

精确地重现经历是不可能的。故事建立在记忆之上，而非法庭记录之上，我们无法倒带重播。记忆如同多孔的筛子，充满了瑕疵，且容易受到个人偏见的深刻影响。我们所感知的真相，以及我们所讲述的真相，都不可避免地被我们过往的每一次经历所着色。

**温迪·铃木博士，飞蛾故事讲述者兼神经系统科学家**：我们的记忆之所以宝贵，是因为它奠定了个人身份的基石，定义了我们自己的历史。然而，记忆并非如视频般精确无误，它无法捕捉到每一个细微的动作。实际上，记忆是脆弱的、易错的，并且在每次被唤起时都可能发生变化。

更为复杂的是，那些多年来在你心中刻下的细节和画面，可能在庇护无辜，可能在煽动旧怨，也可能为怀旧之情所模糊。

在你构思自己的故事时，请意识到，你所记得的事件细节并非完整无缺。这些经历确实在你心中留下了深刻的烙印，但每次回忆，你都是在回忆记忆中的记忆。细节自然会有所变动，有些可能会被遗忘，而有些尘封已久的细节可能在不经意间被唤醒。

在事件展开的过程中，我们的看法往往是复杂且充满矛盾的。我们很少会只体验到单一的情感。在叙述故事时，多种真相可以和谐共存，你可以同时展现两三种（甚至更多）不同的看法。

我们可能对救生艇心存感激，也可能同时怀有深深的不满。比如，你或许认为自己并未真正处于危险之中，不需要救援，甚至渴望展示自己的坚韧，但同时你为不必耗尽自己的力量求生而感到庆幸。这完全取决于故事的走向。这种复杂的情感是否与你故事的主线紧密相连？有时，这种复杂的情感本身就是故事的核心。然而，如果它并非故事的核心，那么最好将其略去。

**避免过多信息：**在社交场合透露过多信息可能会让人感到不适。在提及个人的小烦恼、关于脚伤的长篇大论，或是宠物的连续不幸之前，务必三思。（例如：哦，我多么怀念我的小绒球。）请留意你分享的内容及其背后的主题。过多的细节和跑题可能会让你的邻居、家长教师协会的成员或潜在的伴侣感到困惑，他们会问：这个人究竟想表达什么？故事的重点究竟是什么？

**凯瑟琳：**在一场相亲中，我们刚刚坐下，他就迫不及待地分享了自己几小时前被解雇的经历。这已经够让人尴尬的了，然而，他接着解释说，他被解雇的原因是——用他自己的话说——"脾气暴躁、懒惰且爱发牢骚"。这样的开场白让我对安排第二次约会毫无兴趣。

**莎拉：**多年前，在一场初次约会中，他非常认真地向我讲述了他最喜欢的一次度假经历。他意外地来到了一个裸体度假村，白天打排球，夜晚则在只允许穿运动外套的俱乐部里度过。起初，这个度假村让他感到异样，但很快它就成了他的最爱。故事的尾声，他凝视着我，眼神深邃，问道："这听起来像是你会喜欢的地方吗？"他用这个故事展示了他的喜好，试图探知我是否有同样的喜好。尽管对裸体主义者抱有敬意，我还是婉拒了。我喜欢这个故事，但我们之间似乎缺少了某种契合。他的形象，我将永远铭记。

### 一些需要了解的真相

● **我们的记忆多少有些不可靠（理想状态下）。** 当你对某些细节记忆不清时，比如，究竟是周三还是周五？你当时是八岁还是九岁？他的名字是乔还是约翰？你在离婚前还是离婚后收到了母亲的关爱包裹①？这时，你需要决定哪些细节最接近事实。如果某个细节在事实层面上并不准确，那么它是否会影响到你故事的核心真相？

● **生活本身就是一团乱麻。** 周二时，你确信自己深陷爱河；到了周三，你又觉得这段感情注定无果；然而到了周五，你却订婚了。在讲述你的故事时，真的有必要提及那个充满疑虑的周三吗？如果没有周三的波折，故事是否依然真实？如果周三的插曲无关紧要，那就省略它，否则只会让听众感到困惑。

● **简化事实。** 在保持故事真实性的前提下，适度简化是完全可以的。如果你的故事涉及多个场景或时间点的事件，不妨将它们合并成一个场景或地点。例如，如果故事中提到了在教堂服务、《圣经》学习小组以及另一次教堂活动中发生的不同事情，你可以适当地运用艺术手法，将这些事件合并为一次在教堂的经历。这样做可以避免使听众感到困惑。

● **适当编辑使真相更清晰。** 有时，删掉某些角色或合并某些事件可以使故事更加清晰易懂。例如，我们真的需要知道出租车司机听到了整个对话吗？司机在故事中是扮演重要角色，还是仅仅出现一次？将人物群体化，如"我的剧场技术团队"或"会计部门的同事们"，

---

① 关爱包裹（care package）：一个装有各种物品的包裹，旨在为收件人提供安慰、支持或帮助。这种包裹可能包含食物、个人护理用品、书籍、衣物或其他收件人喜欢的物品，通常由亲友或组织寄送给远离家乡、在军队服役、在医院或处于其他需要特别关怀的情境中的人。——译者注

而不是逐一列举，这样可以避免混淆。有时，重新安排事件顺序或删减某些情节是必要的。（比如，你从前妻父亲那里偷来一辆逃跑车①，如果时间有限，只需提及你有一辆逃跑车即可。）

● **坦诚面对。**故事的真实性在于勇敢地承认自己在事件中的角色。比如，是否因你的行为或沉默导致了某种困境？如果埃塞尔阿姨在家族聚会上显得烦躁，你是否忽略了自己二十岁时不小心开车轧到她脚的往事？展现你真实的、有瑕疵的一面，这往往能赢得我们的信任，并激发我们为你加油打气。

● **观点的可信度。**很难相信一个人能记住四岁时、昏迷中或睡梦中发生的大量细节。不要讲述一个以你在母亲子宫中的所谓意识开始的故事，以此考验听众的信任。

● **坚守在个人的经历与情感中。**当你描述他人对你的看法时，听众可能会从故事中抽离，开始怀疑你的推测是否合理。你如何确知他们内心的想法？为了维持故事的真实性，分享你确信的事实。比如，"约翰的目光落在我身上，我立刻感到不安，担心他可能认为我是个傻瓜"，这样的叙述可能更为准确。

> **梅格：**有一次，一位故事讲述者提起某些人对他的负面评价，我追问道："他们亲口告诉你的？"讲述者否认："不是。"然后我又问："那是谁告诉你的？"他还是说："没有人，我只是有这种感觉，觉得他们可能这么想。"于是我说："那就直接表达你的感觉，而不是把猜测当作确凿的事实。"

---

① 逃跑车（getaway car）：在犯罪活动（如抢劫、盗窃等）之后用于快速逃离现场的车辆。这个词经常出现在犯罪电影或小说中，描述犯罪分子在作案后跳上一辆车，迅速驶离犯罪现场，以避免被警察抓住。——译者注

　　飞蛾故事并非虚构，而人类的智慧使我们能够敏锐地捕捉到叙述中的真伪。当飞蛾的听众全神贯注地聆听时，他们能够察觉到讲述者是否在编织谎言，这会让他们从故事中抽离出来。在电影和文学领域，这种现象有时被描述为"不可靠的叙述者"，指的是那些以第一人称叙述，但其叙述的内容显得歪曲、不可信或令人质疑的人物。

　　细节的巧妙运用能够赋予故事生命力，使其不仅充满趣味，还能触动人心、激发激情、丰富情感、增添乐趣和色彩。它们在感官上与听众产生共鸣，揭示了你的身份和你所经历的世界。

　　讲述故事，不需要任何辅助设备，它本身就是一种原始的虚拟现实体验。

> **莎拉，关于家庭故事和艺术创作**：我的祖母哈丽特总是喜欢讲述故事，但在她的叙述中，事件的顺序时常会有些混乱。我曾对她说："祖母，我那天和你在一起，事实并非如此。"她会皱起鼻子，指着我，笑着说："我知道，我给故事加了点料。"在讲述故事时，细节可能会被重新排列。如果故事因为那些生动的细节而获得热烈的反响，随着故事的不断讲述，它可能会逐渐膨胀，变成一个夸张的"大鱼"故事①，即使它原本是真实的。你可以像祖母哈丽特那样，为你的故事"加点料"，但要确保故事的主线仍然基于你的真实经历。即使略过一些细节，省略一些情节，或稍作调整，故事的核心依然可以保持真实。

―――――――――

　　① "大鱼"故事（big fish story）：英语习语，通常指的是一个夸张或虚构的故事，讲述者为了吸引听众的注意或娱乐他人而故意夸大或编造事实。这个短语来源于电影《大鱼》（Big Fish），在这部电影中，父亲经常讲述一些充满奇幻色彩的故事，这些故事在真实性和可信度上都值得商榷。——译者注

## 背景故事

当你遇到令人激动的事件，急切地想要与朋友分享时，请记住，你的朋友对你的了解远超过你的听众——他们知道你的背景、你的观点和你们共同的回忆。这些背景知识将塑造他们对你故事的理解。而你的听众只能根据你提供的背景信息来理解故事，除非你非常出名——即使如此，听众也可能对你的个人生活和内心世界一无所知。例如，在著名说唱歌手达瑞尔·麦克丹尼尔斯的故事《天使》中，了解他在大嘴跑火车乐队①的世界巡演期间饱受抑郁症折磨，以及他最近发现自己是被领养的这一事实，对听众来说是至关重要的。这些背景信息能够帮助他们更深刻地理解达瑞尔的故事。

你拥有无尽的背景故事，窍门在于找出哪些部分与故事相关。要讲述一个关于被解雇的故事，不提及你那令人瞩目的 37 次离职经历几乎是不可能的，但你无须追溯到童年时的送报工作，或是你在大公司的职位。人们往往容易被那些最宏大、最勇敢或最离奇的离职故事吸引，然而，有时正是那些看似微不足道的解雇可能影响最大。比如，你从你孩子的小联盟棒球队物资管理岗位上被撤下，这反而能更深刻地映射出你的性格和当时的情感状态。

背景故事应当巧妙地融入叙述之中，而非在故事开篇便一股脑儿地倾倒出来，这样做可能让人感到疲惫且乏味。然而，听众也不愿在故事的起点就感到迷茫。他们期待的是被故事吸引，渴望参与

---

① 大嘴跑火车乐队（Run-DMC）：美国的一个著名说唱乐队，是东海岸嘻哈（East Coast hip hop）的代表之一，也是首支打入 Billboard 流行专辑榜前 10 名的说唱乐队。这支乐队在嘻哈音乐史上占有重要地位，被誉为嘻哈界的"披头士"。——译者注

其中。因此，适度地透露一些背景故事是对听众发出的邀请，是为听众铺设的理解之基，引导他们踏上理解之旅，共同探索事件的深层含义。

听众所需了解的背景信息及其呈现的时机都需要精心安排。有时，你可以在某个关键情节之前透露一些往事，让听众在听到这个情节时能够充分品味其意义。或者，你可以从某个场景入手，然后回溯，揭示出那个时刻之前的相关背景。就像是这样："当有人在教堂停车场突然加速并强行插到曾祖母驾驶车辆的前方时，我心中涌起一股不安。让我先回溯到 1944 年，那时我的曾祖母因在公共场合说脏话而被拘捕，最终以 35 美元的保释金重获自由。"

在文·尚布莱的故事《户外营地》中，故事伊始他便透露了与母亲及妹妹的艰难处境：他们不得不栖身于一棵巨树之下，而他自觉肩负起了家庭的重担。随后，他带我们领略了波特兰六年级学生在整个小学阶段所憧憬的一周：在森林中的小木屋里，与师长共度时光。由于我们已经洞悉了文的家庭背景，我们便能更加投入地感受他所描述的营地生活：他的床铺、餐食，以及那份纯粹的童年喜悦。他无须过多渲染生活的反差，因为那份对比已然在我们心中悄然生根。

> 在那段日子里，我手头仅有两套衣物，连去洗衣房所需的硬币都捉襟见肘。事实上，我甚至不确定那里是否有洗衣房。于是，我向辅导员求助。他告诉我，他们会负责清洗和烘干我的衣物，我无须为此烦恼，甚至可以在河边尽情奔跑和嬉戏。那一刻，我感受到了无微不至的关怀。在户外学校，我仿佛置身于一个无忧无虑的世界。

我们之所以如此珍视文在营地的轻松时光，是因为我们已经洞悉了他的过往。他一开始就向我们展示了将家庭成员紧密联系在一起的纽带，这让我们能够深刻理解他故事的结尾：尽管他对户外营地充满了热爱，但内心深处对家人的担忧始终萦绕心头。

　　每个故事都是独一无二的，因此，精心地铺陈细节至关重要。如果实在无从下手，不妨始终将听众的理解和感受放在首位。

> **故事让别人更懂你**：约会时若能准备一则简短的"经典故事"，不仅能够制造轻松气氛，还能够展现你的幽默感或冒险精神。我们并不鼓励你在遇见那个可能的灵魂伴侣之前反复排练，但为了缓解紧张，不妨提前构思一两个小故事。那些在你成长道路上看似微不足道却意义深远的决定，正是约会时的绝佳谈资。想想那些塑造你成为今日之自我时所做的选择。比如，你为了和国际象棋俱乐部成员坐在一起而换桌就餐？或者在抄写克利夫笔记①时被逮个正着？你是否曾在邻居的葬礼上讲了一个冷笑话，却意外地赢得了他们家人的欢心，因为他们正需要一丝欢笑？你是否有尝试搭便车的经历？或者讲讲你收养狗狗"小狐狸"的故事？又或者，你是否有过从陶斯连夜驱车回巴尔的摩，一路上只靠 90 年代流行金曲循环播放来提神的经历？这样的故事，能让新的浪漫伴侣（或朋友）窥见你真实的自我。它们如同一封邀请函，能够激发对方的提问并使他们分享自己的故事。

---

　　① 克利夫笔记（CliffsNotes）：也译作"悬崖笔记"，指的是一系列学生学习指南，这些指南主要在美国使用，旨在帮助学生理解和分析文学作品以及其他学术作品。克利夫笔记通常以小册子或在线形式提供，内容包括作品的概要、人物分析、主题探讨等，帮助学生准备考试和作业。这些指南由教师编写，旨在简化学生的学习过程，帮助他们在考试中取得好成绩。然而，也有批评的声音认为，克利夫笔记可能让学生绕过阅读原著，依赖于这些简化的摘要。——译者注

## 到达顶点

在这个时刻，正如坐过山车般，你引领着听众随着你精心构建的紧张氛围不断攀升。场景与背景故事已经铺展开来，气氛逐渐升温，行动愈发激烈。然而，这一切究竟将导向何方？你故事中最为关键或许也是最为重要的部分——"主事件"——即将到来！整个故事的构建都是为了这一刻，这也是我们所有人对此屏息以待的原因。

### 故事需要一个结局

在故事的高潮时刻，你要与"巨龙"对峙。这一场景是故事的转折点，是能量的爆发，也是对故事结局的预设。在这里，你实现了某种成就，获得了某些洞见，象征性地赢得了或失去了故事开始时的追求。我们见证了你的成长，从故事开始时的你，到故事结束时的你，已经截然不同。

在大卫·蒙哥马利的《热辣》中，大卫的自信心经历了一次又一次的打击，直到他终于有机会遇见维多利亚·贝克汉姆，这位以冷漠著称的"辣妹组合"成员。

> 在不经意间，我被带入了一片耀眼的光芒中，与我的偶像仅隔三尺之遥。她惊喜地尖叫："天哪，是你！"她似乎真的为我的到来感到兴奋。在这样的场合，她总是坐在一张小桌后，不为任何人起身。想要合影，你得弯腰越过桌子，他们会从一侧拍下一张拍立得照片，照片上的人显得格外亲近。她好奇地询问我观看了多少场她的演出，直到我展示出那二十二张票根，她才信以为真。她站起身，紧紧握住我的手，将我引至红毯，兴奋地说："你太棒了，我们得拍些照片。"我简直难以置信。那一刻，我恍然大悟。大卫，你知道吗？生活中还有更多值得你珍惜的时刻。

在辣妹世界之外，你可能同样独一无二。

思考一下你将如何展现自己的蜕变。你的故事轨迹将如何圆满收尾？你最终实现了心中所愿吗？或者，作为我们勇敢的英雄，你是否回到了起点，准备再次踏上新的征程？

在《有罪》的结尾，达努西亚·特雷维诺被她的陪审团伙伴们以一种充满关怀的方式包围。

> 十一位陪审团成员都与我进行了交谈。他们并没有指责我的观点错误，而是告诉我，尽管他们理解我的出发点，但他们认为检方未能提供确凿无疑的证据。当我依然坚持己见时，他们请来了那位年长的陪审团成员与我沟通。他坐在我对面，语气温和地说道："想象一下，将来有一天，你深爱的人可能会面临这样的困境，表面上看似犯罪，实则清白。正是这条'疑罪从无'① 的法律将保护他们。虽然这条法律并非完美，但在我们今天的法庭上必须遵循它。所以请把这一点考虑进来。"我被他们的深思熟虑打动，最终更改了我的投票。

达努西亚起初对陪审团工作抱有怀疑，认为它既无意义又充满偏见，她甚至将那些陪审团成员视为思想僵化、视野狭隘的老古董。然而，正是这些她曾不屑一顾的同伴们的道德力量，深深触动了她，使她的观念发生了转变。在经历了陪审团工作的洗礼后，她对司法系统，尤其是她的陪审团同伴们，萌生了深深的敬意。

在乔治·隆巴迪医生的《印度使命》中，故事的高潮是他为特蕾

---

① 疑罪从无：一个法律原则，体现了现代刑法中"有利于被告人"的人权保障理念。这个原则的核心思想是在刑事诉讼中，当证据不足以证明被告人有罪时，应当推定被告人无罪。具体来说，如果既不能证明被告人有罪，也不能证明被告人无罪，那么在法律上应当假定被告人无罪。——译者注

莎修女施行手术时所感受到的惊异和敬意。

> 我说："我们得取出那个起搏器。"他们看着我说："你想取出来，就得自己取。"我说道："我从来没做过这个。"于是，我找来了一位护士长，准备了必要的手术器械，开始为病人做好手术的准备。起搏器的外壳轻松地被移除了，但那根在她的右心室中停留了数月的导线却顽固地不肯离开，仿佛扎根一般。我将其扭来扭去，使尽浑身解数，可它依然纹丝不动。我开始冒汗，眼镜也起雾模糊。我听说过，如果操作不当，可能会导致心室穿孔，引发胸腔内出血，病人可能在几分钟内丧命。在那个近乎超现实的时刻，我向特蕾莎修女默默祈祷，祈求她的庇佑，奇迹般地，导线松动了。我成功地将其取出，并通过培养测试证实了起搏器正是感染的源头。她的状况开始好转，高烧退去，意识逐渐恢复。几天后，她能够坐在椅子上进食了。

隆巴迪医生在描述对特蕾莎修女心脏进行手术的过程时所营造的紧张气氛，使我们深切体会到这一决定性时刻的分量。当导线被成功移除，他进行了最终的测试，证实了最初诊断的正确。随着特蕾莎修女的体温下降，我们的紧张也随之消散，故事自然地走向了结局。值得注意的是，虽然高潮往往出现在故事的最后，但这并非固定不变的。如何安排这些叙事踏脚石，完全取决于你自己。

**然后，我意识到了。**（这是有意划掉的。）

当故事弧线走向结局时，我们并不鼓励使用"然后，我意识到……"这样的表述。请尽量避免使用这个表述。人们常常通过说"然后，我意识到"或"就在那一刻"来提示故事中的转变。虽然这样的转折对故事讲述者来说似乎简洁明了，但在真实的生活中，那些改变我们的时刻往往不会立刻显现其影响力。它们更像是触发变革的火花，是一连串美好事件的起点。我们可能只有在事后回顾时，才能真正意识到一段经历的重要性。

事实上，那一刻你可能并未真正领悟。直到经历了多年的自我反思，一位对你有负面影响的亲人离世，或者一段婚姻终结，你才逐渐洞悉了事情的真相。自行车失窃，不过是故事的一个引子，如若试图在不恰当的时刻强加顿悟，反而会削弱故事的深度。试着寻找那些简洁而真挚的表达，比如，"多年的治疗和两次以上的心碎之后，我终于明白了……"或者"有时我会想，那是否就是……"这样的叙述，不仅更加真诚，还可以增添故事的趣味性。

一个小技巧：尝试省略"然后，我意识到"或"就在那一刻"这样的表述，你的故事依然不失魅力。

> 当医生宣布我需要肾脏移植的消息时，我的男友立刻挺身而出，自愿成为捐献者。~~正是在那一刻，我意识到他爱我。~~他爱我至深，甚至愿意为我冒生命危险。

> 当我们登上山顶，我的视野变得无比开阔。我不再感到害怕。~~突然间，我意识到~~在攀登的过程中，我已逐一放下了所有的恐惧。

你可以尝试在故事中给予转变更多的篇幅。丰富的细节就像精心挑选的装饰，为关键时刻增色添彩。为这一刻搭配精致的妆容或领结，让它更加引人注目。

> 我感到紧张，但我还是告诉他我即将搬离。

对比：

> 我内心挣扎，不知该如何启齿告诉他我将离去。每个周末，

我都会悄然将我珍视的物品一一装入箱中，藏匿于储藏室深处。直至我已为搬家卡车支付了定金，确定了搬迁之日，我才终于下定决心，向他坦白我的决定。因为我害怕如果计划不够坚定，他的话语可能会动摇我的决心，让我改变主意。

这依然是那个瞬间，只不过被精心装扮，细节丰富。它引领着听众的目光，仿佛在说："请看这里！"

有时，故事中的转变在今日看来似乎不再真实。"那已是陈年往事。我已非昔日的我。自那以后发生了太多事情！我不再被击败傲慢的尤兰达的执念困扰。"你可能已经释怀（我们衷心希望如此），甚至与尤兰达失去了联系。然而，那背后可能仍藏着一个动人的故事。让自己回到那个时空，或许你会从新的角度发现，那时对你来说真正重要的是什么。虽然你已经成长和变化，但对比赛的激情和战胜尤兰达的决心依旧鲜活。（尤兰达，接招吧！）

你完全可以将故事定格于你在某个时刻的心境。人生充满了变数。每当一个故事落幕，另一个故事便悄然开启。

而现在的你，正是所有过往故事的总和。

---

**个人故事在大学申请和资助申请中的应用：**肯迪·恩提维加，飞蛾全球社区项目的毕业生和引导员，曾分享过这样一个飞蛾故事：她曾遭受当地学生的霸凌，却凭借不懈的努力，以优异的成绩赢得了村民们的敬仰，成为大家心目中的英雄。这个故事成了她为鼓励年轻女性进入 STEM①领域的组织撰写的每份资助

---

① STEM：科学（Science）、技术（Technology）、工程（Engineering）和数学（Mathematics）这四个学科的缩写。这些学科通常被认为是推动现代科技进步和创新的关键学科。STEM 教育强调的是跨学科的整合，鼓励学生通过实践和项目式学习来理解这些学科之间的联系，培养解决复杂问题的能力。——译者注

申请的基石，让潜在的资助者深刻感受到她对后辈的激励和承诺。她坦言："鉴于如今申请者众多，从一开始就讲述一个个人故事有助于你脱颖而出，进入入围名单。"艾莎·罗德里格斯、迪亚维安·沃尔特斯以及其他无数飞蛾高中故事工作坊的毕业生，也将他们的飞蛾故事融入大学申请文书，以此展现他们的个性和世界观。在申请过程中，每个人都面临着挑战。向新学校展示你如何在生活的其他领域克服困难并取得成就，这将使你的申请更具说服力。

## 来自引导员的提示

● 确定构建故事的弧线所需的关键信息，并创建一个包含这些叙事踏脚石的项目列表。明确哪些将作为故事中的具体场景，哪些用作概述或反思。思考整个故事在向着什么方向发展，以及它将如何收尾。记住，你不必详尽地描绘每一步，跳跃式的叙述手法同样有效。

● 确定了哪些叙事踏脚石可能转化为场景后，思考如何通过电影般的手法让它们栩栩如生。叙述这些场景，让我们仿佛置身其中，与你共同感受。有些故事可能由众多细节场景构成，而有些则可能仅由两三个决定性场景支撑。但请记住，往往只有一个关键场景是整个故事的核心所在。

● 请确保你始终处于行动之中，由内而外地描绘场景。引领听众跟随你的步伐，让他们仿佛亲身经历那些事件的发展。尽量避免以回顾者的视角讲述故事。

● 思考哪些细节能够赋予你的场景和故事以独特性和记忆点。运用你的五感，精心挑选那些能够凸显关键时刻、激发情感、增强故事张力的细节。但要注意，不要过度堆砌那些可能分散听众注意力或令听众困惑的细节。在犹豫不决时，回顾你写下的精髓句，确保所选细节与故事的整体脉络相契合。

● 是否有重要的背景故事需要插入或编织进叙述中，以便让听众理解故事的情境？

● 故事如何收尾？你将如何展现自己的转变？能否让我们见证，从故事的起点到现在，你经历了怎样的蜕变？

# 第六章　放大情感

*若你无真情实感，听众亦难感同身受。*

*——珍妮弗·希克森*

我们生来便具有充沛的情感。对过往的人和地，我们怀有深深的眷恋；对童年的回忆，我们心怀感伤。我们在婚礼上流泪，在惊喜中欢欣。我们以炽热的真情去爱，以深沉的悲痛去哀悼。超越了故事的华丽辞藻和无形构建，情感是讲述者与倾听者之间的黏合剂。

情感是我们共有的纽带。倾听一个没有情感的故事，就像是在听一本枯燥的操作手册。

你的故事触及了人类共有的情感，但它将以一种独属于你的特殊方式讲述。听众将能理解你心甘情愿，因情感而脆弱的一面。

**玛丽娜·克鲁特斯，飞蛾财务与行政总监：**每个人的生命之旅都是独一无二的。我们的故事独特、错综复杂且充满细节。然而，在他人的故事中，我们常常能发现与自己的故事相似的片段。

情感的层次为生活的每一面涂抹色彩。试想一个简单的句子："我希望他能来。"在不同的心境下，这句话可能蕴含着烦躁、悲观、怀疑、痛苦、羞愧、喜悦、振奋、专注、期待、快乐、焦虑、震惊、疲惫、失落、自信、心碎、珍惜……所有我们钟爱的故事都能够引领听众穿越情感的海洋。

**阿方索·拉卡约，飞蛾故事讲述者：**我有幸成为飞蛾高中故事擂台赛的首批参与者之一。聆听同龄人分享的经历，使我获得了看待事件的全新视角。你永远无法完全了解他人正经历些什么，他们所承受的痛苦，以及他们如何从那些时刻中学习和成长。

通过提升情感的浓度，你让听众得以真正体验你的故事。他们可能会在内心默默共情，也可能对所听到的情节产生强烈的身体反应——不自觉地颤抖、因感动而落泪，或是情不自禁地笑出声。你过往的感触，就是此刻在你与听众之间架起的一座沟通之桥。

即使是对情感的简单描述，也能唤起听众脸上的微笑。

大约两小时后，我的室友回来了。喜悦是一种难以捉摸的情感，然而一旦显现，却能让人一眼识破。我在室友那双眼睛中捕捉到了，他显然正沉浸在某种兴奋之中。

——阿肖克·拉马苏布拉马尼安，《喜悦》

没有情感，利害关系便无从谈起。你所面临的挑战与你的心境息息相关：尴尬、激动、恐惧。请让我们与你共同感受你那时的情感。

在弗里梅特·戈德伯格的故事《我闪耀的侧卷发骑士》里，她描述了一段特别的体验：她首次造访佛罗里达的水上乐园，在那里，她违反了哈西德教派①传统教育中对女性端庄的严格规范。

---

① 哈西德教派（Hasidic）：又称哈西迪教派，是犹太教正统派的一个分支，起源于 18 世纪东欧。该教派强调虔诚的信仰和对律法的严格遵循，对女性着装有着严格的要求。例如，哈西德女性通常会穿着保守的服装，包括长袖上衣、长裙或长裤，以及覆盖全身的外套。这些服装旨在使人保持谦逊和端庄，避免过于暴露。此外，哈西德教派的女性在婚后通常会剃光头发，并戴上假发。——译者注

在那个阴郁潮湿的日子里，我首次穿上了泳衣，头上戴着一顶洋基队的遮阳帽，固定着我那齐下巴的假发。我们漫步在公园中，我紧紧跟随着丈夫，目光不时被那些身着比基尼、晒得黝黑的美女们吸引。我下意识地将双臂交叉在胸前，时而护住大腿，时而遮住膝盖，直到我意识到自己几乎赤身裸体，仿佛在一种自我意识的恍惚中徘徊。那种不适感强烈得几乎可以触摸，它不断地提醒我，我正在犯下不可饶恕的罪孽。我感觉周围的每个人都能看穿我的羞愧。

弗里梅特通过描绘她在那一刻的脆弱，让我们感受到了紧张的气氛。她每一次徒劳地试图遮掩自己，都让我们感受到她的羞愧与窘迫。

在《寂静之火》中，菲利斯·鲍德温被一位街头艺人袭击，在震惊之下离开了现场。

我突然间在街头被一位陌生男子欺凌和公然侵犯，周围的人的默许让我感到前所未有的无助。这种无力感让我忍不住想要哭泣。

菲利斯向我们展示了她的情感状态。我们陪伴着她，共同经历了那个绝望的时刻，这使得她后来精心策划并实施的复仇行动显得格外令人满足。观众的欢欣是如此真切，因为那位街头哑剧演员确实罪有应得！故事结尾的喜悦理所应当。

虽然只有极少数的听众曾亲身经历过被哑剧演员欺负的窘境，但听众能够感同身受那种在羞辱中动弹不得的无助。他们或许没有亲自执行过正义的复仇，但他们深知目睹恶霸受到应有惩罚时的那份愉悦。

场景能够引导你感受自己的情感。当你积极地回忆并叙述那个瞬间时，听众能够从你的言语和声音中感受到那份情感。

当讲述者勇于展露自己的脆弱，坦诚自己的不足和焦虑以及不那么光鲜亮丽的一面时，他们让听众能够在故事中找到共鸣。例如，玛莎·鲁伊斯-佩里拉在《对立的力量》中，讲述了作为一名牙科医学生，她如何在枪口的威胁下被迫进行一项高难度的手术。

> 我的手在颤抖。我虽然知道接下来该怎么做——我在书本和课堂上的幻灯片中见过这样的操作——但我从未亲自做过，这是我第一次亲手尝试。我深知，一旦我在切口时失误，触碰到那根面部神经，就可能让这个孩子的半边脸永久瘫痪。我也明白，如果任由感染蔓延，这个孩子可能会因败血症而丧命。而在我内心深处我还隐约意识到，如果军队得知叛军藏身于医院，他们随时可能闯入，引发一场混战，而我，可能会在晨光中成为无辜的牺牲者。

下面这段文字中的情感也提升了故事的利害关系。你可以感受到那种紧张气氛，理解她所面临的风险。

> 那位一直用枪口对准我的指挥官终于开口打破了沉默："快好了，我的孩子。"我感到极度恐惧。就在那一刻，我意识到自己正抱着的是谁的孩子——那是指挥官的儿子。我不能有丝毫差错。我必须成功地完成手术。我深知，如果孩子的情况恶化甚至不幸离世，那位指挥官定会找我算账。我对此毫不怀疑。

描述事物的外观或声音固然重要，但当你在叙述中注入情感，我们便能更真切地体验到你在那一刻的感受。若你未能表达出这些情感，听众可能会误解你真正的感受。比如，当你说"我签署了离婚协议"时，你可能欣喜若狂于终于重获自由。然而，如果你没有透露自己的情感，听众可能会误以为你悲痛欲绝。

丹麦科学家团队的一项研究揭示了聆听故事——尤其是故事中充满情感的片段——如何激发听众的情感和生理反应。发表在 2011 年 10 月《神经影像》期刊上的这项研究表明，听众在聆听故事过程中可能会出现心率加快、面部表情变化（如挑眉或频繁眨眼）以及手掌出汗等反应，这些反应都是听众与故事情感深度互动的明显标志。

> **莎拉，关于约会**：在我们的初次约会中，我们聊起了各自的职业。他向我透露，儿时的他曾梦想成为一名消防员，但随着岁月的流逝，周围人的劝阻让他改变了方向。他上了大学，成了一名工程师，他的父母对此感到无比自豪。然而，随着时间的推移，他内心深处明白，自己做出了错误的选择。在将近三十岁时，他辞去了工程师的职位，向家人宣布自己通过了公务员考试，被消防学院录取。他的父母坚决反对，提醒他消防工作的危险性。但他坚信，成为消防员才是他真正的使命。他告诉我，他全身心地投入艰苦的训练中，并最终以优异的成绩毕业，自豪地加入了纽约消防局。他说，他觉得这份工作无比珍贵，不会为了任何东西而放弃它。如今，他的父母成了他最坚定的支持者，而他将终身为纽约消防局服务。随后，他发出了第二次约会的邀请。（我当然欣然接受了。毕竟，这样的故事怎能不让人动容！）在约会时，不妨分享一些个人的小故事，让对方更深入地了解你。这样的分享不仅能缓解紧张，还能让你的潜在伴侣感到与你更加亲近。

许多人被教导隐藏情感才能更好地生存。我们被灌输着这样的理念："保持克制，不要暴露你的真实想法。不要流露出脆弱。"但在讲述故事时，将你所有的情感毫无保留地展现出来，这才是真正的力量所在。

**阿利斯泰尔·贝恩，飞蛾故事讲述者：**讲述故事时的脆弱感，源于我对自己身份的真实呈现以及在生命中某个时刻的真实体验。只有当我真诚地讲述，听众才能真正与我产生共鸣。如果我有所保留，我和听众之间便会产生距离。每当我构思一个故事，我都会预估讲述这个故事有没有风险、会不会引起不适或暴露个人的弱点。如果答案都是否定的，那意味着我的挖掘还不够深入。

在讲述故事的过程中流露情感，无论是流泪、颤抖、欢呼，还是愤怒地喘息，甚至在适当的时候真诚地唱出"感谢上帝"，都是被允许的。尽管我们通常不建议在故事中唱歌，但如果"感谢上帝"是你真挚情感的自然流露，那么恰当地使用一次也无伤大雅。（不建议初学者这样做。并且，请保持每个故事中唱歌的使用次数不超过一次。）

## 幽默

幽默是故事中的双刃剑，它既能增强情感的共鸣，也可能让讲述者与听众产生距离。

人们往往用幽默来掩饰自己的脆弱。当故事达到高潮时，一个笑话可能会让听众陷入困惑，不知如何是好。这样的幽默可能会在讲述者和听众之间制造距离，而非拉近彼此。它可能引发笑声，但那可能是出于困惑的笑。在运用幽默时，要自问：这些笑话对故事的进展至关重要吗？我是不是在回避某些东西？我是否在无意中转移了听众（甚至自己）对故事核心真相的关注？

多年来，我们聆听了无数关于心碎与悲伤的故事。有时，讲述者会表示："但愿我的故事能带来些许幽默，我担心让所有人感到沉重。"

我们感同身受！幽默确实能迅速赢得共鸣，给人带来欢乐，让人发笑。

然而，幽默不可强求。强行在悲伤的故事中插入笑话，效果往往适得其反。

即使在那些充满悲痛或震撼的故事中，幽默也会以不同的程度自然流露，因为生活本身就充满了奇异和意外。幽默往往隐藏在你所回忆的细节里、你的观察里，以及一切荒诞不经之中。

当某事有趣时我们会笑，在紧张或压力之下我们同样会笑。笑声可能源于难以置信、愤怒、友情，甚至爆发于悲伤之中。笑声能够释放压力，让原本难以忍受的情况变得可以承受。有些事情荒谬到让人不得不笑，比如在为母亲挑选骨灰盒时，竟然意外地收到了一张违规停车罚单。

（我们对本书的作者们进行了一次非正式且非科学的调查，结果发现我们每个人都记得在最亲近的家人的葬礼或临终之时出现的滑稽时刻。五人中无一例外。事实胜于雄辩。即使是最悲伤的日子，也不乏轻松的时刻。）

在安德莉娅·金·科利尔的故事《遇见迈尔斯》里，她描述了自己在得知一个令人震惊的消息——她的儿子在她完全不知情的情况下成了一名父亲——时所做出的反应。

　　面对这样的消息，你将如何应对？你会选择去塔吉特①……因为在那个地方，你似乎能找到解决一切问题的方法。

你可能会发现，那些在你经历时显得严肃、重要甚至令人焦虑的

---

　　① 塔吉特（Target）：美国的一家大型零售连锁店，以其繁多的商品种类和便捷的购物体验而闻名。在这里提到去塔吉特可能是一种隐喻，"在塔吉特可以买到任何商品"隐喻"可以解决一切问题"。——译者注

事件，随着时间的流逝，最终可能演变成一个令人发笑的故事。

就像米歇尔·墨菲的故事《你知道你在为谁买这个吗?》讲述了她成为诈骗电话受害者的经历，一个自称在进行联邦调查的家伙骗了她。

> 那位"联邦探员"告诉我，有人冒用我的身份在得克萨斯州偷了一辆车。一名女子失踪，车辆发生事故，现场还发现了她的血迹和八磅可卡因。我心想："天哪，我十年没去得克萨斯了。我姐姐住在那里，但我绝不会杀了她，更不会因为那些几乎赶上婴儿体重的可卡因而被抓。那不是我能做出来的事。"这个消息让我非常烦恼，我哭了起来，因为我想："这太严重了。不是我，伙计，我没做。"

> 他们接着说："首先，你必须完全按照我们的指示行事，不能告诉任何人，因为我们正在联邦层面处理此事，不想让州政府介入。"我心想："什么? 我已经在群聊中告诉了八个同事我正在接受联邦调查。"他们这么一说，我立刻保证："好的，好的，从现在开始，我会守法，保守这个秘密。"我爸爸甚至下楼来问我："你在和谁说话?"我急忙说："爸，快走开! 我在接受联邦调查!"我对待这件事非常严肃。

在《好消息与坏消息》的故事里，艾琳·巴克以幽默的笔触回顾了她十二岁那年家中发生的一段小插曲。

> 由于我和爸爸之间有着深厚的感情，我深知冰激凌背后的含义。每当他需要传达一些不好的消息时，他总会带我们去吃冰激凌，这几乎成了他的一种习惯。所以，千万不要和爸爸一起去酷圣石冰激凌店，真的不要去。除非你已经准备好听到一些令人不安的消息，比如爷爷被诊断出癌症，或者你的宠物狗不得不被安

乐死，又或者是你的保姆因为偷窃妈妈的珠宝而被解雇。真的，不要去。

并非人人都拥有天生的幽默感。在你的故事中，你可能意外地捕捉到幽默的火花。幽默往往潜藏在细节之中，或者体现在对情感的反应里。幽默通常真实而自然地融入故事。不必为了刻意追求幽默而改变你故事中独有的对话风格和节奏。

我们目睹了幽默引发听众的热烈掌声，也目睹了幽默带来石沉大海般的寂静。虽然幽默感无法一蹴而就，但我们能够指导你探索如何（以及是否应当）使用幽默，在哪些情境下应完全避免使用它。

**致祝酒词时的恰当行为**：当你被赋予在庆典上致祝酒词的荣耀时，你与被祝酒者之间存在着深厚情感是不言而喻的。在这一刻，不妨分享一些鲜为人知的温馨故事，让在场的每一位宾客都能通过这些生动的细节，更加真切地感受到被祝酒者的独特魅力。无论是提起他们那次决定性的投篮，如何为球队赢得季后赛的辉煌时刻，还是表达对他们坚持让你尝试新事物（比如在交友软件上向右滑动，最终邂逅了那位养蜂人）的感激之情，抑或是透露一个家庭小秘密（比如你妹妹三岁时坚信自己是一只猫的可爱往事），这些都能让祝酒词洋溢着生活的温暖和趣味。

**致祝酒词时的不恰当行为**：在这个场合，我们不应逐一列举被祝酒者的不足之处。适度的调侃或许能增添几分趣味（比如提起一段关于啦啦队表演失误的趣事）。然而，这样的玩笑也可能无意中触碰到被祝酒者尚未平复的旧伤。（切记，不要轻易招惹啦啦队员，她们的力量不容小觑。）如果你选择以幽默的方式祝酒，让它充满温情，而非尖锐的讽刺。或许，你的兄弟曾因你不小心撞到邻居的车而向母亲告密，导致你被禁足，错失了高中最后一年的音乐剧《理发师陶德》的演出机会，这样的经历也许适合在伴郎致词中提及。但通常，如果你被选中致祝酒词，那意味着你对新郎怀有深厚的情感（哪怕你有时还想给他剃个光头）。你可以轻松地开几个玩笑，或者分享一些你们曾经的小摩擦，但整个祝酒词的核心应该是一系列充满爱意的回忆。

## 笑点在哪里？

我们常发现，在人际交往中，自嘲往往能迅速拉近我们与他人的关系。因为这不仅展现了我们对他人的信任，还制造了一种亲密感。

**特丽莎·米切尔·科伯恩，飞蛾故事讲述者：**那是2012年，在得克萨斯州奥斯汀的派拉蒙剧院，有一场座无虚席的演出。这是我第一次在主舞台上亮相，我是当晚最后一个故事讲述者。我非常紧张，甚至向引导员请求，希望能在演出开始时就上台，这样就不用整场演出都在等待中度过。在等待自己名字被叫到的时候，我仿佛经历了一次灵魂出窍。当主持人介绍我时，我站起身，走向舞台。我需要爬六级台阶，却在第三级上绊倒了。我向前伸手稳住自己，避免了摔个狗啃泥。我听到听众席上传来一阵惊呼。我站起来，转身面向观众，脑海中有个声音告诉我：鞠躬。我深深地鞠了一躬，整个礼堂爆发出掌声。他们开始欢呼和尖叫。站在那个舞台上，我讲述着自己的故事，仿佛房间里的每一个人都是我最好的朋友。

在《理发风波》中，阿方索·拉卡约以与朋友对话的方式向听众讲述故事。随着情节的推进，我们得以一窥他心灵的深处。

　　我的表哥开始为我理发。这里没有理发店里常见的那种大镜子，你知道的，那种让你在剪发时能抬头一瞥的镜子。我喜欢那种可以边剪边欣赏自己发型的感觉，但这里没有。就这样，表哥专注地剪了大约二十到三十分钟，然后他突然停下手，对自己的作品显得颇为得意。他自豪地说："嘿，小家伙，看看，我帮你弄好了。"接着，他给我来了一个击掌庆祝。我站起身，心中暗喜："这下，我可以去学校炫耀我的新发型了。"

　　但我感觉到有些不对劲。因为当我踏入家门的那一刻，同龄的表弟瞥见我，突然爆发出一阵歇斯底里的笑声，笑得眼泪都流出来了。我也爱幽默，自然好奇究竟是什么让他笑得如此失控。于是我走进洗手间，站在镜子前。眼前的画面让我难以置信：我的发际线被剪得异常靠后，额头异常光滑，仿佛一面反光的挡风玻璃。如果你靠近看，甚至能在那光滑的额头上看到自己的倒影。我的额头在灯光下熠熠生辉，这样的场景简直荒谬至极。

　　有时，当我们回顾那些最脆弱的时刻，会发现它们其实蕴含着幽默。在《也许》这个故事里，杰西卡·李·威廉姆森通过演唱音乐剧《安妮》中的一首歌曲，帮助我们以轻松的心态面对曾经令人尴尬的经历。

　　在我三年级时，我决定在学校才艺展示上献唱《也许》。然而，当我踏上舞台的那一刻，我开始思考自己的一些"也许"。也许，在我决定独自站在舞台上，面对数百位观众唱歌之前，我应该更加深思熟虑；也许，我应该努力记住那些歌词，而不是仅仅依赖看过五六遍电影的记忆。因此我只能专注于即将通过歌声传达的情感之中。我只考虑了一些关键的问题，比如是需要戴上一顶卷曲的假发，还是我那刚烫过的短发已经足够。学校广播里播放着这首歌的伴奏，每当旋律进入新的段落，我都会深吸一口气，做好演唱的准备，心中涌起一线希望，希望自己能够顺利地完成表演。然而，事与愿违，朋友们。我只是站在那里哭了两分半，而台下的观众则在一片令人窒息的寂静中目睹了这一切。

这并不意味着你应该总是让自己成为故事中的笑点。面对并承认自己的不足或过去的错误，这实际上是一种与自己建立深厚联系的方式。它能够真实地展现你的个性，让你完整地接纳自己。这种做法有时甚至能赋予你一种力量。在《摩登家庭》这个故事中，萨拉·巴伦就在探索一个问题：她是否应该对丈夫的前妻表现出更多的慷慨。

> 然而，我内心深处最阴暗的部分，真心希望她能滚远一点。

在幽默自嘲与用曾经伤害过你的言语或思想贬低自己之间，有一条微妙的界线。如果某些细节曾使你成为被攻击或霸凌的对象，试图以轻松的态度来掩饰这些经历，可能会对你和那些有类似遭遇的人造成二次伤害。

汉娜·加兹比在网飞公司的突破性脱口秀节目《娜娜特》中，提出了一个观点："当一个身处边缘的人自我贬低时，那并非谦卑，而是羞辱。"

幽默应当源自真挚，应当成为你与听众之间的一座沟通之桥。如果你在分享个人故事时，只是为了让听众发笑，或者你讲述的内容连你自己都觉得并不有趣，那么或许你应该改变策略。你的故事旨在与听众建立情感联结，而这绝不应以自我牺牲为代价。

## 以幽默刻画角色

幽默，若运用得当，不仅能够传达你的观点，还能为你故事中的角色增添深度。在布莱恩·芬克尔斯坦的《破碎之心》中，他如是说：

自高中毕业后，我已有二三十年未曾踏足医院进行体检。我祖母曾告诫我："别去看医生，他们总是会发现问题，然后你就完了。"这话听起来荒谬至极，然而，我祖母却以九十九岁高龄安然离世。

要描绘一个人的复杂性，可以尝试将严肃的细节与轻松幽默的元素相融合，就像泰格·诺塔洛在她的故事《寻找 R2 号机器人》中所做的那样。

童年时，我的房间总是像其他孩子的一样杂乱无章。每当需要整理房间的时候，继父里克就会给我设定时间。时间到，他会进来，把一切不按规矩摆放的东西统统塞进一个大垃圾袋，然后锁进汽车的后备箱。为了赎回我的玩具，我得通过做家务来赚取零花钱。这听起来有些苛刻，而且确实苛刻。但公正地说，赎回那些玩具的价格是公道的。我可以用五分钱一个的价格赎回一个千年隼号模型、一个可上发条的埃维尔·克尼维尔机车，或者一只毛绒猴子。这样的价格很合理。

里克并不无情，所以泰格的轻松幽默让听众感到安心，也让我们能够会心一笑。

或者参考一下塔拉·克兰西在《月亮与星辰的对话》中对家族的调侃。

身为一个五代纽约土著，我自豪于这份传承，但也承认这伴随着一些局限。我曾在某一刻意识到，许多美国家庭在纽约登陆后，仅凭身上的破衣烂衫便继续向西拓荒。而我的家族的故事则不同，他们抵达纽约后，仅仅迈出两步便驻足，满足地说："这里就够好的了。"简而言之，对我所属的家族来说，最远的探索未超过新泽西。

　　塔拉的幽默透露出，尽管她与家人的关系错综复杂，但她对他们的深情厚爱却显而易见。

　　在菲尔·布兰奇的故事《如果西装合身》中，他描述了自己为舞会精心策划，甚至为舞伴设计了一套完美搭配的服装的经历。这个故事虽然以幽默的笔触展开，却充满了青春期的复杂情感。他以成人的视角回顾过去，自嘲了一把年轻时的自己。

　　　　为了给我的舞伴挑选合适的装扮，我深入研究了当时最火的时尚杂志，如《西尔斯商品目录》《明镜周刊》和《杰西潘尼商品目录》。我最终决定以我的西装为基础，设计一条融合西装元素的美人鱼裙，裙身顶部将缀以粉色蕾丝，这条裙子定会惊艳全场。我自己既不会画图也不会缝纫。所以，我拿着草图去找了我的裁缝——我一位朋友的母亲，问她："你觉得这个能做出来吗？"她回答说："没问题，给我一周左右的时间，只要你提供所需的布料和其他材料，我就能把它制作出来。"我说道："太好了！"于是，计划就这样启动了。

　　　　我未曾预料到，向舞伴提出让她穿上我为她设计的毕业舞会礼服会是个问题。达娜对此并不买账，她决定与我分手。

　　与讲述者共享欢笑的瞬间，紧接着又被他们的故事深深打动，这种情感的起伏为听众带来了一种独特的满足感。当你聆听菲尔故事的现场录音时，可以清晰地感受到在提及分手情节时，全场听众不约而同发出的、充满同情的叹息。他继续讲述道：

　　　　在我十六岁那年，我并没有刻意隐藏自己的性取向，因为我自己都未曾察觉到自己是同性恋。然而，我的行为却透露了这一点。当我为我的舞伴精心设计了一件在灯光下闪耀着粉色光泽的白色缎面礼服时，我竟浑然不觉，它实际上成了我不经意间的一次公开出柜仪式。

我非常享受达娜作为我女友的那个学年。我仿佛融入了男生的群体，拥有了他们所拥有的一切，甚至幻想着未来可能的婚姻和生活。这种感觉真的很强烈，因为这是我前所未有的体验。她离开时我的感觉同样强烈，因为它让我证实了自己内心所酝酿的裂痕和痛苦。尽管如此，我手中还有五十码①的缎料，等待着有人去穿上它。

> **凯特，关于在晚宴上结识新朋友：**在大学毕业之后，我迁居至罗德岛纽波特一座维多利亚风格的豪宅阁楼，与一群同样被聘请扮演1891年阿斯特家族成员的演员们共处一室。我们对维多利亚时代的生活有着浓厚的兴趣。其中，我们特别钟爱的一项传统活动便是"转桌"仪式。在那些正式的晚宴上，座位总是被精心安排，共同赴宴的夫妇绝不会被安排相邻而坐。宾客们被鼓励与邻座的人交谈，先是左边的，然后是右边的，如此反复，直到甜点环节。晚宴结束时，每个人都期望能与至少两位（或许更多）新朋友建立起联系。这样的晚宴总是充满了惊喜与乐趣。下次举办晚宴时，不妨效仿阿斯特夫人的智慧，将与室友的闲谈留待归途，转而在餐桌上寻找陌生人的新故事。

## 笑对心痛

戏剧面具刻画着喜剧与悲剧的双重面孔，自有其深刻原因。笑声，那欢乐的源泉，有时能为情感的重压或痛苦的瞬间带来一丝轻松。设想你鼓足勇气，准备向孩子们坦白你癌症的复发，听众心中充

---

① 1码约合0.91米。——译者注

满了对孩子们即将面临的心碎的担忧。然而，就在你开口的前一秒，邻居的一只狗对着夜空开始嚎叫，这声音仿佛触发了连锁反应，周围的狗纷纷加入这场月夜的合唱。这场持续了三分钟的犬吠交响乐，让你们忍不住笑出声来。在这个悲剧的背景下，笑声让沉重变得更容易承受、复杂而美丽。

**丹尼尔·特平，飞蛾故事讲述者：** 幽默是心灵的救生筏。固然理性和逻辑能引领我们理解、宽恕，甚至驯服某些行为，但唯有幽默，才能在悲剧的深渊中为我们带来真正的慰藉与复苏。

有时，讲述者和听众都需要从痛苦或紧张中暂时解脱，幽默便自然成为心灵的解压阀。这样的轻松时刻并非刻意编排的，而是在不经意间自然流露的。我们不会建议讲述者在紧张的追逐情节中刻意插入一个关于椒盐脆饼的笑话，那绝非明智之举。然而，在深入探讨那些紧张严肃的故事时，讲述者往往会不经意间透露出一些小细节，让我们忍俊不禁。

在《善与恶》中，丹尼尔·特平描述了他与一个入室抢劫者发生可怕冲突后的余波。

我迅速拿起电话拨了911。站在门口，我目睹了一幕荒诞的画面：那个曾威胁我生命、伤害我母亲的人正飞奔穿越我的庭院。我相信自己能追上他，我的速度快过他。但我清楚他手中有枪，于是我按兵不动，向警方描述了他的相貌、衣着，以及他藏匿于树丛后的汽车。然而，当我看着他驾车离去时，我做出了另一个决定。我跳进卡车，一边猛地驶出车道，一边继续与警方保持通话。但就在这时，电话突然断线了……原来，我使用的是固定电话。

通过融入那一刻发生的荒诞不经的细节，丹尼尔让我们在体验紧张的情境之后得以通过笑声释放压力。这种幽默并非刻意为之，而是故事中自然而然的一部分——它真实地发生了，回望时，不禁让人会心一笑。这样的细节也向我们透露，尽管经历了如此剧烈的冲突，他和他的母亲很可能最终安然无恙。

共同欢笑的那一刻，仿佛是向听众献上的一份珍贵礼物，悄然拉近了你与他们之间的距离。这样的欢笑，不仅是情感交流的桥梁，更是在紧张或沉重的情绪中，给予他们的心灵上的慰藉和片刻的轻松。

在《阿尔法狼》中，伊丽莎白·吉尔伯特在临终的伴侣雷娅的床边，见到了雷娅的两位前妻。

> 我们步入了卧室，吉吉轻启了圣洁的旋律，斯泰西点燃了一支蜡烛，我们三人依偎在床上，紧紧环绕着她，轮流向她传递着最后的讯息，如果她还能听见的话。我们告诉她，我们有多么爱她，她的生活有多么辉煌，我们因她的爱而永远改变，她以她的力量铸就了我们的心，我们将永远怀念她，永远向世界传颂她的名字。接着，一片宁静降临，仿佛宇宙深处的一扇门缓缓开启，无尽的河流涌入这个空间，我们能感受到，它正温柔地引领她离开。就在此刻，雷娅睁开了眼睛，疑惑地问："你们在做什么？"我们轻声回答："没什么，真的。"她继续问："发生了什么？"我否认道："这不是临终守夜。"我们拭去眼角的泪水。她又问："亲爱的，斯泰西和吉吉怎么会在我们的床上？"我尽量轻松地回答："她们只是……来送些邮件。"

伊丽莎白以如此深沉的方式，让我们几乎屏息凝神地沉浸在那个瞬间。雷娅的突然插话，为我们（以及伊丽莎白自己）提供了一个短暂的喘息之机，让我们在面对雷娅不可避免的死亡之前，得以短暂放松。若非如此，长时间沉浸在如此紧张的情感空间中，我们将难以承受。

## 生硬的幽默具有致命的危害

在叙事中，幽默应当自然流露，而非刻意雕琢。你是在真实体验的瞬间捕捉到它，还是预先设计了这一幕？听众能够感知到这两者的差异。

当你意识到自己为了制造幽默而添加的某个细节，既未深化听众对角色或背景的理解，也未促进故事情节的发展，那么你可能是在过度设计一个故事并不需要的时刻。即便是顶尖的喜剧大师，也需要领悟这一道理。

**珍妮弗，关于和喜剧演员迪翁·弗林的合作：**即便是飞蛾节目的资深主持人及故事讲述者，也可能忍不住在故事中加入过多的笑料。迪翁·弗林在讲述自己作为奥巴马模仿者的经历时，穿插了许多幽默元素。我建议他减少一些，并非因为这些笑料不引人发笑，而是因为数量过多。有些笑话能够增强故事的吸引力，而过多的笑话却可能让人分心。在故事的某个部分，迪翁暂时离开了故事线，展示了他如何学会模仿奥巴马的声音，这是一个既幽默又与主题紧密相关的环节。然而，如果幽默元素过多，可能会削弱故事的张力，或者让听众迷失在笑声中。在节目的现场彩排中，迪翁尝试了一个我建议他放弃的笑话，结果反响平平。他立刻机智地回应："看来这个笑话没奏效，我得把它拿掉！"（这句话反而赢得了笑声。）这似乎有些令人难以相信，但有时候，一个笑话较少的故事反而能带来意想不到的幽默效果。

喜剧演员对飞蛾有着复杂的情感，既热爱又抗拒，因为这种叙事形式对他们来说是一种考验。那些以逗乐听众为职业的喜剧人习惯于以笑声的数量来衡量自己的成就。要让他们相信，减少一些笑话反而能提升故事的魅力，并非易事。

在几年前的一次飞蛾主舞台排练中，参与者包括了喜剧演员和作家，引导员给予讲述者们的大部分反馈集中在削减笑话上。因为这些喜剧演员首先关注的是笑话，其次才是故事情节。

**迈克·比尔比利亚，飞蛾主持人及故事讲述者：**我们愿意割舍那些我们钟爱的笑话，因为故事才是核心。如果笑话能为故事增色，它们便像最理想的伴侣，与故事相得益彰；如果笑话与故事格格不入，它们的存在便显得尴尬。

喜剧演员面临着一个额外的挑战，那就是学会享受舞台上的静谧时刻。对那些以每分钟引发的笑声数量来精进自己表演艺术的人来说，这无疑是一次深刻的转变。

**哈桑·明哈杰，飞蛾主持人及故事讲述者：**在我多年的单口喜剧生涯中，是飞蛾教会了我如何珍视宁静。在喜剧的世界里，我们追求的是铺垫和爆发，但在飞蛾，我开始探索那些更有力量的人性情感：爱、痛楚、懊悔、羞耻。你能让听众的情感达到多高的巅峰，往往取决于你能将他们带入多深的低谷。

在故事讲述中，听众在沉默时的全神贯注与在笑声中的共鸣同样令人动容，两者都蕴含着深刻的亲密感。当你在故事的沉重部分学会捕捉房间中的情感氛围，你能够本能地感受到那股紧张而充满期待的沉默。我们把这种沉默称为"听众侧耳倾听的声音"。

**如何避免破坏幽默感?**

在考虑故事中的幽默元素时,以下是一些需要注意的事项:

● **别急于跳过笑点。**当你抛出一个笑话时,听众会有所回应(希望如此!)。请为他们留出理解和消化的时间。不要急于继续你的叙述。如果你由于紧张而忽略了这个停顿,没有给听众足够的时间来反应(这是很常见的现象),他们可能会错过这个笑点。长此以往,听众会担心错过更多精彩内容,从而减少笑声,以免干扰你的讲述。

● **意料之外的笑声。**听众的笑声随时可能在故事中爆发,有时,那些出乎意料的笑声会让你措手不及。面对这样的惊喜,不妨稍作停顿,然后再继续你的叙述。

● **然而,如果笑声并未如期降临,也不必感到沮丧。**你精心准备的幽默可能并未激起听众的共鸣。我们曾目睹过,一些讲述者在重复讲述故事时,由于某个他们预期会引人发笑的台词或笑话没有得到回应,而显得有些手足无措。当他们停顿等待,却发现笑声并未如预期般响起时,那份痛苦是难以掩饰的。听众的反应千差万别,如果你在期待笑声的地方没有得到回应,不必焦虑——或许他们正沉浸在你的故事中,急切地等待着结局。这时你只需继续讲述你的故事,开始下一个情节。最好在每次讲述时你都能全身心投入,享受当晚听众的真实反应。故事的生命力在于它每一次的变化,谁知道下一次讲述会在哪里、会在何时引发共鸣呢?

**喧嚣声中的祝酒词:**当你在婚礼或生日庆典等聚会上致祝酒词时,宾客们或许已经微醺。周围可能充斥着各种干扰,食物的香气、餐具的碰撞声、闲聊的低语、装饰着道具的照相亭、滑稽的小丑,还有那迷人的日落美景……请别把这些看作对你个人的否定！你可能会收获满堂彩，也可能被一个突然对紧身裤感到不满的孩子抢去风头。无论现场如何，记住，你的祝酒对象正在聆听。保持真诚，用心去表达。最为关键的是，让你所爱之人感受到被祝福和被关注的温暖。

## 你做好讲述故事的准备了吗？

作为引导员，我们的任务之一是在讲述故事之前，协助讲述者们评估自己是否已经做好了情感上的准备。有时候，故事本身似乎在呼唤被讲述，而讲述者似乎也具备了赋予其生命的力量。然而，将真实的人生经历转化为艺术创作的过程往往充满挑战，有时讲述者可能还未做好充分的准备。

除了情感上的准备，还需要时间上的准备。故事的核心细节往往难以捕捉，因为故事情节仍在不断展开。无论是职业道路的彻底转变还是从龙卷风中逃生，对生命中的这些重大事件获得深刻理解都需要时间的沉淀。如果你仍在经历或处理这些事件的过程中，你的视野可能会受到限制。对更严肃的故事，给予时间让其沉淀尤为重要。我们常半开玩笑地说，最好在亲人离世十年后或离婚五年后再讲述这些故事（尽管一位心理学家曾指出，情况可能恰恰相反，因为离婚可能比死亡更具创伤性！）。

**《又一次似曾相识》：凯瑟琳，与科尔·卡兹丁合作的经历**：回顾 2006 年，科尔·卡兹丁分享了一个关于她在一次意外摔倒后醒来时失去记忆的故事。这个故事充满吸引力，情节紧张，细节生动，但我们在寻找如何让故事达到情感高潮的过程中遇到了难题。在演出之夜，她站在舞台上熠熠生辉，而她忠诚的男友，那个在事故中一直陪伴在她身边的人，正坐在前排注视着她。然而，当我们事后听录音时，总感觉故事的结尾似乎有些不尽如人意。我们难以确切地说出哪里出了问题。以下是她故事原始结尾的一部分：

> 我终于康复了。头部的伤已经愈合，背部的椎间盘滑脱成了那次事故的永久印记，但我的思维已经恢复如初。我重拾了童年的回忆、我的情感，我几乎变回了事故前的那个自己：一个素食主义者，一个作家，与亚当相恋。尽管如此，我还是会自问：这真的是我内心深处的自我吗？

不久之后，她与男友的关系走到了尽头，她迁居至洛杉矶。后来，我和科尔重新探讨了这个故事。我们发现，事实上，在那次意外发生时，科尔与男友已经分手。然而，当她受伤时，他立刻赶到她身边，两人重燃旧情。起初，一切似乎恢复了正常，但随着科尔的记忆逐渐恢复，他们之间的紧张关系再次浮现。最终，他们再次分手，原因与第一次分手时相同。科尔对此感到释然，因为这表明在事故之后，她内心的核心部分依然完好无损。这一认识成为她故事的新结局。

> 我用了大约六个月的时间来恢复健康，我的记忆随着时间的流逝逐渐回归。我敢肯定自己完全康复了，因为在那之后的几个月后，我和亚当再次分手。这一次，我有了预感，因为我们曾经历过。当我重新找回自己，我发现一切如旧，但这一次，这种不变反而给了我安慰，因为我终于明白了自己是谁，这也意味着我可以迈

向新的征程。即使记忆不再，我依然是那个我。

在最初版本的故事中，科尔并未察觉到自己仍在故事的进程中。这个更为真实的新结局不仅重塑了故事的轨迹，也转变了她的观点。

## 伤疤与创伤

在飞蛾故事讲述者克丽丝塔·蒂皮特备受喜爱的公共广播节目《存在》中，她向一位先锋的路德教会牧师纳迪亚·博尔茨-韦伯（也是飞蛾故事讲述者）提出一个问题：她如何判断一则个人逸事或故事是否适合放入她的布道中。纳迪亚回答说，她总是努力"从自己的伤疤而非创伤中布道"。初次听到这句话对我们来说是一个顿悟的时刻，现在它已经成为我们交流中的常用语，因为在讲故事时，这一原则同样适用。

在叙述那些涉及骇人听闻的事件和创伤的故事时，讲述者在分享之前经历一定的心灵疗愈至关重要。艾德·盖瓦刚，一位曾经的杰出木匠，在纽约的一个夜晚被刺伤并遗弃街头。他的康复之路远不止身体上的恢复，这场灾难彻底颠覆了他的生活。多年之后，他在《无论什么都杀不死我》中分享道：

> 当我静坐沉思，回想往事，我明白我已无法回到过去。那个曾经的我、曾经的事业和生活，都已成为过往。我失去了它们，尽管我从未真正相信过这一点。我一直以为，自己始终在努力找回那个旧日的我。然而，当我深入反思，我认识到，我需要开启一段新的旅程。唯有如此，我才能感到解脱。

艾德所提及的洞见，唯有经历了必要的时间距离，在反思和消化过往之后，方能显现。

奥菲拉·艾森伯格的故事《事故》始于一个少年的闯红灯行为。这一行为导致奥菲拉母亲所驾驶的汽车发生事故，当时正坐在奥菲拉身旁的挚友艾德丽安不幸丧生。多年之后，故事在一封意外发现的信件中落下帷幕。

　　我打开了一个抽屉，一封艾德丽安父亲写给我母亲的信吸引了我的注意。这封信是在车祸发生后一周，艾德丽安的葬礼刚过之后写的。我从未意识到有葬礼这回事，因为那时我正在经历手术，所有的关注点都集中在自己身上。这是我第一次想到这件事。

　　信中，艾德丽安的父亲表示，他并不责怪我母亲，他相信是上帝要带走艾德丽安，他的家人会为我们和我的康复祈祷。

　　我从未真正考虑过母亲所承受的一切，因为她从未在我面前流露出任何痛苦或脆弱。我无法想象她所背负的责备、内疚：她承担了照顾他人孩子的重任，最终却发生了如此悲剧。她只向我展示了爱，别无其他。

　　我并不是那个坚强的人，我的父母才是。他们小心翼翼地引导我，让我能够像一个普通的十六岁孩子那样生活。而艾德丽安，她永远也不会有十六岁了。我凝视着她父亲那充满哀伤的字迹，被深深触动。那是我第一次坐在那张餐桌旁，泪流满面。

奥菲拉在八岁那年经历了那场事故；到了十六岁，她对事件有了更深刻的领悟；直到三十多岁时，她才将这个故事娓娓道来。有时候，心灵的愈合与理解，需要时间的沉淀。

我们鼓励讲述者深入回忆，将自己置身于那一刻，由内而外地分享故事。然而，请注意：重温那些充满创伤的经历或情境可能会对情感造成重大压力。例如，一位有着艰难童年的讲述者，在排练她的故事后，往往需要长时间的休息来安抚自己的心绪。重新经历这些情感强烈的时刻颇为不易。但请记住，是否分享这些故事，决定权永远掌握在你手中。

## 我如何得知自己是否做好了准备？

你可能会问自己：我是否已经做好了准备？虽然我们可能永远不会有机会携手合作（我们当然希望有这样的机会!），但多年来我们观察到一些信号，这些信号可能会让你考虑按下"暂停键"。

在引导那些悲伤的故事时，我们会密切关注讲述者是否对故事内容仍然感到新鲜和敏感。他们的稿件常常迟交，讨论会议的时间频繁在最后一刻被调整。在某些极端情况下，讲述者在描绘某个生动场景的细节时可能会陷入困境。他们在深入挖掘故事的过程中可能会为创伤所困扰，一旦停止讲述，可能会显得迷茫。这些迹象可能意味着他们仍然沉浸在故事的情感中，尚未准备好将其公之于众。

强烈的情感并不会阻碍你分享自己的故事；作为听众，我们渴望那份真挚。但我们需要相信你依然能够掌控局面，能够引领我们走向一个令人满意的结局。

在编织故事的过程中，如果你发现自己被某些情节的情感淹没，不妨暂时搁置草稿，给自己一些时间——一周、两周，甚至三个月。再次审视时，你的感受是否有所不同？

在讲述故事的某个瞬间，如果你的心跳加速，眼中泛起泪光，没有关系，那是你与故事融为一体的证明。请让我们见证并感受这份情感！然而，如果你仍然感到难以承受，担心情绪失控、无法继续，那可能是你的身体在提醒你，现在还不是时候。记住，这并不意味着你永远不能讲述这个故事，而是时机尚未成熟。

你的故事，应由你来主宰；不要让故事主宰了你。

　　**梅格，关于一个酝酿多年的故事**：杰里米·詹宁斯通过飞蛾故事会的投稿热线，向我们讲述了他在旧金山守护金门大桥后，被派往关塔那摩监狱担任守卫的经历。他并非军事警察，也没有接受过处理囚犯的专业训练，他所描述的那段经历充满了创伤与迷茫。他内心的矛盾在于，他所恪守的职责与亲眼所见的囚犯境遇存在巨大反差。我们深入交流了许久，我向他提供了一些讲述故事的指导，之后便有数月未再听闻他的消息。他的故事在我心中久久回响，但显而易见，他尚未准备好面对这一切。

　　六个月后，我再次与他取得联系，询问他的近况。他对自己的沉默表示歉意，而我向他表达了理解，他还没有做好准备，这没关系。他表达了再次尝试的愿望。经过几轮电话和邮件的深入交流，我们共同勾勒出了故事的初稿，并为其构建了一个稳固的叙事结构。尽管如此，他仍旧没有做好讲述这个故事的准备。站在除我之外的其他人面前分享这段经历，对他而言仍旧过于沉重。于是我们又一次按下了暂停键。

　　**杰里米·詹宁斯**：我不确定是什么驱使我拨打了那个投稿热线。我幻想着能像广播里那些讲述者一样，通过分享自己的故事获得心灵的净化，我渴望那种解脱。然而，在投稿热线上首次讲述这个故事，更像是对我在关塔那摩监狱所目睹和参与的罪行、罪恶和悲伤的忏悔。我从未想过会有人回拨给我。或许，我从未真的打算在众人面前讲述这个故事。当真的有人回拨电话时，我感到一丝恐惧。这不仅因为故事本身的情感负担，更因为我在挑战政府对那座监狱内发生事件的保密禁令。将内心的声音传递到电话线那头，只是第一步；而将这个故事公之于众，则是更加充满风险的一步。我担心自己会被误解为战争罪行的辩护者，或是恐怖分子的同情者，甚至被看作是在试图减轻自己的罪责。我担心大多数美国人可能无法理解或同情我。我变得有些风声鹤唳，甚至幻想着前囚犯、"基地"组织成员乃至美国政府，在我讲述这个故事后，会来对付我和我的家人。

我飞往纽约进行排练，此时距离我打电话投稿已经过去了两年多的时间。在这段时间里，我完成了第二个学士学位，结束了一段婚姻，并且迈入了研究生的学术殿堂。作为一名退伍军人，我对自己的身份认同和价值观有了更深的理解和信心。尽管心中仍存有对未知后果的忧虑，但我已下定决心讲述自己的故事。

**梅格：** 当杰里米踏入排练室的那一刻，他心中充满了能否完整讲述故事的疑虑。在紧张和情感的双重压力下，他难以启齿说出故事的开头。然而，他并未放弃，而是坚定地继续前行。排练结束后，你能够看出他脸上的轻松和肢体语言中透露出的自信。当他最终站在舞台上，与听众分享他的经历时，你能感受到他身上发生的变化。他感到自己被赋予了一种力量，这种力量如此强大，以至于几个月后，他能在三千名听众面前再次讲述自己的故事。

如果你的故事片段如同熊熊燃烧的火焰，情感澎湃，那么你需要暂时后退一步。在尚未准备好的情况下强行讲述，并非勇敢的表现，反而是对自己和所经历事件的不尊重。

有些人可能永远不觉得过去的时间已经足够。这并无不妥，因为这是真实的感受。

**珍妮弗，关于一部以越南战争为背景的节目：**在 2016 年，我参与执导了一档节目，该节目深入挖掘了以越南战争为主题的诸多故事。我偶然发现了一篇关于新泽西州的越南战争老兵格伦的文章，并邀请他加入我们的行列。格伦是一位在行动和精神上都极其勇敢的人，曾荣获两枚紫心勋章。在他的文字中，他无畏地表达了自己在战争中的所见所感。他回信表达了对邀请的感激，但在深思熟虑之后，他决定不参与演出。他告诉我，写作已经帮助他处理了许多情感，但将这些故事面对面地讲述给听众，对他来说仍然是一个沉重的负担。他提到，他每天都在与创伤后应激障碍做斗争，虽然身体上的伤口已经愈合，但情感上的创伤却没有。格伦用行动诠释了"从伤疤而非创伤中讲述故事"的格言。在节目上演的那个夜晚，他发来了祝福，希望我们一切顺利。当《飞蛾广播时光》播出了我们节目中的故事时，他全程聆听并写信说他从头到尾都被深深吸引，无法动弹。虽然我为飞蛾故事会的听众未能听到格伦那些震撼人心的故事感到遗憾，但他坚守界限的行为使我感到无比敬佩。

相比之下，有时向听众分享一个充满情感的故事可以带来治愈。构建叙事的过程让讲述者能够在故事中找到秩序，而不是被纷繁的情感和细节淹没。对于某些患有创伤后应激障碍的人来说，讲述那些痛苦的往事，有助于他们重塑自己的生命叙事，从而在故事中寻回一种掌控感。讲述者向自己证明，他们拥有主导自己故事的力量。

事实上，退伍军人医院和美国陆军协会正在将故事讲述作为一种治疗创伤后应激障碍的方法。美国陆军协会官方网站上这样写道：

如果你正经历着创伤后应激障碍的折磨，那么讲述自己的故事能够帮助你的大脑为那段记忆构建新的联系。言语不仅连接着你的过往，还连接着当时的情感和感官体验。这样的过程能让大脑中那些因创伤而僵化的部分得以释放，意识到危险已经过去，不再需要像面对即时威胁时那样持续警觉。

然而，建立联系的过程充满挑战。真实地回顾自己的经历，往往意味着要重新经历生命中最痛苦的时刻。情感可能会以难以预料的方式涌现，有时过于强烈，有时又可能完全麻木。战争往往使士兵对情感变得迟钝，与当时的感受脱节。但为了治疗的有效性，士兵需要将对事件的情感反应与当时的视觉、嗅觉、味觉或触觉体验紧密相连……

我们的目标是帮助你理解并整合那段可能充满混乱与无力感的经历。……请记住，减轻创伤后应激障碍的症状并不意味着你会抹去那些记忆，忘记你已经成长变化，或是忘记那些牺牲的战友。它只是让你能够更从容地面对生活，真正地尊重和纪念你的军旅生涯。

多年来，我们与众多经历过军事行动、自然灾害或暴力事件的创伤后应激障碍患者合作，亲眼见证了他们如何通过构建、雕琢和分享个人故事来实现心灵上的治愈。

**《死后余生》：梅格，与达米安·埃科尔斯的合作：**因为一项他并未犯下的罪行，达米安在阿肯色州的死囚牢中度过了十八年又七十八天。在与达米安的合作过程中，我开始担心他可能患有创伤后应激障碍，而且他尚未得到必要的医疗诊断。尽管如此，达米安在出狱几个月后便向我敞开心扉，分享了他的故事。起初，我认为这可能太过仓促，但达米安已经与这段创伤共存了十八年，他迫切地想要倾诉。

电影导演彼得·杰克逊通过资助基因调查帮助达米安重获自由，并让达米安借住在他位于纽约市中心的公寓。在达米安准备在舞台上公开讲述自己故事之前的两周，我几乎每天都会去那里陪伴他。达米安坚持每日练习，我能看出这个故事对他的重要性。反复的讲述不仅帮助他为面对听众做准备，而且似乎在某种程度上塑造了他。当那个在纽约的夜晚终于来临，达米安站在舞台上，虽然紧张，却显得自信满满。第二天我与他交谈时，他说了一些我永远不会忘记的话。他向我表达了深深的感激，并分享了他的感受："讲述完故事后，我感觉轻松了许多，仿佛在那个夜晚，我将一部分创伤留在了舞台上。"与达米安的合作，让我首次深刻体会到了讲故事的治愈力量和它的重要性。

虽然故事讲述可以作为一种治愈和处理创伤的工具，然而，面对创伤后应激障碍这样的严重状况，我们还是建议你寻求擅长处理创伤的专业机构的帮助，而不是独自应对。

关于是否准备好讲述某个特定的故事，这完全取决于你个人的决定，只要忠于自己的感受即可。你可能现在就做好了准备，也许还需要等待十年，或者可能永远都不会准备好。但无论何时，只要你准备好分享，总会有人愿意倾听你的故事。

## 讲述逝去之人的故事

在马萨诸塞州新贝德福德，飞蛾故事会的资深主持人彼得·阿圭罗主持了一场特别的活动。当一位讲述者分享了失去至亲的故事后，彼得提醒在场的听众，仅仅是聆听这个故事就足以让那些关于逝去之人的记忆再次焕发生机。随后，他邀请了在场的逾千名听众，共同轻声念出那些对他们来说意义非凡的逝者的名字。在那一刻，上千名听众齐声呼唤出不同的名字，随后房间陷入了短暂的沉默。这激发了我们对人类共同经历的共鸣，让我们对在场的每一位听众都充满了深刻的同情与理解。

讲述逝者的故事，仿佛是短暂地将他们从记忆的深处唤醒，让他们在听众的心中重生，让众人得以与他们的灵魂相遇。

> **凯特，关于讲述她已故母亲的故事：** 在波特兰的阿琳·施尼策音乐厅，我首次向 2 700 名听众讲述了我的故事。在此之前，我曾无数次想象那一刻的感受。然而，直到我真正站在台上，我才发现，这几乎是一种让她重生的体验。在那十二分钟里，我们所有人的心共同被她占据，这是何等珍贵的时刻。在这个充满陌生人的房间里，在那短暂的瞬间，他们与我一同缅怀，将我深爱的人珍藏在心间。

当故事牵涉到亲人的离世时，你在叙述他们生命中每一个充满爱的细节的同时，也在逐渐揭开他们生命终结的篇章。这一过程可能令人心痛，仿佛是再次经历他们的离去。你可能会不断堆砌新的细节，试图绕过那个令人心碎的时刻，因为你无法承受让所爱之人再次从心中消失之痛。

如果你还未准备好经历这样的过程，这表示这个故事尚未到与听众见面之时。

> **关于如何处理悼词中的情感：** 鲜少有人觉得自己已经做好致悼词的准备。葬礼和追思会往往在悲痛尚未平息之时举行。然而，对许多人来说，想到在致悼词时的泣不成声，难免内心充满

恐惧。专注于细节可以帮助你保持稳定，但这些细节的选择需要谨慎。有些回忆可能太过沉重，你尚未准备好去触碰，但那些共同度过的特殊时刻——一起烘焙的午后、在宾夕法尼亚州车站见面的共同决定或是凌晨三点在瓦尔登湖中的畅游——却能串联起你的话语，引领听众与你一同走进那个充满情感的空间。那些在回忆中愈发珍贵的瞬间，在此刻再次被唤醒。在这一刻，你与听众共同体验一个充满哀伤，却又不仅限于哀伤的氛围。

在讲述过程中流泪并无不妥（毕竟，参加追思会的人们很可能也在流泪）。我们对悼词的建议，与对讲述者在触及故事中情感深处时的建议相同。当你感到情感即将泛滥时，不妨暂停片刻，深呼吸，接受这份情感，直到它变得可以驾驭。不要试图压抑或忽视它，因为这只会让你更难以继续。如果你在排练中发现自己总是在某个点流泪，那么提前告诉听众"这部分对我来说有些艰难"或者"这里我会忍不住流泪"，是完全可以的。这样的坦诚，赋予了你面对情感的力量，也让听众明白你的感受。除非他们心如磐石，否则没有人会因为你的真实情感而对你有所指摘，尤其是在你缅怀深爱的已逝之人时。

**《弗兰妮最后的旅程》：凯瑟琳，与迈克·德斯特法诺的合作**：在 21 世纪初的美国喜剧艺术节上，我们有幸与如今已去世的喜剧演员迈克·德斯特法诺相遇。迈克，这位布朗克斯土生土长、不拘小节的喜剧人，以直率和不容忍愚昧著称。他外表看似粗犷，然而，随着时间的推移，我发现他内心其实异常柔软，是一个深具慷慨和同情心的人。他曾经历过生活的坎坷，因此也能理解他人的不易。

他的故事是关于如何将他的妻子弗兰妮从临终关怀机构[①]中带出来，让她享受最后一次摩托车之旅。弗兰妮因艾滋病离世，这是迈克从未向公众提及的往事。我们选择让他在纽约市首次讲述这个故事，希望他在陌生人的面前能比在节日庆典上、在众多同行面前表演时，感到更加自在。

在排练中，他的表现令人着迷，但当他真正站在舞台上面对听众讲述弗兰妮的故事时，那种紧张感远超他的预期。听众对弗兰妮这位个性独特、自由不羁的女子的反应异常热烈，他开始即兴地加入一些我从未听闻的故事片段。作为听众，我紧张地注视着时间一分一秒地过去。十分钟过去了，他仍未触及故事的核心。迈克后来向我透露，看到听众如此深切地爱上弗兰妮，如同他自己一般，他感到一种难以言喻的喜悦，并更加沉浸在这种情感之中。

在初次讲述时，迈克花费了近二十分钟，我们担心他在即将到来的节日庆典上可能难以把握节奏，但他满怀热情地请求我们再给他一次机会。数月之后，他重返舞台，这一次，他仅用十分钟便完成了整个故事。

在下面这个场景中，迈克将弗兰妮从临终关怀机构中带出，向她展示了他的新摩托车。尽管弗兰妮身着医院的病号服，手臂上还挂着输液袋，她依然请求迈克带她骑上一程。

---

① 临终关怀机构：一种为临终患者及其家属提供全面照顾的服务机构。它专注于在患者生命即将结束的最后几周甚至几个月内，减轻其疾病的症状、延缓疾病发展，以及为其提供心理、社会和精神上的支持，以提高患者在临终前的生活质量。临终关怀强调的是一种全人照顾的理念，包括对病痛、心理、社会和精神需求的评估和干预。这种服务起源于基督教团体，旨在为末期病患者提供积极的关怀，帮助他们在生命的最后阶段赋予生命意义，并与家人保持紧密联系。——译者注

> 她轻轻地搂住我的腰，开始温柔地抚摸，然后她问："我们能去高速公路上吗？"我回想起我们共同经历的艰难岁月和无尽的痛苦，我回答："当然，我们可以。"于是，我们驶上了I-95号公路，我将车速提至每小时八十英里。她兴奋地尖叫，脸上洋溢着幸福。她头顶的吗啡袋随风飘扬。风，我一直认为骑车时的风能带来自由，你知道的，这种感觉如此强烈。在那短暂的十分钟里，我们仿佛回归了平常，风将我们身上的死亡阴影吹得无影无踪。

正如我们所讨论的，触及至亲离世的那一刻，几乎就像是再次经历他们的离去。在墨西哥的亡灵节传统里，有一个关于"三次死亡"的概念能为我们提供些许慰藉：

第一次死亡，是身躯的衰竭。

第二次死亡，是身体归于尘土的安葬。

第三次死亡，是终极死亡，当世上再无人记起我们时，我们才真正消失。

通过讲述故事，我们能够让所爱之人在离开之后长久地活在心中。

## 来自引导员的提示

● 在叙述中融入情感，将自己带回那个瞬间，描绘出当时的身心感受。听众可能无法完全置身于你的情境，但他们能够共鸣于喜悦、尴尬或紧张到心跳加速的情感。情感是连接你与听众的纽带，让他们能够身临其境地体验你的故事。请记住，没有情感的投入，故事就失去了其利害关系。

● 共同欢笑的时刻对听众来说就像一份礼物。它能缓和紧张或痛苦的气氛，加深你与听众之间的联系。幽默有助于阐明你的观点，丰富我们对故事角色的理解。然而，幽默应当自然流露，而非刻意为之。故事应当以最真挚的声音呈现。

● 你是否做好了讲述这个故事的准备？处理一段经历需要情感的消化、时间的沉淀和视角的转变，否则你可能仍在其中挣扎。涉及创伤或深刻困扰的故事，应当在心灵得到疗愈的基础上讲述。强烈的情感并不妨碍你分享故事，但如果你觉得无法驾驭它们，不妨暂时搁置故事，直到你能够完全处理这些情感。在未准备好之前强行讲述并非勇敢的表现。

# 第七章 设计故事结构

故事的结局宛如一顿佳肴的完美收尾，让人心满意足，然而这并不会让我们的渴望就此止步。

——凯特·泰勒斯

在你精心编织的故事中，回顾那些你已经发掘出的踏脚石，你对它们的最佳安排是什么？你是否已经确定了最佳开场？故事将如何从此展开？

你的故事宛如一幅待拼合的拼图，拥有无数种可能的组合。我们追求的，是那个最能展现故事魅力的完美布局。

我们可以深入探讨各种经典的叙事结构，但并没有一种固定模式能够适用于所有故事。最佳的故事结构应当服务于你想要表达的故事，让所有部分和元素自然地交织，而不会让听众感到困惑。它应当流露出一种自然的韵律，真实而不造作。

在阅读过程中，如果遇到难以领会的句子，我们可以回溯，细细琢磨，直至领悟其深意。然而，在讲述故事的现场，听众无法像阅读那样随时回溯。因此，作为讲述者，你必须确保描绘的场景和画面清晰明了。

如果你记忆中与某人的初次邂逅充满了趣味，为我们描绘了丰富的背景，你或许可以考虑将其作为故事中的一个闪回片段。又或者，你的故事本身就像一个悬疑故事，如果打乱时间顺序，可能会削弱揭晓谜底的惊喜。

编排故事的结构，就像在玩一场智力游戏。不要畏惧改变故事的布局！故事总是处于流动之中，充满生机；它并非固定不变的。作为引导员，我们发现故事往往遵循以下结构中的一种。从中挑选一种结构吧，但要确保它能够引导听众踏上你期望他们体验的旅程。

**阿利斯泰尔·贝恩，飞蛾故事讲述者：**在讲述故事时，你要引领听众踏上一段旅程，而非让他们在原地徘徊。

# 时序结构

## 顺叙结构

通常，最能打动人心的故事结构就是顺叙结构，它按照事件的真实发生顺序将故事呈现给听众。

苏西·朗森的《来自贝肯汉姆的女孩》便是这样一个故事。故事从苏西在伦敦度过的青涩岁月开始，那时她在伊夫林·佩吉特美发与美容学院学习发型设计，随后在本地的一家美发厅找到了她的第一份工作。在那里，她遇到了一位名叫琼斯夫人的常客，这位夫人总是在夸耀她身为音乐家的儿子大卫：

> 起初，我并未对此过多留意，直到有一天，她提起了那首《太空怪人》。我便看着她好奇地问："《太空怪人》? 我在广播里听过这首歌。你是在说大卫·鲍伊吗?"她回答道："没错，我就是他的母亲。"

苏西以时间为脉络编织她的故事。我们随着她的脚步，一同感受那份惊喜：我们见证了她与大卫的妻子安吉的相遇；我们站在她身边，目睹她为大卫修剪头发；我们与她一同紧张地探索发色，最终共同见证了《齐格·星尘》专辑中那标志性红发的诞生。

> 我为他剪短了头发，但剪完后，那些发丝只是软软地垂着，无法挺立。我焦急地望着镜中的他，察觉到他并不满意。于是我说："染色后，头发的质地会有所改变，它会显得很棒。我向你保证，它会立起来。"我心中默默祈祷，希望我的判断无误。我尝试了多种颜色，最终选定了"烈焰红"，并搭配了30度的双氧水以增强效果。那时市面上没有发胶或定型产品，没有什么能帮我让他的头发立起来。于是，我使用了加德，一种我在美发厅中为年长女士们使用的抗头皮屑护理液，它能让头发变得坚硬如石。当他再次站在镜子前，看到自己那头短短的挺立的红发，所有的疑虑瞬间消散。安吉和我对他投以赞叹的目光。他看起来简直令人惊艳。

从那时起，她引领我们一同踏上了与大卫·鲍伊及其团队合作的旅程。在故事的尾声，她如是说：

> 在那段时光里，我有幸结识了众多有趣的灵魂，聆听了无数动人的旋律。我深深感激大卫给予我的信任，让我有幸与他同行。如今，我的杰作——那标志性的发型——被永久地印在了英国的货币上，成为布里克斯顿版十英镑纸币的一部分。谁能料想到，我竟能成就如此辉煌？

如果我们在故事伊始便知晓苏西最终的成就，我们将无法感受到她与大卫·鲍伊相遇以及她在塑造那个传奇形象中所扮演的关键角色所带来的震撼。故事的尾声，她对自己命运的转折感到难以置信，而我们作为听众，也随着她一步一个脚印地共同经历了这一切，同样为之惊叹。

有时，故事的叙述需要遵循时间的顺序，尤其是当情节错综复杂或充满神秘时。以特伦斯·弗林的《这就是生活》为例，故事中披露了一个惊人的事实——剧透警告——他差一点和一个连环杀手约会。你不会一开始就说："1985 年，我险些与杰夫瑞·达莫共度良宵。让我带你回到那个夜晚，当时我还是密尔沃基的一名大学生……"

按照事件发展的顺序来讲述，可能是营造紧张气氛和悬念的最佳手法。

简而言之，不要认为你必须在故事结构上故弄玄虚。有时候，最佳的方法就是从头开始，然后一路讲述下去！

## 双时间线并行结构

另一种故事结构是双时间线并行结构，它包含两条并行交错同时发展的故事线。这两个故事各自承载着紧张和冲突，它们之间往往存在联系，最终会共同到达结局。

喜剧演员安东尼·格里菲斯与飞蛾故事会前执行总监及艺术总监莉娅·陶紧密合作，共同创作了他的故事《最好与最坏的时期》。这个故事讲述了他在《约翰尼·卡森今夜秀》（简称《今夜秀》）上的三次亮相，而这三次亮相与他两岁女儿病情的恶化直至去世的时间节点惊人地重合。在故事开篇的第二句话中，安东尼就设定了这两条并行发展的故事线。

> 1990 年，怀揣着对名利的渴望，我携妻带子，从芝加哥远赴洛杉矶。数周之后，我接到了两通关键的电话：第一通来自一位才艺协调员，他邀请我在《约翰尼·卡森今夜秀》上展示我的单口喜剧；而第二通则来自女儿的医生，他沉痛地告诉我，她的癌症再次发作。

我们对他内心情感的洞察，完全依赖于这两个交织的故事。

　　我满怀信心，认为一切都将好转，因为我们曾战胜过癌症，我相信这一次我们同样能够胜利。同时，我还期待着在《今夜秀》上，向数百万观众展示我的表演。

接着，他引领我们走过接下来的数月时光，让我们见证了他的首次登台演出，以及他女儿与病魔抗争的艰难历程。

　　那个夜晚的一个难忘瞬间是我在停车场偶遇约翰尼·卡森。他对我说："嘿，你的表演太棒了，我想让你开始准备下一轮的节目，因为我期待你的回归。"然而，当我接到第二次《今夜秀》的正式邀请时，我的女儿已经住进了医院。你可能不了解癌症的残酷。抗癌就像在与一群恶棍较量，你或许能暂时战胜它，可一旦它卷土重来，它将带着帮凶，准备对你造成毁灭性的伤害。

随着他情感的波动和深化，他将我们与这两个故事紧密地联系在一起。

　　夜幕降临时，我会投入第二套节目的创作中——毕竟，我是一名喜剧演员，我的使命是逗人发笑。然而，我也是一个身负沉重医疗费用、可能被逐出家门、爱车即将被收回的喜剧演员。我的喜剧开始变得尖锐、阴郁，甚至带有一丝仇恨。才艺协调员对此忧心忡忡，因为他深知电视台追求的是和谐、和谐、再和谐。我们之间开始出现摩擦——他追求的是温和的节目内容，而我渴望的是真实地表达自己，因为我正承受着痛楚，我希望观众能感受到那份痛楚。

两个故事并行推进，一同走向结局。

　　当我正为第三次《今夜秀》的亮相做准备时，医生将我召至办公室。我心中涌起不祥的预感，因为他的眼中含着泪水——医生通常不会这样。他避开我的目光，轻声说道："我们已经尽力了。"我平静地问："那么，她还有多少时间？"他回答："大约六周。"

接着，他将这两个故事推向了令人心碎的结局。

> 在我第三次登上《今夜秀》的舞台时，我的女儿已经离世。那晚，我收获了六次掌声，但无人知晓我内心的哀痛，无人察觉我对约翰尼·卡森或《今夜秀》的毫不在意。1990 年，我在《今夜秀》上三次亮相，共获得十六次掌声。然而，我愿意用这一切，换我能与两岁的女儿再次共享一袋薯条。

这种并行叙述的手法之所以奏效，是因为两条故事线共同揭示了安东尼在女儿病情恶化期间，对工作的热情和态度所经历的巨大变化。第一条故事线因第二条故事线的衬托而更加深刻。安东尼处在失去女儿的悲痛中，却不得不在舞台上以幽默来维持生计，这使得他的悲痛更加深重。

这个故事的部分力量在于，它展现了两个矛盾情境的共存：个人成就的巅峰与个人悲剧的深渊。通过并行叙述，这种复杂性得以更深入地展现。我们见证了安东尼从对《今夜秀》亮相的期待，到因悲痛而对生活其他方面漠不关心的转变。如果故事仅聚焦于他女儿与疾病抗争的勇敢，或许就无须将他的喜剧生涯作为背景。然而，故事的核心在于表现幽默与愤怒如何在他内心共存，因此，没有其中一个故事的支撑，另一个故事无法被完整地呈现。

## 闪回结构

按照时间顺序叙述故事往往是一种最简单直接的结构选择，但有时，打破这种线性叙述会带来意想不到的效果。你可以尝试运用闪回——这是一种叙事技巧，它允许故事暂时停顿，为听众提供必要的背景信息。在某些情况下，闪回是故事不可或缺的一部分；而在其他时候，它则有助于丰富故事的画面。

使用闪回的方式多种多样。

## 经典闪回叙事

在你的故事叙述中，或许你遵循着时间的脉络，但在某个扣人心弦的瞬间，你可能想要插入一段闪回，以此来提供背景信息，或者让你的听众更深入地感受那份激情。这样的闪回不仅能够为故事中较为沉静、内省的部分增添活力，还能在故事情节快速推进时起到缓和作用。

在《金银岛》的故事里，布茨·赖利在 20 世纪 90 年代初，驾车穿梭于奥克兰与旧金山之间的海湾大桥，与他的乐队（变革乐队）成员同行。

> 一天清晨，我们正驾车穿越大桥返回。变革乐队的调音师芬克女皇帕姆在开车，而我与几位刚离开录音室的同伴坐在后座。我们猛然发觉，竟然将键盘手遗忘在了录音室。于是，我们不得不掉头，而海湾大桥上唯一可以掉头的地方，就是金银岛。那时的金银岛不是如今高楼林立的样子，而是一个军事基地。我们驶离金银岛，沿着上坡路向大桥驶去，就在这时，警笛响起，军警拦住了我们。
>
> 警察要求我们出示身份证，车上的每个人都配合地递上了证件。当他们向帕姆索要车辆登记证时，我在后面提醒："登记证在手套箱里。"有人打开手套箱，子弹如同瀑布般倾泻而出。
>
> 现在，让我来讲述这些子弹的来历。

在这个充满紧张气氛的时刻，布茨选择暂停，回溯了在这一场景出现前几年间发生在奥克兰的诸多事件。如果布茨直接从背景信息开始叙述，故事的开端可能就不会如此引人入胜和个人色彩鲜明。他通过闪回，让我们看到过去的事件如何塑造了他所描述的当下，这样的叙述手法强化了故事的利害关系和紧张感。我们由此得知了白人至上主义者对黑人社区的威胁，甚至包括把布茨及其乐队成员列入暗杀名单。

> 白人至上主义者视我们为眼中钉，我们的名字也出现在了那些暗杀名单上。意识到自己成为那些疯狂杀手的目标后，我们感到不安。因此，我们购置了枪支。
>
> 为了避免与警方发生不必要的冲突，我们确保一切行为都合法合规。我们对枪支进行了登记，在射击场练习以熟悉它们的使用，并在必要时合法携带它们。
>
> 这意味着我们将枪支存放在后备箱的锁箱中，确保它们处于卸弹状态。在我指示某人打开手套箱时，我并未意识到我们刚从射击场归来，箱里有一盒子弹是敞着放的，直至子弹如同瀑布般倾泻而出。
>
> 子弹仿佛在慢动作中缓缓落下，"天哪"一词在我脑海中拖出了最长的腔调。此时，警察也以相似的慢动作拔出枪，将枪口抵在距离帕姆头部两英寸的地方，厉声命令："举起手来！所有人都举起手来！"

子弹起初如同一场意外的视觉盛宴，它们在手套箱中的出现引发了听众的好奇与猜测。随后，布茨为我们描绘了一幅完整的背景图。再次回到子弹如瀑布般倾泻而出那一刻时，我们会与布茨一同惊呼"天哪"。

闪回的高妙之处在于操纵听众的视角。它让听众在一开始以一种视角感受故事，而讲述者揭示了背后的故事之后，又引导听众以全新的视角去思考、感受和理解。这种叙事技巧的精髓是确保闪回与主线的衔接自然而紧凑，避免听众忘记讲述者之前描述的那些细节，丢失与故事的联系。我们追求的是，让闪回与故事主线无缝衔接。

## 悬念

在叙事艺术中，闪回手法能够随时穿插于故事之中，而悬念则专为开篇而设。在故事的起始，通过精心编排的一幕或寥寥数语，描绘一个紧张而关键的时刻，便能迅速点燃戏剧的火花，将故事的紧迫感和利害关系展现无遗。这时你可以选择将场景暂停，以闪回的手法揭示背后的因果，让听众在悬念中期待（究竟发生了什么？）。随后，你沿着时间的脉络，娓娓道来，直到回到你开头设置的那个悬念。这种悬念的开端可以使听众保持对故事的全情投入。但同样，悬念的关键是要确保听众能清晰理解场景之间的衔接。

在《家庭烹饪》的故事中，迈克尔·费舍尔便以一场与狱友的紧张对峙作为开篇。

> JR 盯着我说道："你知道吗？我现在就能杀了你，把你的尸体藏在你的床下……然后拿走那些脆饼，而且没有人会知道。"我们站在走廊的尽头，身影隐匿在转角之后。我们都知道自己处于视线的盲区，与守卫保持着最远的距离。

他接着讲述了与母亲共处的童年往事，回忆起自己曾经如何冷漠对待母亲，以及对母亲深沉爱意的漠视。他的声音中充满了对过往的悔恨。最终，他的叙述又回到了开场的那一幕。

> 尽管我定期与母亲通电话，她仍坚持给我寄卡片、送东西，因为她相信这能让看守们看到，我不仅是一名囚犯，还是一个有

家庭、有人关爱的人，然后他们会对我好一点。她希望他们能意识到这一点，正如她希望我能感受到那份深沉的爱。所以，只要我还活着，这些脆饼都将由我独享。

我能感觉到 JR 想要争论。他侧着头，双臂抱胸，仿佛在等待我说出一句不合时宜的话。我只是将手插在口袋里，虽然恐惧在心中蔓延，但我努力让声音保持平静："如果你真的认为，你会为了这些脆饼而杀人，那我真不知道该如何回应你，朋友。这些脆饼，不是用来交易的。"

JR 凝视着我，似乎在权衡利弊。最终，他默默地转身，空手离开，脚步声在走廊上回响。

这一场景揭开了故事的序幕，而在故事接近尾声时，它作为高潮再次浮现，引导着故事走向结局。

尽管这听起来颇为古怪，但紧握着那袋脆饼让我心中有一丝安慰。这并不是因为脆饼本身有多美味，实际上，它们如今对我来说过于咸了；也不是因为未来不会再有人因食物而威胁我，我知道那是迟早的事。我母亲永远不会知晓我与 JR 的那次对峙。然而，至少在那一刻——那微小的瞬间——我做出了正确的选择。这成为我向更好的自我迈进的起点。在那一刻，我守护了母亲始终如一的爱，没有将其轻易丢弃。

悬念设置虽有它的优点，但需要警惕：以悬念作为故事开篇的手法虽广为流行，却并非总能成功。我们通常按照时间顺序来叙述故事，因此，若故事不从自然起点展开，讲述者应确保维持一种自然对话的语调。否则，故事可能会显得做作而不自然，甚至笨拙。若是深入故事核心的过程耗时过长，故事便可能显得沉重，给人以拖沓之感。若你在叙述时感受到结构的笨拙与复杂，那么听众很可能也会有同样的感受。

在故事的初稿或试讲阶段，讲述者经常会利用悬念来吸引听众，但最终可能会选择将之删去，因为从自然而明显的起点开始叙述，故事会显得更加轻松。

请留意，故事的展开顺序对照顾听众的感受至关重要。当故事触及悲剧，而听众能预见即将发生的不幸时，他们会陷入痛苦的期待之中。有时，这种不适感可以为故事增色，但更多时候，它可能会成为干扰。当听众的注意力被担忧占据，他们便难以专注于你的话语，情感上的防备会阻碍他们与故事的深度连接。在讲述涉及暴力或失去亲人的故事时，这一点尤为明显。虽然这并非铁律，但如果故事让听众感到恐惧、不适，那么适时揭露真相有助于缓解这种情绪。

## 多次闪回

与其使用单一的闪回作为故事框架，不如尝试在整个故事中穿插一些较短的闪回。每一个闪回都可以为即将在主线故事中发生的事件提供背景和动机。

**《揭开头巾》：乔迪·鲍威尔，与哈贾斯·辛格的合作：**
我们以哈贾斯生命中的一个转折点，锡克教的传统头巾系带仪式，作为故事的中心。叙述围绕着他与头巾之间的关系展开。我们希望听众保持对仪式的关注，于是决定采用多次闪回技巧，以揭示背景并支撑情节发展。故事起始于哈贾斯在十三岁生日的清晨醒来，随后通过一系列闪回，追溯到他三岁时的生活片段，直至这一关键时刻的到来。

从孩童到成人的转变，将以我自己的头巾系带仪式作为标志。我内心既紧张又激动，因为我即将体验头巾的触感，同时追随父亲和祖父的足迹。他们每日清晨将头巾一丝不苟地缠绕在头上，那已成为他们生命的一部分。自三岁起，每当我的头发足够长，可以扎成发髻时，母亲便会让我坐在她面前，背对着她。她会在我的头发上抹油，细致地梳理，编成辫子，最后扎成发髻。然后，她会用一块一英尺见方的包头巾包在我的发髻之上。

在为仪式做准备时，哈贾斯通过回忆第一次顶着发髻去学校的情景，描绘出他对佩戴头巾的紧张。

祖父将我送到公交车站，随着家长们纷纷离去，一群孩子便围拢过来。他们像一群秃鹫般围着我，好奇地伸手触碰我的发髻，戏谑地问：“你头上那个是鸡蛋吗？”“不，朋友，那是番茄。”“那是球吗？我能踢踢看吗？”“那是鸡蛋吗？如果我试着压扁它会怎样？”其中一人甚至企图拍打我的头。我试图反抗，但一切努力似乎都无济于事。那是我第一次真正意识到，有人会因为我的外表而企图伤害我。

在现场叙述中运用闪回技巧的难度较大。它需要听众跟随你的思路，并且能够理解故事的多重维度。为了引导听众穿梭于现实与回忆之间，哈贾斯加入了一些标志性的话语，清晰地标识出故事的时空转换。

我跪在《古鲁·格兰特·沙哈卜》① 前，祖父为我

---

① 《古鲁·格兰特·沙哈卜》（Guru Granth Sahib）：锡克教的圣典。它在锡克教徒的宗教生活中占据着核心地位，被认为是神圣的启示，是锡克教徒在宗教和道德问题上的最高权威。——译者注

层层缠绕头巾。每当头巾在我头上增加一层，我便不禁回想起那些艰难岁月："9·11"事件之后，反对头巾的言论如同风暴般席卷全球，即便是我所在的印度小镇也未能幸免。

仪式当天的故事原本是线性叙述的，通过穿插闪回，我们得以聆听哈贾斯家人的建议，了解传统历史，并窥见哈贾斯与他的头巾之间不断变化的关系，直至仪式举行的这一刻。这往往就是我们自然地回忆事物的方式：在经历了某个重要瞬间后，我们会在记忆的宝库中探寻，试图找到最初的印象或想法。正如头巾一层层叠加这一中心意象，哈贾斯的世界观也是由无数经历的叠加塑造而成的，每一层都承载着过去与现在的交融。最终，他引领我们完成了一个完整的循环：

> 我决定首次佩戴头巾到学校，那个我五岁时因扎着发髻而遭受嘲笑的地方。站在镜前，我再次系上它，心中不禁自问："为何我不能选择融入其中?"然而这一次的回答来自内心："既然你生来就与众不同，为何还要费力去融入?"

恰当地使用闪回，能够为叙事增添活力，凸显故事的利害关系，同时揭示关键的背景信息。闪回还可作为引导听众深入理解的标志。它也在提醒我们，过去与现在交织存在于每时每刻。

**在考虑是否使用闪回时，可以问自己这些问题：**

● 闪回是否有助于推动故事发展？如果让听众稍作等待，是否会让故事更具吸引力？还是说它会分散听众的注意力？

● 闪回是否提供了一些关键信息？没有这些信息是否会让故事一开始就陷入困境？

● 为了避免使听众迷失方向，闪回的长度是否适中？时间的跳跃是否会打断故事的流畅性？

## 前后呼应结构

在故事的开篇，如果你选择一个充满深意的场景作为起点，那么在故事的尾声再次回到这一场景，这样的前后呼应便可以作为故事的整体结构。由此你可以揭示故事旅程如何深刻地影响了你，从而完成故事的情节发展。阿贝尼·库恰的故事《第一头牛》便运用了这一技巧。

**开篇：**

当我首次踏上缅因州波特兰的土地时，我带着十二岁的弟弟、八岁的女儿，以及两个更年幼的儿子——一个四岁、一个两岁——从飞机上走下来。一位社会服务的工作人员迎接了我们，直接引导我们来到了一个装有传送带的房间。这是我生平第一次见到这样的地方。我们默默地站在那里，目光随着传送带上的行李流转，她问我："看到你的行李了吗？"我告诉她，除了手中紧握的塑料袋，我们并无其他行李，那便是我们全部的家当。她说道："那么，我们回家吧。""家"这个词，自从我离开了故乡的村庄，就再也没有出现在我的生活中。

**结尾：**

如今，我们终于做到了。我的孩子们再也不用跋涉两百英里的路程，也不用再忍饥挨饿。即便我无法时刻陪伴，他们也将永远幸福。我再次回顾起这些年的点点滴滴。当我的女儿从法学院毕业时，我为她的成就感到无比骄傲。今天，我心中浮现出在缅因州波特兰机场的那一天，那位女士说道："我们回家吧。"家，对我来说，是希望的象征，意味着我将不再漂泊。

前后呼应与设置悬念不同，它不是让听众在悬念中等待，然后在之后的某个时刻给出答案。相反，前后呼应是将故事的开头场景设置为叙事的第一步。当阿贝尼回顾开头的场景时，我们得以重温她为寻找归属感所走过的漫长旅程。当她重复"我们回家吧"这句话时，我们感受到了一种在故事开始时未曾体会到的深刻含义。听众由于跟随阿贝尼的故事经历了这段旅程，对开头的场景有了全新的、更深层次的理解。

**《人与兽》：凯瑟琳，与艾伦·拉比诺维茨的合作：**艾伦，一位研究大型猫科动物的专家，他的故事讲述了他如何说服伯利兹①国民议会保护广袤的土地，以确保美洲豹的生存。我们的故事以他在议会大厅紧张地等待发言的场景拉开序幕。随后，我们通过闪回，带出了他的童年往事：由于严重的口吃，艾伦直到二十二岁才克服了言语的障碍。年少时艾伦对动物产生了深厚的感情，因为他与它们一样，无法表达自己。他曾立誓，一旦能够说话，他将成为那些生灵的代言人。从那里，我们又回到了国民议会的场景。

但我们发现，他的背景故事如此感人，以至于需要更多的篇幅来充分展现。当我们重新回到国民议会的场景时，听众可能已经遗忘了故事的开端。了解艾伦的过往对听众把握

---

① 伯利兹（Belize）：拉丁美洲国家，旧称英属洪都拉斯。——译者注

他在伯利兹政府前演讲时的情感至关重要，他深知，任何因紧张而产生的颤抖或结巴都可能削弱他的说服力。因此，我们决定放弃使用闪回的叙事结构，转而采用线性叙事，从他的童年开始讲述，但在故事结尾呼应开篇场景。以下是故事的开篇：

> 五岁的我，站在布朗克斯动物园那座旧大猫馆内，凝视着一只年老的雌性美洲豹。我环顾四周，墙壁和天花板都显得那么空旷，我心中不禁疑惑，这只豹是如何沦落至此的。我微微靠近，轻声向它诉说着什么，然而父亲迅速走近问道："你在干吗？"我转身想要解释，却发现自己如往常一样说不出话。我知道一定会这样，因为那时的我，每一天都笼罩在无法言语的阴影之下。

借助这样的叙事手法，我们让听众通过生动的场景而非枯燥的陈述来了解故事的诸多事实（他是一个小男孩，虽然患有口吃，却能与动物心灵相通，而成年人难以理解他）。在故事的结尾，我们回到了一个类似的场景中，治愈口吃后的成年艾伦在森林深处与一只美洲豹不期而遇。

> 我本应感到恐惧，却意外地平静。我本能地蹲下，美洲豹也缓缓坐下。我凝视着它的眼眸，仿佛穿越时空，变回那个在布朗克斯动物园的小男孩，正望着那只忧伤年迈的美洲豹。但眼前的这只豹眼中没有忧伤，只有力量、自信和对目标的坚定。我意识到，我所见的，正是我内心的写照。那个曾经脆弱的男孩和那只老美洲豹，如今都已重获新生。恐惧突然袭来，我站起身，向后退了一步。美洲豹也站起来，转身步入森林。它走了

几步，然后停下，回头望向我。我凝视着它，如同多年前在动物园那般，轻声低语："没事了，现在一切都好了。"美洲豹转身，消失在了密林之中。

通过呼应与美洲豹的初次相遇，我们得以见证艾伦的成长之路。这两次与美洲豹的邂逅，如同书立的两端，象征着艾伦的蜕变之旅。当他在争取土地保护的战役中取得胜利时，我们与他一同庆祝，因为我们也在为那个曾经的小男孩艾伦欢呼。这种叙事结构相较于从现在开始讲述，然后闪回过去的方式，能更好地服务于故事的情节发展。

## "微言大义"式结构

有时，故事的震撼力如此之大，以至于难以被完全领会。每个人都能体会到一段充满希望的关系戛然而止时的心碎，因为这是一种普遍的情感共鸣。然而，在讲述一个发生在更为惊心动魄或史诗般的背景下的故事时，听众可能会因难以完全理解而无法与之产生共鸣。

如果你担心主要事件可能难以被理解（或者与听众的生活经验相距甚远），那么采用"微言大义"式的结构可能会有所裨益。在卡尔·皮利特里的《怀疑之雾》中，他为一场难以想象的灾难赋予了人性的面孔。

**《怀疑之雾》：梅格，与卡尔·皮利特里的合作：** 在2011年，卡尔作为现场工程师，正忙碌于福岛第一核电站1号反应堆的涡轮机房内，一场突如其来的地震袭击了这片土地。这场灾难本身过于宏大，对于听众来说，无论是理解还是想象，都显得异常艰难。事件发生的细节和其庞大的规模，都透露出一种混沌无序。

我们决定将焦点放在卡尔讲述的一个稍小的故事上——关于他常去的一家餐厅，以及他与那位热情欢迎他的店主之间的关系。故事以卡尔对餐厅及其所在地的描绘开始。

多年来，我一直在日本东北海岸工作，被派往那里工作期间，我几乎每周都会去同一家餐厅五六次。时间流转，我对那位经营餐厅的年长女士产生了深厚的感情。尽管她不懂英语，我不通日语，但我们之间依然建立了深厚的友谊。每次到访，我总是轻轻推开门，踏入半步，看着她，仿佛在说："嘿，妈妈，我回来了。"她总是用温暖而亲切的微笑迎接我，每次见到我都很高兴。她总是知道我来的目的——那道令人难以忘怀的煎鸡。她对我如同母亲般关怀，总是额外给我食物，她是一个温柔善良的人。工作之余，我常去那里小憩，尽管我从未知晓她的名字，也不知餐厅的名称，我们亲切地称她为"鸡肉女士"。她的餐厅坐落在福岛第一核电站之南，而我在 2011 年，正是那里的一名现场工程师。

当他提及地点时，整个背景突然转变。

随后，卡尔带我们回顾了那一天令人心惊胆战、如今已广为人知的事件。九个月之后，卡尔终于可以重返福岛，回到自己的公寓。他首先拜访了那家餐厅，去看望那位店主。

12 月 3 日，我重返那片被封锁的区域。在经过数个检查站后，我再次领到了从头到脚的全身防护装备，这次不是为了工作，而是为了探访我曾居住的社区。我请求我的向导首先带我回到那家餐厅。当我拉开那扇门时，蜘蛛网随之飘落。这一幕让我心神不宁，因为显而易见，这扇门已经九个月没有人打开过了。这让我更加担忧她究竟遭遇了什么。

这引领他踏上了寻找店主的旅程。不是只有卡尔希望她幸存，而是我们都在为她祈祷。

那晚，我向《日本时报》求助，请求他们帮助我找到她。我想知道她是否与家人团聚，她是否安好，我能否为她提供帮助。最终，他们找到了她，并告诉了我她的名字。那是我第一次知道她的名字。她姓大田，大田夫人。我还得知，她的餐厅名为"小憩"。在日语中，这个名字象征着休息、放松与解脱。这个名字与那家小餐厅的氛围如此契合，我常在工作后去那里休息、放松。得知她安然无恙，我心中的重负终于得以卸下。2012年2月19日，我收到了大田夫人的来信。信中写道："我已经从灾难中脱身，现在每天都过得不错。皮利特里先生，请保重。我知道你的工作一定很重要。我希望你继续享受生活，就像你来我的餐厅时那样快乐。虽然我可能再也见不到你，但我会永远为你祈福。非常感谢。"

通过大田夫人的故事，卡尔成功地勾勒出了灾难前后生活的不同——他们之间的关系如何演变，以及他们的生活如何被这场灾难永远地改变了。这样的叙事结构让听众能够与这场历史性的灾难以及卡尔的经历建立起个人层面的联系。大田夫人在卡尔的福岛经历中扮演了一个独一无二的角色，而其他人在讲述福岛的故事时，可能并没有如此特别的人物参与其中。

作为讲述者，你应该不断地追问自己：我的经历中有哪些独特之处？为什么只有我能讲述这个故事？我如何才能更好地将我的故事传达给那些可能没有经历过同样事情的听众？

当你讲述关于一个事件的故事，尤其是一个悲剧事件时，它很快就会变成对一系列事件的简单叙述，以那种令人畏惧的一连串"然后"进行串联。为了避免这种单调，你可以在宏大叙事中寻找一个小故事作为框架或叙事线索，从而赋予你的故事一个完整的发展脉络。

**梅格，关于悼词：**在准备祖父葬礼上的悼词时，我被无数珍贵的回忆和故事包围，不知从何说起。面对深重的悲伤，我感到无所适从。祖父是一个乐观且关爱他人的人，我希望我的悼词能传达出这些品质。当回顾与他的关系时，我总是会回到"感激"这个词。我感激他出现在我的生命中，感激他教会我的一切，感激他为我做的一切。我喜欢他对祖母的深情，以及他对家庭的自豪感。我开始围绕"感激"这个主题构思。记得小时候，祖父在车上告诉我要学会感激，无论是面对生活中的大事还是小事。我不记得那次谈话是如何开始的。（我相当确定我那时可能是个被宠坏的孩子！）我相信是因为祖父经历过大萧条的岁月，才让他对生活充满感激。因此，我将那次谈话作为悼词的切入点，谈论了我知道的祖父所感激的一切，然后逐渐过渡到我对他给予我的爱的深深感激。专注于这份感激，让我更容易整理那些纷繁复杂的思绪和记忆。

如果你被邀请为某人撰写悼词，试着通过具体而独特的细节来描绘他们深层的性格、善良或辛辣的一面："他在高尔夫球场上总是默默看着我调整球位，从未多言""她对外宣称只爱看纪录片，但实际上她对《真实主妇》情有独钟"。这样的细节能让听众感受到那个人在这个世界中独一无二的位置。

## 以独特视角为结构

卡尔·皮利特里通过讲述一个小的故事，让我们得以深入理解他的经历。有时，通过一个独特的视角，如一个不起眼的细节或一个独特的观察角度，来叙述你的故事，更容易使听众产生共鸣。虽然并非每个人都能体会无家可归的艰辛，但我们都知道作为孩子是什么感受。从这样的视角出发分享故事，能让我们更容易与那些经历产生联系、找到共鸣。

**《一只贝兹娃娃①的生活》：飞蛾引导员乔迪·鲍威尔，与塔拉亚·摩尔的合作**：在塔拉亚的成长岁月中，她曾在纽约市的庇护所度过一段时间。在我们初次探讨她的故事时，她向我描述了她九岁时深爱的贝兹娃娃。她对这些娃娃的描述栩栩如生，它们几乎成了故事的主角，她记得它们的每一个细节：眼睛的颜色、靴子的样式，以及它们被赋予的个性特征。正是在那一刻，我意识到这不仅仅是一个吸引人的故事，更是一种力量的传递。我认识到，这个故事可以通过一个九岁孩子的眼光来叙述，而那些比真人还大的娃娃，将成

---

① 贝兹娃娃（Bratz dolls）：一种流行于 21 世纪初的时尚玩偶，由美国 MGA 玩具公司（MGA Entertainment）推出。这些娃娃以其大胆、前卫的形象和设计而闻名，与当时市场上的传统玩偶如芭比娃娃形成鲜明对比。——译者注

为故事中的主要角色。

　　八岁那年，我收到了一个贝兹娃娃作为我的生日礼物，从此开始了对它的迷恋。贝兹娃娃与芭比娃娃有几分相似，但更胜一筹。这些娃娃没有那种夸张的比例，它们身高约十英寸，拥有巨大的头部、饱满的双唇和曲线玲珑的身材，妆容前卫酷炫。尤其是那些彰显着朋克风格的靴子，让我爱不释手。我渴望拥有更多娃娃，但我不能向母亲索要，因为我们正处于无家可归的困境。我们已经流浪了一年多，母亲有更多紧迫的问题需要解决：是否有足够的钱支付交通费和购买食物，我们将在哪个区过夜，我是否有干净的校服穿去学校。我知道，如果我想要这些娃娃，我必须自己想办法。

在整个故事中，贝兹娃娃成了塔拉亚童年时生活在庇护所的一个缩影，它们像一面镜子，让我们得以更深入地窥见塔拉亚的内心世界。特别是与她最为相似的娃娃萨莎，让我们见证了她与这个娃娃之间情感联系的日益加深。

　　萨莎，那个美丽的黑人娃娃，与我有着相同的肤色，她的魅力无人能及。她拥有一头长长的深棕色秀发，身着的服饰在所有贝兹娃娃中独树一帜。随娃娃附带的小册子向我展示了她的梦想：她渴望创立自己的城市服装品牌，她梦想成为一名音乐制作人。她拥有完整的家庭和属于自己的房间。她仿佛拥有了我所渴望的一切。我有一个携带箱，只能放一个贝兹娃娃，而我总是毫不犹豫地选择将萨莎安置其中。箱内铺着柔软的蓝色天鹅绒，这是一个为萨莎量身打造的空间，另一侧则是她的衣橱，我将她所有的衣物整齐地摆放在那里。这个箱子就像萨莎的房间，有时我会幻想那也是我的房间。在那些瞬间，我仿佛与班上其他三年级的孩子一样，拥有自己的房间和满是衣物的衣橱。那是我和萨莎共同构建的世界。

某日，塔拉亚从学校归来，发现她的贝兹娃娃不翼而飞。她立刻陷入恐慌，抓起母亲的手机拨打了报警电话。警察来了，然而，他们却表示对此无能为力。

一位警官俯身说道："别担心，它们会回来的。它们不过是些娃娃。"只是娃娃？对我来说，它们不仅仅是娃娃，它们是我的家人。特别是萨莎，她是我的榜样，我的挚友，我的灵魂伴侣。她是第一个知晓我在三年级时对阿道夫斯·巴茨的暗恋的人，知道他在我眼中如同牛奶巧克力般诱人。那个我穿着外套和鞋子在肮脏的汽车旅馆中度过的夜晚，是她陪伴在我身边，我紧紧抱着她，度过了漫长的夜晚。当我渴望与母亲同床共眠却发现空间不足时，也是她陪在一旁。那晚，我躺在上铺，凝视着空无一物的梳妆台，感到一阵空虚。我枕着泪湿的枕头入睡，醒来时枕头依旧湿润。母亲问我早餐想吃什么，但我毫无食欲。

剧透警告：最终，塔拉亚与她的娃娃们重聚。

我紧紧抱着萨莎，我意识到，在她和其他娃娃们失踪的日子里，我才真正体会到了无家可归的感觉。而当它们归来，我感到自己重新变得完整。那一刻，我明白了萨莎……一直在陪伴我。这些娃娃，它们始终与我同

在。每个人心中都有那么一个人或一样东西，支撑着他
们度过每一天，甚至每一年。对我这个九岁的孩子来
说，那个人就是萨莎。她不仅是一个黑色的塑料职业女
性，更是我眼中的超级巨星。她不断提醒我，在充满不
确定性的世界里，依然存在幸福的结局。

塔拉亚没有直接描述她无家可归的总体经历，而是专注于作为一
个九岁孩子的感受。贝兹娃娃成了这个故事的媒介，它们为故事提供
了一个出人意料、新颖且引人共鸣的框架。

## 用此方式讲述更佳

结构的概念有时显得抽象，这可能是因为最精妙的结构往往隐于
无形，与故事自然融合。现在，让我们将之前讨论的叙事技巧运用到
实践中。大家都知道《小红帽》的故事，让我们以它为例，暂且假设
这个故事是真实发生的。

**故事的精髓句可能是：** 经历了穿越森林拜访祖母的冒险之旅，小
红帽领悟到了听从母亲忠告的重要性。

**故事的叙事踏脚石如下：**

● 小红帽的母亲让她带着一篮子蛋糕和葡萄酒去看望生病的祖
母，并嘱咐她不要离开森林中的小路。

● 在路上，她遇到了一只狼。她告诉狼她正要去看望祖母。

● 狼建议她离开小路去采些花给祖母（这样狼就可以趁机跑到祖
母家）。

● 当小红帽到达祖母家时，她发现门是开着的，她紧张地喊祖
母，但没有人回应。

● 她走到祖母的床边，看到祖母躺在床上，样子很奇怪。

● 小红帽询问"祖母"，觉得她的眼睛、手和嘴巴都很奇怪，直

到最后……

● 狼把她吞了下去（太残忍了），然后睡着了。

● 当一位猎人发现正在睡觉的狼并切开它的肚子时，小红帽和她的祖母得救了。

● 小红帽发誓以后会听母亲的话，再也不离开森林中的小路。

**这个故事是按时间顺序讲述的，但它也能够用以下方式叙述：**

● 故事可以从小红帽到达祖母家，发现门开着，她在祖母床边与狼面对面的悬念开始，然后通过闪回，按时间顺序讲述故事，直到回到故事开头的场景。

● 可以从小红帽在森林中离开小路去采花开始，然后通过闪回，展示她母亲让她带着篮子去祖母家，但告诫她不要离开小路的场景。

● 甚至可以从一个不同的视角讲述——例如，从狼的视角！

在构思故事时，挑选一个最能打动听众且易于理解的叙事结构。在最终确定之前，不妨尝试几种不同的叙述方式。一个精心设计的叙事结构将为你提供清晰的指引，让你在讲述过程中保持从容与自信。当你洞悉了故事的脉络，你便走上了叙述故事的正确道路。

### 来自引导员的提示

● 你将如何安排你所确定的时刻和场景？你会选择哪种叙事结构？挑选那种自然流畅且最能支撑故事的结构。如果强行将故事嵌入复杂的框架，可能会让它显得生硬，讲述起来也更加费力。

● 是否应该让故事按照它在你心中展开的顺序呈现给听众？改变叙述顺序是否会削弱故事的惊喜或神秘？如果答案是肯定的，那么按照时间顺序叙述可能是最佳选择！

● 闪回能够强化故事的关键节点，转变听众的视角。可以运用经典的闪回技巧，暂时中断故事，插入必要的信息；还可以设置悬念来营造紧张气氛，为故事增添戏剧性；或者利用多个闪回，揭示背景故事，展现角色动机。有时，闪回是故事的关键，有时则用来描绘某一时刻。要确保闪回服务于你的故事，避免让听众感到困惑。

● 在故事接近尾声时，回顾最初的场景可以增强故事的连贯性，帮助你圆满地完成叙事。（此时，故事的弧线会完美闭合，形成首尾呼应的一个圆。）

● 在叙述创伤性、宏大的或历史性事件时，尝试寻找一个较小的个人故事作为框架或叙事线索。这可以帮助听众有所依托，并与一个可能难以理解的故事产生共鸣。

# 第八章 开篇与结尾

起飞和降落通常被认为是飞行中最危险的部分，故事的开篇和结尾也同样如此。

——珍妮弗·希克森

故事的开篇与结尾，看似简单，却是需要你投入最多心血去精心雕琢的部分。再怎么强调故事的第一句和最后一句的重要性都不算过分，因为它们定义了故事的边界，就像故事版本的问候与告别。

正如人们不会在首次见伴侣的父母时穿着随意，你也希望故事的开篇要得体、完整，展现出最佳状态。正如俗语所言，第一印象至关重要，机会只有一次。

故事的结尾同样重要。结束时，你需要让听众感到满足，仿佛他们已经理解了你引领他们走过的旅程。在结尾处，故事的核心问题已经解答，你的转变也已清晰可见。故事结束后，不会再有问答环节来解决任何遗留问题。故事的结尾要能让听众感受到你的真诚。

多年来，飞蛾故事的讲述者们在开篇和结尾展现了许多令人难忘的创意。

### 阿里·汉德尔，《不要爱上你的猴子》

**开篇：**

"别爱上你的猴子。"我的导师曾如此告诫我，然而我并未放在心上。有些教训，唯有亲身经历，方能深刻领悟。

**结尾：**

我完成了一篇论文，长达 364 页，其中包含大量事实、数据、图表和理论。然而，在这些厚重的篇章中，对我而言最珍贵的一页莫过于开篇第一页，上面简单地写道："献给圣地亚哥。"

阿里仅用一句开场白，便将我们直接带入了故事的核心冲突（他的导师警告他不要对实验室的猴子产生情感依恋）。而故事的结尾，阿里对猴子的情感投入达到顶点，他将整篇博士论文献给了那只名叫圣地亚哥的猴子，以此作为对这段深厚情感的纪念。

不妨将故事的起始与终结视作旅程的起点与终点，如同人生道路上首尾两块坚实的踏脚石。在这个过程中，你将记忆一一展开，仔细衡量每一段经历的价值。深入思考为何这些记忆值得回顾与珍藏，你会逐渐领悟到它们如何塑造了你，如何铸就了你今日的模样。找到故事的起点和终点往往能"破解"谜题，往往能为你这位叙述者揭示故事背后更深层的意义。

### 丹特·杰克逊，《舞会》

**开篇：**

在中学的那些年，我总不愿让自己沉浸在欢乐之中。我担心一旦放纵自己，就会成为他人评判的对象，而我并不喜欢被评判。时光荏苒，转眼间，到了八年级，舞会离我越来越近……

**结尾：**

我舞动着，跳出了连我自己都未曾预料到的舞姿。直到我放慢脚步，环视四周，才发现自己正站在众人为我围成的小圈之内，耳边回荡着阵阵喝彩："丹特，加油！丹特，继续跳！"那一刻，我意识到那晚竟成了我生命中最璀璨的时刻之一。在此之前，我的生活宛如被囚禁在一间漆黑的密室中，但我选择推开那扇门，迈出了勇敢的一步，学会了在音乐中自由地舞动。

在深入探索一段经历对你个人的意义时，试着回想那些能反映你探索主题的具体的例子、片段或细节。是否有一个特定的瞬间，能够引领我们回到故事起点，揭示你当时的身份和环境？是否特定的场景，能够向我们展示故事落幕时你的归宿？精心雕琢这些场景，能够帮助你清晰地界定故事的精髓，因为生活中的每一个事件都可能蕴含着丰富的叙事价值。

### 芭芭拉·柯林斯·鲍威，《自由乘客与我》

**开篇：**

在密西西比州杰克逊市的吉姆·克劳法①统治下，我和我的兄弟一同长大。1961 年，我的兄弟投身于马丁·路德·金②领导的民权运动，成了一名自由乘客。那时，我对自由乘客的概念还一无所知。

**结尾：**

我意识到了为什么我的兄弟和自由乘客们挑战了那些"有色

---

① 吉姆·克劳法（Jim Crow）：19 世纪中后叶至 20 世纪中叶，美国南部各州以及一些边境州对有色人种（主要是非洲裔美国人，也包括其他少数族裔）实施的一系列种族隔离法律。这些法律在 1876 年至 1965 年间生效，强制在公共设施中实行种族隔离，如学校、医院、公共交通工具等。——译者注

② 马丁·路德·金（Martin Luther King）：非裔美国牧师、社会活动家和民权运动领袖，以非暴力抗议和民权倡导而闻名。金博士是现代民权运动的象征性人物，他的演讲和行动对消除美国的种族隔离和种族歧视产生了深远影响。他的著名演讲《我有一个梦想》激励了无数人争取种族平等。——译者注

人种专用"和"白人专用"的标志，为何他们乘坐那些公共汽车①，以及为何我们参与静坐抗议和其他抗议。因为这是我们的斗争，这是我们的战斗。这场运动关乎平等与自由，是一场生与死的较量。

与阿里的故事相似，芭芭拉的故事开篇和结尾相互呼应。她在故事的起始便给出了非常具体的细节，勾勒出故事的中心议题。而在故事的尾声，她再次提及这些细节，但此时她已经处于一个完全不同的境地。

这种细节的回归为听众带来了满足感。专一性对故事来说很关键，它不仅应贯穿始终，而且能将开篇与结尾紧密相连，提醒听众我们共同走过的旅程。开篇为结尾埋下伏笔，而结尾则是对开篇的回应。这样的故事结构形成了一种叙事的平衡。

在凯特·布雷斯特拉普的故事《哀悼的殿堂》中，一位深谙成人悲痛的牧师遇到了一个挑战：抚慰一个年仅五岁的孩子的心灵。

### 凯特·布雷斯特拉普，《哀悼的殿堂》

**开篇：**

尼娜的母亲走近我，说道："我遇到了一个难题。我的女儿尼娜想要去看望她的表弟安迪。"我顺着她的目光望去，只见尼娜正倒挂在后院的秋千上，她的头发随着秋千的摆动轻轻拂过地面。我询问："尼娜今年几岁了？"她回答道："五岁。"

在此，我不得不提及，安迪已经不在人世了。

---

① 自由乘客乘坐跨州巴士前往种族隔离现象严重的美国南部地区，挑战并测试种族隔离法律。他们试图在美国南方一些州的公交车站使用"白人专用"的卫生间和午餐柜台。他们的行为旨在引起公众关注，并迫使联邦政府执行最高法院的一项裁决，该裁决宣布跨州旅行中的种族隔离行为是不合法的。——译者注

**结尾：**

尼娜径直走向安迪安息的平台，他身上盖着妈妈在他婴儿时期亲手为他缝制的被子。尼娜绕着平台，一遍遍地轻抚他，仿佛在确认他的存在，并轻轻地将他的头发从额头上拨开，轻声哼唱着歌谣。她将费雪牌望远镜放入安迪的小手中，让他在天堂也能探索想看的一切。她说："我要离开了，但他不会再醒来了，所以我得给他盖好被子。"于是她再次绕着平台，小心翼翼地给他盖好被子，接着说："我爱你，安迪·丹迪，再见。"

在悲伤面前，即使是孩子，也能展现出人性的温柔。我告诉其他的工作人员："勇敢地踏入哀悼的殿堂，因为悲伤不过是对爱的古老试炼。在漫长的岁月中，爱已经学会了如何去面对它。"我不再需要假装自信，因为我有尼娜。在得到她父母的允许后，你也能体会到尼娜对待悲伤的温柔。

凯特故事的开篇和结尾向我们展示了，即便是年幼的孩子，也具备了直面死亡之复杂本质的勇气与智慧。

### 费思·萨利，《离婚时的装扮》

**开篇：**

在我启程去离婚的前夜，我孤身一人，只穿着内衣、内裤，脚踏一双简约的黑色高跟鞋，反复试穿着一件又一件的礼服。

**结尾：**

若时光能够倒流，我愿向那位站在租赁的镜子前，孤独地一件件试穿离婚礼服的无母、无伴、无子的女人传达：那些当下合身的衣物，未来或许不再适合；你将超越过往的挚爱，轻盈地拥抱全新的自我。

费思故事的开篇与结尾都发生在同一个地点，但她所讲述的，是她视角的转变与成长。

**穆西·泰吉·萨维埃，《不成文的规矩》**

开篇：

　　我在喀麦隆长大，从小就想成为一名作家。我父母却希望我成为会计师，然后步入婚姻的殿堂。然而，我对写作的热爱从未改变。

结尾：

　　尽管我的父母至今仍未能完全理解我的梦想，但他们最近意外地发现了外界对我小说的正面评价，他们似乎为此感到相当自豪。规则和传统正在改变，虽然步伐缓慢，但无疑，女性作家们正逐渐获得更多展示才华的舞台。

　　在故事的开篇，萨维埃交代了父母为她设定的关于人生规划的愿景，但故事的结尾让我们明白，她实际上掌控了自己的命运。她最终实现了内心深处的梦想，而她的父母也渐渐理解并接受了她的选择。萨维埃不仅完成了自己的转变，也引领了父母观念的转变。

　　当故事的开端如行云流水，且你对未来的走向了然于胸，那么叙述便仿佛有了生命，能够自行展开。讲述者们普遍认为，在故事到达一定高度、关键情节已经铺陈、结局轮廓渐显时，讲述过程最为有趣。充分的准备能够让整个叙述之旅变得更加愉悦。

# 预备……开始！

　　讲述者利用故事的开篇几行文字或首个场景，精心构建出故事的背景与基调。在电影制作中，这往往意味着一个全景镜头的运用，即那种广阔的景观视角，为观众提供必要的环境和背景信息。

每个家庭都有秘密。在我家，那个秘密就是我。因为我是黑人，所以我成了需要隐藏的秘密。在今天，人们会说我是混血。但在 1950 年代我出生的时候，没有混血这个概念。你要么是黑人，要么是白人。别无其他。

——朱恩·克罗斯，《不能见光的女儿》

在我十五岁那年，我在纽约新罗谢尔一个墓地后部的陵墓里住了一段时间。当人们得知这件事时，他们通常会问我那里是不是很阴森恐怖。其实并不是，我并不觉得那里特别阴森恐怖。

——乔治·道斯·格林，《在陵墓中长大》

以一个生动的瞬间或场景作为故事的开端，能够吸引我们的注意力，为我们设定情境，并引领我们进入故事！这样的开头可以——

## 将我们带入一个特定的地点和时间

深夜时分，门外传来了急促的敲门声。我看见三个身穿军装的男子。其中一位是苏联国家安全委员会的少校，他递给我一张针对我的逮捕令。

——维克多·莱文斯坦，《斯大林时代的生存故事》

作为一名电梯维修工，我当时正站在时代广场纽约时报大厦的屋顶上，那里正是电梯机房的所在。我一边喝咖啡，一边凝视着脚下的车水马龙，电话铃声突然响起。我接起电话，是母亲的声音，她关切地问："你没事吧？"我回答："我很好。对不起，一直没能给你打电话。你呢？"她说道："我还好。"然后，她告诉我："一架飞机撞击了世贸中心。"

——南希·马尔，《拉奇蒙小姐回来了》

1943 年，法国尼斯。此时正值战争期间，德国人刚刚占领了这座城市。我当时只有七岁，和母亲一起站在火车月台上。一个身穿长黑袍的高个子男人向我们走来，母亲将我交给了他。我不记得我是如何与母亲告别的，但我此后再也没有见过她。

——弗洛拉·霍格曼，《将我的名字绣在其中》

那是 1975 年初春的一天，我和我的两个弟弟正坐在一架货运飞机上，等待着飞往美国。与我们在一起的还有大约五十名孤儿，其中多数是婴幼儿。

——詹森·崔，《拯救婴儿行动》

**或者向我们介绍故事中最重要的角色**

在 1998 年的 8 月，我正经历着分娩的阵痛，被一群关心我的人围绕。一位护士、两位助产士、我那时的男友（孩子的父亲并非他）、我的养兄弟，还有两位同样期待着首胎的女士——她们的孩子，也恰好是我的孩子。

——卡莉·约翰斯顿，《完美之环》

我漫步在纽约东村的街头，那是一个灿烂的日子，阳光明媚。我心爱的她挽着我的臂弯，然而她正走向生命的尽头，真的，她即将走到生命的终点。

——伊丽莎白·吉尔伯特，《阿尔法狼》

**或者直接将我们置于利害关系的中心**

我悄悄地解开了安全带。当红灯亮起，他的脚猛踩刹车时，我猛地推开车门，然后狂奔而去。

——珍妮弗·希克森，《烟云之下》

我躺在救护车的担架上，耳边那些试图挽救我生命的呼喊声离我越来越远。

——卡罗尔·塞皮卢，《逃离黑暗》

那是 2013 年的 3 月，凌晨两点。选举结果正陆续传来，每传来一条消息，我的心都仿佛被无形的手紧紧攥住。这一年，为了在肯尼亚恩巴卡西中心地区竞选下一届县议会议员，我经历了一场艰苦的竞选。

——比娜·马塞诺，《市民比娜》

我坐在纽约市的梅萨烧烤餐厅之中。那时的我是《脉动》①杂志的主编，自我感觉相当不错。在新闻界的阶梯上，我已攀至新的高度，甚至能够轻松拥有一双价值 250 美元的高跟鞋。我沉浸在这份自我满足之中。然而，我未曾预料到，就在短短的几分钟后，一位曾获得白金唱片奖、被格莱美奖提名的说唱歌手弗克茜·布朗将踏入这家餐厅，威胁要揍我一顿。

——丹尼尔·史密斯，《弗克茜》

在构思故事时，请务必精心挑选细节，以避免信息过载，让听众失去兴趣。我们的目标是让听众不断在想"接下来会发生什么"，而不是让他们心生疑问："我为何要听这些"或者"这与我们讨论的主题有何关联"。

无须在故事的开篇就透露其主题或进行过多的铺垫（例如，"我要讲述我真正长大的那一天"）。知晓结局往往会削弱我们聆听故事细节的兴趣。让我们带着好奇，与你一同步入故事的旅程，逐渐揭开其神秘面纱。这种共同探索的过程，正是叙事艺术的魅力所在。请别剥夺我们这份珍贵的体验！只要你讲述得精彩（我们相信你能做到），我们便会全情投入。

---

① 《脉动》(Vibe)：一本以音乐、文化和时尚为主要内容的美国月刊，于 1993 年创立。该杂志最初专注于嘻哈音乐（Hip-Hop）和节奏布鲁斯（R&B）文化，随着时间的推移，逐渐扩展了报道范围，涵盖了更广泛的音乐类型，包括流行乐、摇滚乐、灵魂乐等。——译者注

# 准备着陆

故事讲述中最具挑战性的莫过于故事的结尾（因为我们总是不愿看到故事落幕！）。那些最后的时刻如此珍贵，足以成就或毁掉整个故事。一个完美的结尾能让听众心潮澎湃，甚至在激动中与旁人击掌相庆；而一个不尽如人意的结尾则可能让他们质疑，为何要将情感投入这样一个毫无意义的故事中。

作为飞蛾的创意团队成员，我们要对舞台上的每一个故事进行细致的审视。有时，我们会带着一丝遗憾地发现，一些讲述者在处理结尾时失手了！这往往是因为故事的结尾举棋不定，或者与开头的设定毫无关联。我们追求的是让听众在故事结束时感到满足和踏实，而不是在故事尚未圆满时就被迫结束旅程，或在故事的迷宫中徘徊，期盼着它早点结束。

## 理所应当的结尾

一个美好的结尾能够赋予故事以力量和无限可能，并为整个叙事提供深刻的洞见。有时，这样的结尾如此震撼人心，以至于我们几乎忽略了故事其他部分的吸引力。正是这样的故事激发我们以结尾为出发点去重新打磨整个叙事。我们要自问："如何编织整个故事，才能让它配得上这样一个结尾？"

**拉里·罗森，飞蛾引导员**：试想，你正聆听着一个关于家族纠葛的曲折故事。故事在一幕温馨场景中落幕：讲述者紧紧拥抱着他的叔叔，叔叔说为他感到骄傲，两人泪眼婆娑，讲述者感慨道："这正是我所渴望的。"然而，你心中不禁生疑：这是一个令人感动的结尾，但总感觉有些不对劲。

当你回溯整个叙述，你发现讲述者从未透露过对被叔叔认可的渴望或追求。他或许描述了叔叔的吝啬甚至冷漠，却从未提及这种认可的缺失，以及认可对他的意义。缺少了这样的铺垫，使结尾的出现并非理所应当，也令听众对整个故事的真实性产生了怀疑。

故事中的事件往往会设置一个叙事问题，最终在结尾处揭晓答案。不管结尾设计得有多巧妙，只有在它回答了叙事问题后，才能真正地与故事契合。

结尾是故事最后的声音，它拥有使整个故事"变质"的力量。一个令人费解、轻佻、自负、冷漠或做作的结尾，甚至可能激起听众的不满。

## 表明你的变化

结尾往往植根于你所经历的变化之中：故事开始时你是怎样的人，而现在你又变得如何？这个故事及其中的事件让你对自己或周围的世界有了什么不同的感受？

> 从我们抵达这片土地到我获得美国公民身份，历经了十八年。2009 年 1 月 29 日，我宣誓成为美国公民，向新家园表达了我的忠诚。我将通过我两岁的儿子和即将到来的新生命，确保我心中每日满溢的感激之情，在我离开后依然代代相传。
>
> 愿上帝永远保佑我们美国。
>
> ——多丽·萨玛贾伊·邦纳，《新家园》
>
> 我曾是那种连暗恋都羞于启齿的人，如今却能怀抱着尤克里里，勇敢地邀请心仪的女孩共赴舞会，品尝了初吻的甜蜜。更重要的是，我与她之间建立起了一种非常特别的关系。这一切让我不禁反复回味：我真的做到了。
>
> ——大卫·莱佩尔斯塔特，《放下》

鉴于我在这座城市的知名度，警察局也参与了对这件事的处理。当警方抵达现场时，他们不仅提供了心理咨询服务，还承诺若有必要，愿意协助我搬迁。尽管孩子们和我自己都心怀恐惧，但那位闯入者却意外地赠予了我一份礼物。那是我生平第一次面临严峻的考验，而我不仅安然无恙，还取得了胜利。如今，我已97岁高龄，依然能够独自生活。

——贝蒂·里德·索斯金，《考验》

## 挺住！

多年来，我们见证了许多讲述者在讲述完一个精彩绝伦的故事后，却以一句"我想，这就是我的故事了"作为结尾，然后随意地走下台，似乎将故事的精髓一并带走。最出色的故事往往以简洁而有力的方式收尾，就像在舞台上掷下麦克风，留下回响。

用故事的最后一句引领我们抵达一个专属于你的特别之地，别把它浪费在泛泛的概念上。譬如，不要说"这就是我关于心碎的故事"，而是说"她给我的伤痛如此深刻，有时醒来后，那苦涩的味道久久不散。然而，正是她教会了我如何去爱"。

我们常说，当你心中有了完美的收尾，你就能以自信的姿态为故事画上句号。这并非奥林匹克竞技，但你仍渴望让故事的落幕成为一场完美的表演。

在那个夜晚，我学到了宝贵的一课：即便是最黑暗的时刻，最困顿的日子，也可能因为一记敲门声而彻底改变。音乐与欢乐也会随之降临。

——泰勒·内古龙，《加州哥特》

随着时间流逝，我的家政助手和妹妹悄然离去，留下我和男友独处。我毋庸赘言，只需告诉你：那晚，我度过了有生以来最美妙的新年。我渴望人们知晓，即便身有残疾，我依然能自由地生活。我领悟到，有人能看到我作为一个女人的本质，而非仅仅看到我的缺陷。

——贾尼斯·巴特利，《意大利千里驹》

在我们分别的那周，我居住了二十五年的家园被夷为平地，我的吉普车也不翼而飞。我手中的钥匙链上挂着三把钥匙：一把属于我不再居住的旧居，一把属于那片已成为废墟的家园，还有一把属于那辆被盗的吉普车。仿佛上帝在敲打着我的车顶，提醒我命运的无常。于是，我扔掉了这些钥匙，踏上了前往艺术学校的旅程，加入了那个属于我的群体。

——特里西娅·罗斯·伯特，《如何画人体裸模》

若你一时难以确定故事的结尾，不必心急——并非所有的结尾都一蹴而就。结尾处的揭晓往往需要深思，需要在众多可能性中寻找线索，需要静坐沉思去感悟这些经历对你个人的意义。若你仍未能找到那个令人满意的结尾，不妨回望故事的起点，因为答案往往就隐藏在最初的篇章之中。

> **祝酒词：** 当轮到你登上"舞台"时，你要以自信的姿态展现你精心准备的内容，并且要知道如何优雅地退场。要清楚下一个发言的是谁，把话筒交给谁，以及最重要的是，最后一句话应该说什么。记住，你的目标是让听众回味无穷，而不是让他们对你的话语失去兴趣。如果实在找不到完美的收尾，不妨以一句"干杯！"来结束。

## 需要避免的结尾

作为引导员，我们深知叙述故事的过程既令人兴奋又令人疲惫。

人们常常急于结束一个故事，或因为故事快结束时的如释重负而不经意间陷入典型的"好莱坞式"结局。以下是一些应该避免的故事结尾方式。

## 过于完美的结局

我们并不鼓励以含糊其词的方式结束故事，但这并不意味着你必须为它编织一个过于完美的结局。虽然以"从此他们过上了幸福快乐的生活"收尾有时能够奏效，但并非总是适用。如果故事的结局过于圆满或显得刻意，它可能会失去真实感。这样的结局可能会淡化故事的深层含义，或者否定你所分享的故事的重要性。许多故事的结局并不完美，可能依然充斥着混乱和复杂性。在为故事收尾时，试着克制自己，不要过分追求完美。

哈桑·明哈杰在《舞会》故事的结尾，为我们提供了一个绝佳的范例：即使故事的结局并非理想中的十全十美，我们依然能够体会到一种满足感。

> 有时候，我能感受到我有原谅贝瑟尼的勇气；而另一些时候，这种勇气却难以寻觅。我正在努力。为了自己，也为了父亲，我将勇敢面对。

## 举棋不定

讲述者在寻找故事的结尾时，有时会感到迷茫。他们围绕着结局徘徊，如同在旋涡边缘打转，这可能使听众感到疲惫。他们可能会说出五六句看似都可以作为结尾的话，每一句都像是故事的结局。他们可能会用不同的方式重复同一个观点，或者在不确定中提出几个可能的结局（但究竟哪个才是正确的？）。有时，他们在故事真正结束之后，还会加上一个笑话，试图以此博得听众的笑声。

以这个混乱的结尾为例：

　　我依旧舞步笨拙。在婚礼的尾声，母亲牵着我步入舞池，我们只是站在那里，边听狐狸舰队乐队的音乐边聊天。就像往常一样，她理解我，让我做那个笨拙的自己。我渴望能像她那样，成为他人生命中的慰藉，成为伴侣的依靠。我们共同编织着生命中的舞蹈，彼此扶持。目睹母亲张开双臂，热情拥抱我的伴侣，我对她的爱愈发深沉。她始终将家庭置于首位，无论是血脉亲情还是心灵选择，家庭永远是她最珍视的。她是我最初的家人，如今我们又共同构成了一个更大的家庭。母亲，既是我最初的舞伴，也是最好的舞伴，她永远是我第一时间想要倾诉的对象。嘿，Siri，给妈妈打电话。

这个结尾洋溢着浓浓的爱意！但是，这个故事究竟讲述了什么呢？我们生命中的重大事件往往伴随着情感的波动。有时候，将目光投向故事的终点，能够帮助我们挑选出想要分享的故事。

## 说教意味浓厚

在飞蛾的叙事风格里，你不必明确指出故事的寓意。即使有些故事蕴含着深刻的道理，也不应给人一种说教感。无须向听众灌输他们应如何理解或从故事中领悟什么。相反，让故事停留在个人的经历上：它如何影响了你，以及它给你带来了怎样的感受。

请注意蒙特·蒙特佩尔在《无处可逃》中的最后一句。

　　这段经历将迫使我直面内心最狂暴的恶魔。若我试图逃避或隐藏，它们将夺走我的生命。为了生存，我必须鼓起勇气，坚守阵地，直视它们的双眼。

他的结尾反映了他所经历的转变，这不是一个普遍适用的道德教诲，而是他对自己未来道路的个人洞察。

### 过度跳跃

时间的跳跃在叙事中可能成为一种陷阱。比如，一个故事描绘了一段看似注定失败且尴尬的恋爱追求经历，却在结尾突然揭示："而我们现在已经结婚二十四年了。"这样的转折虽能赢得掌声，但有些取巧，我们多少认为这是一种欺骗。

## 令人满意的结尾

真正出色的结尾往往忠实于生活本身。它们能够在不言明的情况下，触动听众的情感，引发他们的共鸣，或者让他们有所领悟。你叙述的每一个细节都应该指向你的结尾，而这个结尾能够回应故事中所提出的种种疑问。在构思如何为你的听众带来一个令人满意的结尾时，以下几个关键点值得铭记。

### 故事到此为止

有时，故事的结尾逻辑在现实中可能并不成立。比如，你可以在收养野猫的那一天结束你的故事，即使后来因为女儿对猫毛过敏，你不得不为它寻找新家。这并不妨碍故事的完整性。

你观察过心电图上的心跳波形吗？它与故事的起伏有着惊人的相似。一个心跳的结束预示着另一个心跳的开始，故事的结束同样如此。每个故事的尾声，往往孕育着新故事的序章。

### 结局的不确定性应以真实为基

讲述者往往不确定自己故事的某个部分会如何收尾，就像辛西娅·里格斯讲述的那段史诗般的爱情故事，关于一位男士在六十多年后向她伸出橄榄枝的经历。她回忆起年轻时在大学海洋生物实验室整理浮游生物时与豪伊相遇的情景，那时他们通过在纸巾上书写密码来传递信息，以此建立了深厚的友谊。令人难以置信的是，在六十二年后的某一天——当时辛西娅已年逾八十，豪伊也已九十高龄——她收到豪伊寄来的一个包裹。这个包裹里装着他们年轻时交换的密码纸巾,被小心翼翼地保存在档案袋中,上面还附有一张新的密码便条。辛西娅解密后发现便条上写着:

> 我从未停止过爱你。
>
> 豪伊

辛西娅向我们分享,当时她的孩子们已经长大成人,她身为一名悬疑小说作家,享受着自由而独立的生活。她还向我们透露了她过往的浪漫故事,为的是让听众更好地理解背景信息。

> 为了更好地理解我的故事,你应该知道一些我的过去。我对男性并非完全无感,但我确实感到有些不安。我曾经与一个才华横溢却极度虐待我的丈夫共同生活了二十五年。虽然我们已经离婚三十五年,但离婚后的近二十年里,他一直在对我进行跟踪,这让我对任何形式的亲密关系都心存戒备。然而,这些纸巾……

豪伊的这封密码信引发了他们之间数月的书信往来,随着时间的推移,他们发现彼此在分开的几十年里有着惊人的相似之处,这段关系逐渐稳步发展成了一段浪漫的爱情。

在她首次讲述完自己的故事时,从他们共同在海洋生物实验室工作的日子算起,她已经六十多年未曾与豪伊相见。她对未来会如何发展一无所知,但她成功地让故事保持了真实。她向我们透露,她已经订好了机票,不久后将踏上旅程,去与他重逢。

辛西娅的故事以她的果断行动作为收尾,她选择勇敢地尝试,去探索与豪伊的关系是否能够进一步发展。这标志着她从故事伊始的犹豫不决到如今积极主动的转变。尽管在故事落幕之际,他们还未重逢,但她已为这个故事画上了完美的句点。这个结局令人感到满足,同时又充满了无限的可能性。

豪伊彻底改变了我的生活。我曾经沉睡在自我封闭的世界里，是他用柔和的温暖将我唤醒。他向我展示了一种我以前从未想象过的宁静的爱。他引领我体验了一种甜蜜的激情——你会惊讶于信件和密码中所能表达的深情。但最触动我的，是他赋予了我重新认识自我价值的机会。带着这份感受，我希望你们每个人都能找到属于自己的豪伊。

## 结尾的场景安排

就像以行动作为故事的开端一样，以行动或活跃的场景作为结尾，同样能够强化情感的表达，正如以下这些叙述者所展现的那样。

透过炽烈的火焰，我看到了妈妈。她聆听时眼中闪烁着泪光。我的心因喜悦而颤抖。虽然我在与她的书籍之争中败下阵来，但我赢得了这场战争。不，是我们共同赢得了这场战争。我们的书或许已经化为灰烬，但我们的故事和希望却永存。正是在那一刻，我坚信，尽管前路充满荆棘和挑战，我的大学梦终将实现。

——王平，《书之战》

在截肢六个月后，她就这样站在街头集市的中央，提起牛仔裤的裤腿，向我展示她那酷炫的新义肢。那是一条粉红色的腿，上面绘有《歌舞青春3》的角色图案，她的脚上还穿着闪亮的红色玛丽珍鞋。她对此感到无比自豪，为自己感到骄傲。奇妙的是，我花了二十多年才逐渐明白的道理，而这位六岁的小女孩却很快就明白了，还好我们最终都明白了它：当我们学会欣赏并真正接受那些让我们独一无二的特质时，我们便能找到创造力的源泉。

——艾米·穆林斯，《进行中的作品》

我们把苹果蛋糕包好，放入袋中。我们踏入医院，一股冷意和药味扑面而来。然而，当我们走进祖父的病房，大家都围绕着他，营造出一丝温暖。我试图悄悄将袋子藏于身后，但被祖母发现了，她问："卢娜，你手里是什么？"我递过袋子，她取出了苹果蛋糕，然后向祖父展示："看，卢娜为你做了苹果蛋糕。"祖父低头看看蛋糕，随后又抬头看着我，露出了微笑。我仿佛看到，每一次我们共同烘焙苹果蛋糕的温馨记忆都在他心中复苏。尽管身处医院，那一刻，我们仿佛再次携手完成了这份甜蜜的创作。

——卢娜·阿兹库拉因，《祖父母、苹果与我》

我们的目光落在门廊上玩耍的女儿们身上。我凝视着他的眼睛，说道："请好好照顾那个小女孩。如果你有任何需要，随时给我打电话，无论何事。"

——香农·卡森，《楼下的邻居》

我正与安东尼·霍普金斯一起演戏。车外，乔纳森·戴米正愉快地观看着我们的表演。在那短暂的片刻里，仿佛只有我们三人，自成一场狂欢。

——乔什·布罗德，《停止表演》

我请求父亲与我一同观看巴基斯坦日的阅兵式。我已不再是那个小女孩，而是身着戎装的军人。我注意到一位小女孩正注视着我，她的眼睛被我那闪亮的靴子、金色的纽扣和蓝色的制服吸引，她的心中充满了对梦想的渴望。泪水模糊了我的视线，我站在春日温暖的阳光下，紧挨着父亲，一同向经过的受阅队伍致敬。

——杰米·F. 古拉图莱因·法蒂玛，《翱翔九天》

## 快速结尾

以精练的总结作为故事的结尾，同样能够达成一种令人满意的结局。这并非是指以充满寓意的说教结尾，而是要明确地描绘出，作为叙述者的你经历了何种转变。

> 我希望自己能够改变她对有色人种的成见，让她不再接受那些人灌输给她的刻板印象，并重新思考她内心的偏见。至于我，我找到了一份工作。它让我每天都有事可做，这正是我所迫切需要的。我曾离开印第安纳州，怀揣着改变世界的梦想，但我并未实现。我做不到。然而，我逐渐明白，即便我无法改变整个世界，我也能够改变我所处的小小世界的一部分，这对我来说，已经足够。
>
> ——斯蒂芬妮·萨默维尔，《生命保障》

> 在那寒冷的户外，我领悟到了一些事情。只是一个人就能让我感到被排斥，让我以为自己与这里格格不入。但随后，十七个了不起的怪才让我明白，我确实属于这里！就在那一刻，我明白了，这些人是我的同伴，波士顿是我的家园，短期内我不会离开美国。
>
> ——阿里·阿尔·阿卜杜拉蒂夫，《爱国者游戏》

> 我在那场面试中表现出色，成功获得了这份工作。正是在那一天，我触碰到了自己的另一面。她很少露面，只在最需要的时刻现身。我将她称作我的"寂静之火"。
>
> ——菲利斯·鲍德温，《寂静之火》

> 我重返校园，并不意味着我就变成了一个典型的印度女孩——午餐时吃着印度菜、耳边回响着印度旋律、身着传统印度服饰、用印地语交谈。我逐渐认识到，我无须伪装成另一个人。

我开始重新捡起那些曾被我遗弃的自我片段。

——萨亚·沙姆达萨尼,《无价的杜果》

我的婚姻走到了尽头,但我的人生仍在继续。我希望我的两个孩子长大后都能成为出色的人,他们的存在能为周遭的人带来欢乐,他们的离去会成为一场灾难,正如亨利那样。他离世已有二十四年,关于他的记忆仍旧鲜明,但我已不再感到痛苦。实际上,我正成为我所认识的人中最快乐的那一个。我相信,这会让他感到欣慰。他也不再出现在我的梦中。我终于能够坦诚地接受他的离去。我也不再需要见到他的面容,不管是在梦中还是以其他的什么方式。因为到了这把年纪,我还有什么能对那位十四岁的老友说的呢? 所有的话都已经说完了。

——坎普·鲍尔斯,《过去并未放过我》

在那个充满恐惧的最后时刻,我无能为力,无法为她做任何事。任何事。我只能接受自己的无能,只能放手,只能目睹她离去,她摇摇晃晃地倒下,直到最后一刻都在奋力战斗。这很残酷,也很美丽。她的勇敢令人敬佩。当她离开时,我像狼般哀嚎。我将永不停歇地向世人讲述她的名字。

——伊丽莎白·吉尔伯特,《阿尔法狼》

在巴格达,我感到无力,无法成为任何组织的一分子,以守护我的家园。然而在美国,我变得强大,如今我担任陆军国民警卫队的军士。我能够成为这样一个组织的一分子,它让我有能力为保卫我新选择的国家做好准备,并履行我作为公民的职责。我深知在恐怖主义阴影下生活的感受,我再也不愿经历那样的恐惧。

——阿巴斯·穆萨,《告别巴格达》

当故事的主要事件结束，我们获得了对叙事问题的解答，故事的脉络也变得完整，这时你只剩下几句话的篇幅。请挑选一句能够让听众铭记的结束语，一个在你离开舞台之后，你希望仍能在他们心中久久回荡的想法。

**以行动呼吁作为一种倡导手段：** 飞蛾故事往往以个人反思作为结尾，但如果你希望借助故事激发人们参与变革的热情，那么就需要触动听众的情感，完成故事的弧线。在故事的尾声，不妨加入一个明确的行动呼吁。例如："这正是为什么你们必须在本周二的县级选举中投出自己神圣一票的原因！站出来，让自己的立场被记入历史！"

**来自引导员的提示**

● 确定故事的起点和终点，了解故事的开篇和结尾，有助于你规划故事的走向，塑造故事的发展脉络。以场景中的行动作为开篇，能让我们迅速进入故事的关键时刻，同时揭示故事中的主要人物和利害关系。还要确保故事的结尾能令听众满意，极具个人印记，且与你整体的经历相呼应。

● 令人失望的结尾：

过于完美的结局。

举棋不定。

说教意味浓厚。

过度跳跃。

● 令人满意的结尾：

以明确的方式结束，避免拖泥带水。（确保故事有一个圆满的收尾！）

植根于你所经历的变化。

解答故事的核心问题或冲突。

第三部分

# 讲述你的故事

# 第九章 从文字到舞台

在一间静谧的屋子里，我与众人一同沉醉于故事的魅力之中，仿佛被魔法吸引，那份宁静与专注交织出的体验，真是难以言喻的美妙。

——克洛伊·萨尔蒙，飞蛾引导员

在 2004 年 1 月的一个寒冷夜晚，飞蛾故事会在马萨诸塞州的乡村剧院迎来了它在纽约之外的首次巡回演出。那场活动听众寥寥，显得有些冷清。飞蛾故事会的资深拥趸马克·卡茨登台，分享了他为前总统比尔·克林顿撰写演讲稿的经历。他开始讲述自己的故事，但没过多久，他的话语便突然中断了。记忆似乎在那一刻变得模糊。他尝试重拾故事的线索，但终究未能完整地讲述。马克最后以一声"抱歉"结束了他的分享，离开舞台。那一刻，空气中弥漫着一种沉重的静默，仿佛时间停滞了。众人一时不知如何是好——毕竟，这样的意外之前仅有一次先例。最终经过短暂的停顿，我们重新调整了情绪，继续聆听下一个故事。

经过短暂的休息，马克回到了舞台上，并以一种幽默的方式接着说："那么，正如我之前提到的……"然后他完美地完成了故事的讲述。他后来又几次讲述了这个故事，每次都表现得无懈可击。

那么，在那个寒冷的马萨诸塞夜晚究竟发生了什么？马克对故事了如指掌，但他太过专注于记忆那些词句和特定的叙述顺序，以至于当他忘记了一个词时，就完全失去了叙述的线索。

　　**马克·卡茨**：在我大脑变得一片空白之前，我记得自己满怀激情地走上舞台，渴望讲述我的故事。那晚，我不仅想讲述，我还想让讲述的过程淋漓尽致。然而，命运似乎开了个玩笑。我试图回忆起故事的开头，但仅仅两句之后，我竟然忘记了自己要讲述的是什么。幕后的飞蛾故事会团队试图给我提示，但我的大脑却无法接收。我对这一事件的叙述完全基于事实，没有任何夸张或遗漏。之后房间陷入了一片震惊和诡异的寂静，我一边嘟囔着"对不起"，一边跌跌撞撞地离开了舞台。

　　在飞蛾团队确认我只是遭遇了每位故事讲述者最恐惧的噩梦，而非身体不适后，他们允许我在休息后重返舞台。

　　这一次，我没有依赖现场的气氛，而是从故事本身的情感中汲取力量。我仿佛退回了自己心灵的深处，将自己置身于故事发生的场景——一个小型酒店的会议室，我身着晚礼服，手持计时器，与美国总统进行了一场令人胆战心惊的交锋。当我的故事落下帷幕，至少在我自己看来，我讲述得如同最初设想的那般完美。

　　舞台上的故事讲述，不仅需要反复的练习和充分的准备，更需要那份敢于面对的勇气。接下来，我们会分享一些技巧，旨在助你保持冷静，提升自信，并有效缓解紧张情绪。

## 死记硬背与了然于胸

　　许多人站上舞台时，心中不免害怕自己会彻底遗忘所要讲述的故事，然后面对听众的目光，陷入一片令人窒息的寂静，内心逐渐崩溃。这种紧张是人之常情，人们也因此相信，将故事一字不漏地记在心里，是防止在舞台上思维停滞的最佳策略。然而，在过去二十五年指导故事讲述的过程中，我们发现，那些在舞台上彻底忘词的讲述者寥寥无几，而且无一例外，他们都是过分依赖死记硬背的人。

让我们回忆一下儿时学习字母表的时光，大多数人是通过哼唱那首轻快的小曲来熟记每一个字母的。你是否曾经在进行字母排序时，下意识地唱出整首或部分歌曲，以确认字母 P 是不是在字母 T 之前？这正是你不能逐字逐句地死记硬背的原因。在舞台上，你不能随时回溯至开头，快速浏览以找到自己在故事中的定位。

人们常常觉得必须逐字逐句地记住自己的故事，以免遗漏任何关键细节。然而，这并非戏剧中的独白。听众不会因为你漏掉一句台词而责怪你，因为只有你知道接下来会发生什么。讲述故事时，我们追求的是真情实感的传达，而非生硬的背诵。当你选择背诵时，你所依赖的是笔下的文字，而非记忆中的真实情景。这种做法可能会使你的讲述与现场的氛围脱节，并增加与听众之间情感联系断裂的风险。

在演讲时，我们常被教导要展现出一种正式化的自我形象。然而，要想讲述一个精彩的故事，就必须摆脱这些形式上的枷锁。在故事讲述的舞台上应该更加随意一些，这听起来似乎不合常理，但这恰恰是建立自信的秘诀。保持你真实的声音，展现那个穿着休闲牛仔裤、自在放松的你，而非那个西装笔挺、全副武装的你。

在准备阶段，每个人都有自己独特的整理思绪的方式。有些人偏爱书写，他们喜欢先将整个故事完整地写在纸上，然后再将其娓娓道来。有些人则倾向于列出简洁的要点清单作为指南（可以将其视作叙事踏脚石）。还有些人根本不写任何文字。记住，没有固定的正确方法！尽管这是一本指南书，我们依然强调没有固定的正确方法。事实就是如此！将你的文本视作一张路线图——你无须记住每一条街道，重要的是明确你的目的地。当然，你会有钟爱的表达方式，可能会每次都重复使用，但无须逐字逐句地记忆。你所要做的，是让自己对故事的整体走向了然于胸。

虽说可以使用不同的方法去准备故事，但仍需警惕：如果你决定将故事完整地写下来，你可能会发现自己难以摆脱对文字的依赖。你可能会对自己的文字产生深厚的情感，而抛开文字则变得异常艰难。如果你是那种在创作过程中依赖文字的人，我们建议你在开始练习讲述之前，将完整的草稿提炼成简洁的要点。

这份"小抄"能够协助你将故事的关键情节浓缩为简短的句子或关键词。尝试一下仅用十个要点来概括整个故事。在排练时，如果你迷失了方向，便可以迅速查看以找回叙述的线索。随着熟练度的提高，尝试将小抄盖在桌上，仅在彻底迷失时才翻看。最终目标是，完全不依赖任何提示，自如地讲述你的故事。看，妈妈，我做到了，不借助任何辅助！

请铭记，不论你选择何种方式来准备，纸上的文字都只是你故事轨迹的一个映射。在讲述的激情中，你可能会灵光乍现，添加一些即时想到的新细节，而这些往往能成为故事中最吸引人的部分。赋予自己讲述的自由，让故事如河水般自然流淌。

飞蛾故事会的叙述风格通常都很随性，它是一场你与听众的互动交流。听众的存在和他们的反应会影响你讲述故事的方式。如果第三排突然传来一阵笑声，不妨顺势回应。如果你在讲述中暂停，补充说："等一下，我忘了说，车库门的遥控开关坏了！"这样的即兴之举，反而会让你显得更加真实接地气。

这样的故事才够生动。它们并非一成不变的，而是每次讲述都带有新的变奏。你的故事可能会因你当天的情绪起伏、衣着舒适度，甚至是对停车时间可能在讲述中耗尽的忧虑，而有所伸缩和调整。

　　**《幸运的美分》，莎拉，与弗拉斯·罗森伯格的合作：** 弗拉斯·罗森伯格，一位才华横溢的视觉艺术家，正致力于创作一个充满情感纠葛的故事，讲述她从未从父亲口中听到"我爱你"的经历。在主舞台演出前的几周里，我们一起精心打磨这个故事。从她投入的大量时间来看，这个故事对她来说意义重大。然而，在飞蛾办公室的彩排日，她的情绪几乎崩溃。在工作人员和其他讲述者的注视下，她难以回忆起故事的脉络。她以自己作为一个古怪创造者的设定开始，讲了一些关于她成长过程中与父亲相处的事情，但随后她停下来，跳到了故事的结尾，然后又停了下来。她一直说，"我记不得我写了什么"，并请求查看打印的笔记。在距演出仅有一天的时候，我们都为她捏了一把汗，心也跟着她一起沉了下去。我们知道她创作了一个既独特又感人的故事，只是她似乎难以流畅地表达出来。在一段漫长的静默之后，同台的讲述者西蒙·杜楠，也是一位时尚偶像，提出了一个建议："弗拉斯，你是一位艺术家，何不尝试将你的故事大纲画出来呢？"我们都被这个主意惊呆了。她采纳了这个建议，正是这样，她通过绘制故事大纲来帮助自己记忆。当她拥有了这些视觉元素，能够自如地在脑海中从一个场景转换到另一个场景时，她重拾了信心，准备好了登台。最终，艺术的力量挽救了这一天，她的故事也取得了成功。

弗拉斯·罗森伯格为《幸运的美分》手绘的大纲如下：

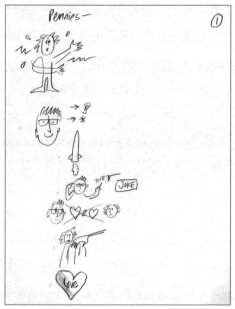

尽管我们刚刚提到，通常不建议背诵全文，但有一个特例。我们建议你——背下你故事的开头和结尾，而且仅此而已。掌握你的开场白，可以让你在舞台上自信地迈出第一步。面对听众，大多数人都会感到紧张。记住你的第一句话，能够帮助你平复紧张情绪，为故事讲述奠定坚实的基础。的确，最初的三十秒可能会有些可怕，但请记住，你已经精心设计了一个强有力的开场。当你继续讲述到第三句话时，故事的势头将自然展开，带领你穿越每一个起伏。故事的结尾已经在望，无须再为任何障碍停留。你正稳步前行，直奔成功。

> **把故事作为工作汇报的开场：**比尔·罗宾逊的女儿送给他一份特别的父亲节礼物——带他参加了芝加哥飞蛾故事擂台赛。比尔向来热爱故事的魅力，而在飞蛾的舞台上，他不仅勇敢地登台，还在擂台赛中荣获季军。那晚之后，他决定在作为新任会员副总裁向专业协会董事会的工作汇报中，用故事来开场。尽管这个团队对风险极为敏感，要求他提前28天提交数据幻灯片供他们审阅，但比尔在三次汇报中都使用了个人故事来吸引他们的注意，比如他分享了一次凭借直觉而大胆无视卫星导航的经历。这一策略取得了显著成效，比尔成功为新项目筹集了1 500万美元。他说："故事能够改变人们的思维模式，我希望每个人都能从内心出发去做出决策。"

## 大声地讲述吧

故事是为了分享而生，现在正是你振翅高飞的时刻！无论你是将要点写下还是牢记在心，此时你的故事草稿都已经成型。下一步是大声地对自己讲述，无论是对着镜子说、对着窗外喊，还是对着你家的猫或盆栽讲，你都必须大声地将故事讲述出来。在第一次的讲述中，你要倾听，寻找那些可能需要调整或补充的部分，以便让故事的结构更加完善。

当你初次尝试完整叙述自己的故事时，它往往会变长，因为故事是在你回忆的过程中逐步构建的。这完全正常，它是创作旅程的一部分。从故事的开端到结尾，尽管事件的顺序可能并不严谨，但要尽量保持大致的脉络。我们有时会戏称这个阶段为"自由发挥版"，因为我们追求的并非完美无瑕的叙述，而是让故事从你口中讲出。随着你对故事的讲述越来越得心应手，你将学会更加高效地使用语言。这正是你探索和尝试的良机——去发现哪些内容有效、哪些感觉真实，然后剔除那些不必要的部分。

如果你在讲述时偶尔需要查看笔记，这完全无可厚非，但这也是你摆脱文字束缚的良机。初稿往往过于累赘，所以在首次讲述时，你可能会注意到一些重复或冗余的部分，以及在口头表达时显得生硬的句子。不妨尝试录制自己的讲述，之后回放来听。留意那些听起来不自然、多余或重复的部分。在这个过程中，你可能会有停顿、重新开始，有时甚至会忘记自己的叙述进程。说实话，这可能会感觉有些挫败，但它是创作过程中至关重要的一步。在本章接下来的内容中，我们会指出在故事打磨过程中要小心的几种常见陷阱。

**故事无处不在：**你永远不知道何时会听到那个能够改变你人生轨迹的故事。让我们在生活的每个角落，对那些可能的故事保持敏感和接纳。有时候，正是那些日常的通勤时光，会引领我们走向意想不到的目的地。

**选自詹妮弗·伯明翰的《三件事》：**

我跃入出租车，发现司机在前座轻笑着。他告诉我，他看到了那个吻，觉得它非常美好。我回应说："不，那并不美好，其实很尴尬。"然后，我向他倾诉了这是我十五年来的首次约会，在首次约会中吻我太过分了。司机自我介绍他是帕布罗，同样很久没有约会了，他在送我回哈林区的途中，向我娓娓道来他对约会的种种见解。抵达我的住所时，他关闭了计价器，我们继续聊了四十五分钟，我们的手通过出租车的小窗口紧紧相握。我多么希望我能告诉你，那个夜晚我与帕布罗——纽约出租车界的智者——坠入了爱河。虽然事实并非如此，但我确实感到，仿佛是上天特意让帕布罗出现在我的生命中，为我的前行之路增添了一份轻松。

## 把握时间

莫兰·瑟夫，一位教授兼神经科学家，他曾在飞蛾故事会的主舞台上讲述故事，并且可能是迄今为止在飞蛾舞台上语速最快的人。在《飞蛾广播时光》中的一次访谈中，莫兰表示："我从不担心时间限制……如果故事拖得太长，我就会加快语速。"

我们非常欣赏莫兰的风格，但对于不习惯快速讲话的人来说，我们并不推荐模仿他的快速讲话技巧。相反，我们建议精简故事内容，保留最核心的部分，而不是语速太快让听众觉得需要系上安全带。我们希望听清楚每一个字。

莫兰能够在短短一分钟内讲述大量的内容，而多次登台的飞蛾故事讲述者埃德加·奥利弗则完全相反。他的语速非常缓慢。因此，他在故事中使用的单词数量远低于平均水平。

以下是莫兰在他的主舞台故事《梦境录音机》的第一分钟内所讲述的内容：

> 我是一名神经科学家，从事关于人类的研究。虽然这份工作并不总是能带来名声，但我确实有一个意外成名的故事。在我的研究中，我与接受脑部手术的患者合作，我们不仅尽力帮助他们，还对他们进行了一系列的研究。在过去几年，我开展了这样一项研究。在患者接受手术时，我们会在他们的大脑深处植入电极，这主要是出于治疗的需要。除此之外，我们还进行了一项实验。我们向患者展示图片，并观察他们大脑的反应，以此来绘制他们在观看图片时的大脑活动图谱。这样，我们就能了解当他们思考某些事物时，大脑的形态。例如，患者坐在床上想象埃菲尔铁塔，我们会捕捉到他们大脑中之前关于埃菲尔铁塔的形象，然后在他们眼前投影出埃菲尔铁塔的图像。简而言之，患者基本上就是坐在床上……

仅在第一分钟内，他就说出了两百一十五个词*！

现在，让我们来比较一下埃德加在故事《萨凡纳的围裙绳》第一分钟内所讲述的内容：

> 母亲总是对我们说："萨凡纳就像一个牢笼，它会试图将你困住。哪怕你逃脱了，它也会设法将你重新拉回。"她还时常提醒我们："要警惕他人，他们不会理解我们。我们与众不同，我们是艺术家。"在我童年的记忆里，我们的生活里几乎只有我们三个人——母亲、海伦和我。我们仿佛在这个世界迷失了方向，如同三个在茫茫人海中迷途的孩子。没有人能够真正走进我们的

---

* 指英文，后同。——编者注

世界……

仅仅九十二个词。还不到莫兰的一半。

我们并不是建议你像莫兰那样加快语速（很少有人能以这样的语速讲述故事），也不是建议你像埃德加那样放慢语速！以你与朋友们晚餐时闲聊的自然节奏来叙述你的故事便可。观察一下这需要多长时间，以便了解你自然的语调节奏。随后，再根据分配给你的时间，在这个基础上进行调整。

**《站起来》：莎拉，与埃德·科赫的合作：** 十多年前在准备一场飞蛾主舞台演出时，梅格和我拜访了纽约市前市长埃德·科赫的办公室。科赫市长热情地迎接了我们。他身材高大，远超过我先前的想象，他的办公桌也异常庞大，与他魁梧的身躯相得益彰。在他面前，梅格和我仿佛成了仰望巨人的小精灵。科赫市长没有丝毫耽搁，立刻开始讲述他精心准备的故事，但——哎呀！他所讲述的故事与他为演出准备的故事完全不同。我惊讶地睁大了眼睛，同时认真记录。他讲完后问："我计时了，正好两分钟。你们觉得怎么样？"我稍作思考，然后谨慎地回答："市长先生，我很喜欢您的故事！如果我们在飞蛾讲述的是两分钟的故事，那会非常合适，但请允许我直言，我们不这么做。在飞蛾，我们讲述的是十分钟的故事。"他沉思了片刻，然后点头说："我会加长到六分钟，但只能这样了。"当他在飞蛾的舞台上讲述《站起来》，一个关于"二战"的故事时，他开场时说："我最初想讲一个有趣的故事，我想到了两个，但它们都不够十分钟，所以，我决定讲一个严肃的故事。"确实，通过计时发现，他的故事时长是五分二十九秒。

尽管你可能不会有一位计时员用小提琴的悠扬旋律来提醒你该为故事收尾了，但你应该对想要达到的合适时长有一个基本的概念。不管你是否相信，根据你所认为的对理解故事核心来说最为关键的细节的差异，你完全可以在两分钟、五分钟或十分钟内，讲述同一个故事。

大多数人很难准确判断自己讲了多久。对于正在练习的讲述者来说，他们原本打算讲述一个十到十二分钟的故事，然而在首次尝试后常常会惊讶地发现，讲述竟然持续了二十六分钟。他们可能会说："但我感觉没讲那么久啊!"如果你需要在规定的时间内完成故事，却发现自己的讲述时间过长，我们建议使用计时器。在讲述时，寻找那些可以压缩的部分。哪些内容能用更简洁的语言来表达?能否将两个句子合并成一个?或许，你并不需要那么多的描述，一句话足矣。通过几次配合计时器的练习，你会逐渐学会如何更有效地使用词汇。学会感受时间的长度，将有助于你将故事的讲述时长控制在既定的时限范围内。

另一个在预定时间限制内讲述故事的技巧是将你的故事分成几个部分。你该如何分配开篇、主体和结尾的时间呢?不妨将你的时间限制视作一项预算。假设你有十分钟来讲述故事，你将如何分配这些时间?比如，用两分钟来铺垫背景，大约五分钟来展开故事主体，然后用三分钟来收尾?请合理规划你的时间!如果你在铺垫部分就花费了八分钟，那么留给故事核心部分的时间就只剩下两分钟，这显然是不够的!在一个十分钟的故事里，你应该在最初的几分钟内就铺陈好故事的利害关系。再利用剩余的时间来完成故事的脉络并收尾。通过自我检查和打磨调整，你需要练习在预定的时间节点上讲述故事的相应部分。最后，将故事的所有部分整合在一起。

我们常用"关键选择"这个词来描述故事的打磨调整过程。精心修剪会使故事变得更加紧凑有力，正如剪去多余的枝条后，玫瑰会显得更加娇艳。请务必去除那些可能导致故事偏离主线的元素。

> **为您的健康祝福，干杯！** 在 16 世纪，人们习惯在酒杯底部放一小块吐司（以提升葡萄酒的口感）。在向某人敬酒时，人们会喝到杯底的吐司。还有一个习俗是敬酒后将酒杯投入壁炉。如今，这种习俗已经演变为只需举杯并简短致词。在被邀请致祝酒词时，通常认为讲一到两分钟为宜，最多不超过三分钟。简短而精练的祝词是最佳选择。（想想葛底斯堡演说①，它仅用了大约三分钟，却改变了一个国家的命运。）在其他社交场合中，我们同样建议把讲故事的时间控制在三分钟以内，这样可以让更多人有机会参与分享。

你可以重新审视你的"精髓句"。如果某个细节或场景显得格格不入，问问自己它是否能支持你的精髓句。它是否与你故事的最终主题相关？它是否推动了故事的发展？整个故事的叙事脉络是否清晰？

在排练时，通常保持故事稍短一些会更好。因为在正式演出中，由于肾上腺素的激增以及听众的热情和反应，尤其是当故事带有幽默元素时，故事的讲述时间往往会比预期的要长。

## 使用合适的时态

通过编辑飞蛾故事会的作品集，我们得以清晰地阐述书面语言和口头叙述的一个关键差异：时态的使用。

---

① 葛底斯堡演说（The Gettysburg Address）：美国第 16 任总统亚伯拉罕·林肯最著名的演说之一，也是美国历史上被引用最多的政治性演说。演说发表于美国南北战争期间，对美国产生了深远的影响。——译者注

写作时，我们通常会通篇使用一个时态。然而，当我们记录下讲述者们实际的口语表达时，我们注意到，许多优秀的讲述者在叙述中不断地变换时态。这种变换在音频或现场体验中往往不易被察觉，但在书面文字中却显得格外突出。我们的前任编辑建议我们"选择一个时态并始终遵循"，这似乎很有道理，因为它符合我们所学的写作规则。我们曾尝试遵循这一建议，但很快发现，这样做会削弱故事的生动感和现场感，还会使我们感受不到讲述者们的自然状态，以及那种仿佛与他们同在现场的沉浸体验。

在现场讲述中，你可以根据需要自由地变换时态，这比书面表达来得灵活。通常，人们在谈话中会在各种时态间跳转。这是人们的自然语言习惯，我们无须过度分析。然而，作为讲述者，你可以有意识地利用时态，将其作为定义或塑造故事中关键时刻的工具。

让我们再次聚焦于卡尔·皮利特里的故事，他叙述了自己在福岛核电站1号反应堆工作期间突遇地震的情景。他的叙述起始于过去时态（对于语法爱好者而言，更准确的说法是过去进行时态）。

当时我们正紧紧地相拥在一起，以应对每一次地震的冲击。我们三个成年人，仿佛变成了三个孩童，紧紧依偎。我开始大声地为我们所有人祈祷。与此同时，我左边的日本同事也在用他的母语轻声祈祷。我们站在那台巨大的涡轮发电机前，它在1号反应堆产生的蒸汽推动下，正以每分钟1 500转的速度旋转，我们与它仅几步之遥。

然而，在一个故事发展最紧张的时刻，他突然转换到了现在时态。

当涡轮以满负荷的功率运转时，它发出的声响引起了我的警觉。我逐渐意识到，那声音似乎预示着它即将崩溃，即将爆炸，我们会被冲击波猛烈地推向墙壁。仿佛是为了激发并证实我的恐惧，我在一片漆黑中听到了我的美国同事在远处绝望地大喊："它要爆炸了，真的要爆炸了。"

像卡尔一样，许多优秀的讲述者通过变换时态来吸引听众的注意力。他们可能起初采用过去时态来叙述，但在故事的关键时刻，他们会转换为现在时态，让我们仿佛置身于现场。现在时态的运用，犹如电影中的变焦效果，将我们的视线直接聚焦于行动的中心，同时向听众传递出这一部分的重要性，提示他们需要格外留心。

另一个典型的例子是朱妮·贾米森，她在年仅十六岁时，就向人们讲述了她的故事《变革理论》。

[叙述从过去时态开始] 我从未设想过自己会置身险境去援助他人。然而，事实证明，我并不需要这么做，因为紧接着 [突然转为现在时态]，我的后门砰的一声被撞开，一位十九岁的青年捂着流血的脖子冲了进来。他反复焦急地说："我中枪了！你能帮帮我吗？你能帮帮我吗？"我只是回答："当然可以！"

随着一个受伤流血的男子闯入房间，她的话语切换到了现在时态，让我们瞬间置身于他们所处的紧张场景之中。

请留意，过度调整像时态这样自然的语言元素可能会让听众感觉被操纵。在处理时态时，一个实用的准则是，你的故事应该听起来如同向朋友讲述般自然。直接从现在时态开始可能会显得过于戏剧化，更像是一场个人秀，而不是亲密的故事分享。虽然以现在时态开篇可能显得颇具胆识，但它可能会改变你与听众的互动，产生一种微妙的隔阂。如果某人以"我正站在一个被战争摧毁的城市中心"这样的句子开始讲述，可能会给人一种在听觉上复现场景的印象。这样做存在着巨大的风险——听众可能会将你视为一个演员，并据此评价你。

此外，采用现在时态作为故事的开端有时会引起听众的困惑。比如，当一个中年男子开场就说"我现在六岁，这是我第一天上幼儿园"，听众的大脑会不由自主地对这种表述产生怀疑。虽然他们很快就会意识到这是一种叙事技巧，但关键在于，这种技巧可能会让人感到不适。尤其是当这种技巧出现在故事的第一句时，讲述者后续需要更加努力才能俘获听众的心。

当一个看起来二十多岁的讲述者开场便说"我现在十七岁"，这尤其会让听众感到迷惑。他们会疑惑：真的吗？你看起来比十七岁要成熟一些……这会让他们稍作停顿，试图理解这句话，而在这短暂的停顿中，他们可能会分散注意力，错过你紧接着所说的一系列内容。在这种情况下，直接说"我当时十七岁"会更好。开篇采用过去时态能够更好地引导听众进入故事情境。

在叙述故事的过程中，你会自然而然地调整时态。无须刻意追求时态的一致性，让时态随着故事的发展而自然变化吧！

## 重复产生强调

当某个元素对故事至关重要时，不妨通过重复来让它更加突出。由于听众没有文字可以参考，你需要采用其他方式来突出重要信息。如果某个要点尤为关键，不妨用几句话来着重阐述，确保听众能够捕捉到这一重要信息。你还可以放慢语速来传递这一信息，仿佛在说："注意了，这可是重点！"或者，为了加强效果，直接重复那个细节。

> 我投入了一万个小时去练习——一万个小时！

> 在路的尽头，我们看到了一具尸体——一具尸体！

重复有时相当于以一种方式在问："你听到了吗？"当故事中的某个细节对整体理解极为关键时，这种手法尤为有效。如果听众在第一次听到时未能捕捉到这个细节，他们在理解故事的后续部分时可能会存在困难。因此，确保他们能够准确接收到这一信息至关重要。

在《监视》这个故事里，米凯拉·墨菲运用了重复手法，以确保听众能够领会到一个对理解整个故事至关重要的细节：她发现自己的叔叔艾尔有一只玻璃眼睛。

> 然后，我那从不与我们嬉戏的叔叔艾尔，破天荒地加入我们，一起在水中玩起了斗鸡游戏。他将女儿艾琳（我的表姐）扛上肩头，而我则跳上了表哥凯文的肩膀。我们就这样沉浸在欢乐的家庭氛围中，嬉戏着，不时有人跌入水中。
>
> 就在这时，我无意中用脚猛地踢到了叔叔艾尔的头部，力度之大出乎意料，结果他的眼球竟从眼眶中弹出，落入水中沉没。
>
> 是的，他的眼球就这样从头部弹出，沉入了水底。

## 辞藻无须华丽

虽然华丽的语言和繁复的措辞颇具吸引力，但它们并非故事中的必需品。叙述时应如日常对话般自然，不必刻意追求书面语的文雅。这样做将使你成为更出色的故事讲述者，并可能会帮助你以一种全新的视角看待你的写作。

**亚当·戈普尼克，《纽约客》杂志撰稿人及飞蛾故事讲述者：**我觉察到，自己在某些方面（实际是在各种方面）变成了一个对文字过于雕琢的作者。换句话说，那些学识的装饰和点缀开始遮蔽我直白叙述事件的能力。我相信写作是一场追求完美的旅程。我们期望每个句子都能熠熠生辉，拥有其独特的平衡、结构和吸引力。但故事的讲述并非如此。故事在传递中它能够包容许多粗糙之处，只要你所传达的信息具有深远的意义。而故事的这种包容度并不适用于写作，因为读者对瑕疵是零容忍的。在故事中，听众无法容忍的是不真诚。

唯一能令听众对故事讲述者失去热情的，是他们的讲述表演痕迹明显或缺乏感情。要么在简练的言辞中捕捉诗意之美，要么索性摒弃诗意，用更坦率直接的方式去讲述故事。

> **雷·克里斯蒂安，飞蛾故事讲述者：** 无论你本色如何，无论它有多少瑕疵，也无论它有多独特，请务必保持你的本色，真诚而坦率。越是刻意装扮，你的故事在听众心中就越显得平淡无力。即便言语无懈可击，若非源自你内心的真挚并带有当时的情感强度，故事也无法打动人心。只有真挚才能让故事的魅力得以绽放。

## 请勿滥用粗口

故事应当忠实于你的自然表达，但若你的言辞宛如昆汀·塔伦蒂诺电影中的对白，那么就需要顾及听众的感受。有些人紧张时往往更易爆粗口，这可能会让听众感到不适，因为他们并不习惯于频繁的污言秽语。你是否愿意承担失去听众的风险？如果不愿意，能否适度降低粗口的使用频率？传统智慧告诉我们，适时的粗话能够增强表达效果。确实，有时候似乎只有那个词才能恰如其分地传达情感！但切记，不要像使用标点一样滥用它，以免削弱了它的冲击力。

> **珍妮弗：** 我的祖母仅在我面前说过一次"该死"。那是在她跪着擦洗厨房地板之际，而我第四次穿着泥泞的靴子从其中穿过。那句"该死"至今仍在我心中回响，极具震撼力。她神情严肃，仿佛动用了她的终极武器。那一刻，我深

刻体会到了语言的力量。

参考一下乔恩·班尼特的故事《咒骂!》。故事中描绘了一位父亲，他始终坚守着不使用任何粗俗言语的原则，并且总是以一种清教徒般的严肃态度纠正周围人的不当言辞："那种措辞完全没有必要！"但是，当他遭遇一个极端的情境，终于忍不住爆发出一句咒骂时，听众们的反应是喜出望外。那一刹那的粗口，用得恰到好处，令人捧腹。

一位来自路易斯安那州的不拘小节的男士，曾分享过这样一种感受：每当有人在闲聊中突然爆粗口，他就像是被狠狠地打了一记耳光。或许你有意用污言秽语去给人一记"耳光"，这当然可以，但请记住，这样的"耳光"或许只能打一次，因为别人可能会因此而退缩、变得冷漠、停止倾听，甚至彻底离开。如果你想要触及更广泛的听众，那么或许你应该考虑选择其他的词汇。此外，你还可以通过一些巧妙的方式暗示粗话，而不必直接说出那些字眼。（例如：真他……，我是这个意思吗？）

在希拉·卡洛韦的故事《真正的正义》中，她描绘了自己在极度沮丧之际，情绪失控，说了一些粗话。她并没有直接透露她所说的具体内容，而是采用了这样的叙述方式：

> 我内心深处明白，那位法官绝不会给予这个孩子一个能够清除犯罪记录的缓刑机会。随着时间的推移，我的挫败感愈发强烈。每当我与检察官讨论此事，他那得意扬扬的态度只会让我更加愤怒，他总是这样说："他犯了罪，就得承担后果。"他不断地重复这句话，愤怒在我心中不断积聚，直至我突然失控，猛地放下手中的文件，手指直指他的脸，我斥责他不懂正义的真谛，你这个哔哔嗒嗒，哔哔嗒嗒，哔哔嗒嗒……（此处略去若干字）。

当时，法庭内座无虚席，律师、我的上司，还有我那无助的当事人，都在目睹这一切。然而在那一刻，我不在乎是谁在看。我唯一想的是：这是错误的，这是不公正的。

**当你大声练习讲述故事时，需要注意以下几点：**

● **站起来！** 在练习讲述你的故事时，站起来是一个关键的动作。它能够引起身体和心理上的直接反应，还能以独特的方式激活大脑。得克萨斯农工大学的研究人员对三百名使用站立式书桌的学生进行了调研，结果显示他们的认知参与度提升了12%。事实证明，那句老话"站着思考更好"是对的。

● **尝试抛开提纲。** "我太紧张了，我需要笔记！"我们明白，在初始阶段，笔记是你的依靠。然而，随着练习的深入，你应当逐渐尝试摆脱对笔记的依赖，哪怕你尚未做好完全的准备。直面那些让你跌跌撞撞的部分，将它们一一克服。依赖笔记可能会让你产生一种不真实的安全感，而且，使用笔记时故事总是变得更短，这样你就无法准确把握自己的讲述时长。

● **在这个阶段，你的故事或许尚未完全成型，但不必过于焦虑。** 当你开始尝试摆脱文稿的束缚时，可能会在讲述完一个段落后感到迷茫，不知如何继续。这很可能表明你的故事缺少了串联各个部分的关键节点（踏脚石）。现在，你已经意识到了这一点，是时候退一步，深入思考哪些核心时刻能够将故事的每个环节紧密相连，塑造出故事的整体轮廓。

● **留意你在何处迷失方向。** 在初稿的练习阶段，留意那些你失去线索或走神的时刻，这通常意味着故事在结构或情感层面存在问题。可以尝试调整顺序吗？故事背后的更深层次真相是什么？是否存在一种更为简洁的表达方法？有时候，那些你总是忘记提及的细节，可能并不关键。潜意识其实是一位出色的编辑，它可能自动删除了那些不重要的部分。如果你发现自己反复陷入迷茫，那可能是因为你在结构上运用了太多复杂的手法。不妨回归到顺叙的叙事结构，体验一下这种改变带来的不同感受。

● **强化利害关系**。如果你发现故事有些乏味，或者在讲述完毕后你会自问"那又如何？"，那么你可能需要强化利害关系！故事中的紧张时刻在哪里？你是否需要在这一点上加深描写，或是提升强度？你面临的风险是什么，这一点在故事的背景设定中是否明确？听众是否有值得投入的情感点？你可以告诉我们你希望在雨中保持干燥，而一旦我们得知你未经姐姐允许就穿上了她全新的麂皮靴……那么，雨中保持干燥的利害关系就大大提升了。

● **留意那些与你个人风格不符的部分**。在你的叙述中，是否有某些段落让你感到不自在，或者听起来并不像你平时说话的风格？调整它们！随着你对自己作为故事讲述者的认识逐渐加深，你可能会逐渐发现那些与你个性相契合的自然表达方式，比如某些特定的短语或语调节奏。

● **专门练习故事的结尾**。通常，我们会更多地练习故事的开头，因为我们可能在淋浴或上下班的路上就开始练习，但往往会被电话铃声或路边的小猫打断。这时，你可能会问："我讲到哪里了？"然后不得不重新开始。务必花些时间精心打磨并反复练习如何收尾。你可以从故事的中间部分开始练习，逐步走向高潮和结尾。

● **若你感到难以割舍那些精心撰写的文字，不妨尝试用全新的词汇来重述你的故事**。虽然这可能需要更多的时间，但这个过程将帮助你确认自己对故事的深刻理解，并让你认识到，讲述故事的方式多种多样，关键在于能够准确传达其内涵。

### 向他人讲述

故事讲述者时常忧虑，担心反复练习讲述会使故事失去新鲜感。的确，故事在不断重复中可能会逐渐显得平淡无奇。然而，我们有时会鼓励讲述者，告诉他们必须经历一个"由好转坏"的过程，之后才能不断转好。也就是说，练习到感觉有点疲惫是正常现象，这是因为故事正在融入你的内心深处。正如钢琴老师要求你练习音阶，是为了在即兴演奏时，你能够自如地触及每一个音符，并且确信自己能够准确无误地演奏出来。当你面对一群人讲述时，故事会重新焕发生机。正是通过不断的重复，你才能深入理解你的故事，最终在他人面前讲述时挥洒自如。你对故事的节奏掌握得越熟练，就越能在讲述中发挥自如，同时轻松应对听众的反应。

现在，我们面临一个展现自我脆弱的时刻：向他人倾诉心声。紧张感油然而生！但是，如果你的目标是将这个故事讲给一群人听，不论是工作汇报还是婚礼上的祝酒词，首先向一个朋友讲述都会大有裨益。因为朋友是初次倾听你的故事，他们往往能提供你迫切需要的反馈。（如果这仍旧令你感到压力巨大，你甚至可以录下自己讲述的情景，之后再回放倾听。）讲述时随意些是最理想的状态！就把它当作一次对初稿的练习吧。

你一定听说过"熟能生巧"或"练习成就完美"，而一个接近"完美"的故事，只有当讲述者在舞台上充满自信、准备周全，并且完全沉浸在那一刻时才能呈现。讲故事通常给人一种即兴发挥的感觉，但实际上并非如此，这一点你可能已经猜到了。

## 关于讲述方式的说明

在排练的过程中，我们到最后才会关注讲述方式。尽管我们不希望你像表演一样讲述故事，但为了更好地完成讲述，你需要注意一些特定的事项。

● **请记住，你对自己的故事了如指掌，无人能及。** 如果你在讲述中迷失了方向，不必紧张，深呼吸一下就好。如果你弄错了某些事情，坦诚面对，回溯一下，补充一些细节，听众会更加喜欢你的真实和自然。毕竟，这些经历是你亲身体验过的。只要回想：按时间顺序故事接下来发生了什么？就从那里继续讲起。至于那些你忘记提前铺垫的部分，直接告诉我们你忘记提及的内容吧！

● **不妨在开口前做一次深呼吸。** 享受这一刻。记住，听众主动来到这里，他们期待听到你的故事，他们正敞开心扉仰望着你，所以无须感到紧迫。

● **提到紧迫感，思考一下故事中每个部分的叙述速度。** 如果整个故事都以一成不变的速度讲述，它可能会显得单调乏味。不要赋予故事中的每个瞬间同等的重要性！故事就像一首歌，它要有起伏变化；它不是节拍器，只是机械地维持节奏。在那些严肃或戏剧化的情节，或者包含大量关键信息的部分，你可能需要放慢语速。当然，如果你的故事中出现了混乱或激动人心的场景，你可以适当加快叙述的节奏。

● **沉默的重要性不亚于言语。** 讲述故事的节奏中，适时的停顿至关重要。一次深呼吸不仅能够起到突出的作用，还能让听众明白哪些部分最为关键。在故事中的重要转折点后稍作停顿，有助于听众消化刚刚听到的事情。给重大事件适当地留出空间，可以增加它的分量！写作时我们用段落来组织思想，而说话时，我们通过停顿来用声音划分段落。适时的停顿可以向听众传达我们正在转换话题或场景的信号。在你回溯过去或跳跃到未来之前稍作停顿，可以让听众有机会跟上你的思路。

● **表演与故事讲述不是同一种艺术。**有时候，如果讲述故事时的"表演"色彩过于浓厚，可能会让听众分心。适当地使用手势是完全可以接受的，毕竟我们不是机械式的讲故事机器人，但全身心地重演故事则属于另一种艺术形式。飞蛾风格的讲故事更像是一种"现场纪录片"，而不是长篇的肢体喜剧、表演或者哑剧。如果你平时不习惯用手势来辅助讲述，那么现在也不必刻意这样做。

● **分享对话时，把"我说""她说"等放在引语之前。**这是我们日常对话中的自然表达方式，但与我们写作时的习惯相反。因此当故事讲述者尝试颠倒这个顺序时，他们往往会显得过于书面化。而一旦在叙述中明确了说话者的身份，还可以完全省略掉"他说""她说""他们说"等语。

观察这些句子的区别：

"尼娜多大了?"我问。

"五岁。"她回答。

如果调整一下顺序：

我问："尼娜多大了?"

"五岁。"

这样读起来会更加流畅，也会让你的故事听起来更加自然。

● **使用第一人称"我"，而不是第二人称复数的"你们"。**有时讲述者会过度使用"你们"。让故事深植于你个人的经历，而不是泛泛概括。泛泛概括可能会使你在潜意识中远离更强烈的情感，也可能使听众产生距离感，让他们从故事中抽离出来。比较一下基里·贝尔的故事《天生的母亲》的两个版本。她本可以这样讲述：

身为父母，你们总是觉得孩子对你们的看法无关紧要。你们的职责是陪伴他们，给予他们爱。他们的选择完全由他们自己决定。然而，你们会意识到他们对你的爱有多深。

她实际上是这样叙述的：

> 身为人母，我始终认为孩子对我的看法并不重要。我的职责是陪伴他，给予他爱。他的选择完全由他自己掌控。但我意识到我儿子对我的爱有多深，因为，想到可能再也见不到我时他伤心欲绝。

● **使用第一人称单数"我"，而非复数"我们"。** 运用"我"而非"我们"的表述方式，能够使故事更加贴近个人经历。你的真实体验可能并不适用于"所有微生物学家""所有洛杉矶居民"或"所有单身女性"。你的故事只是提供了一个让你为自己发声的机会。

● **重现记忆。** 当你描述一个特定的时刻，尤其是那些深刻烙印在记忆中的时刻时，试着让自己回到那个时刻，或者用我们的话来说，"沉浸在那一刻"。在讲述的过程中，让它在脑海中生动再现。一个新细节可能会突然涌现，让你的叙述更加生动丰富！你可能会发现自己在体验那一刻的情感，而它将反过来影响你的讲述。

● **切勿过分夸大某个时刻。** 尽量避免使用"然后发生了最不可思议的事情"或"然后她说了最搞笑的话"这样的表述。通常情况下，当你把某件事标榜为"最什么"的时候，它往往会显得平淡无奇。听众可能会想，那并没有那么不可思议，那并没有那么搞笑。这与人的本性有关，人们通常不喜欢被告知该做何想。当你这样设定情境时，听众会立刻产生抵触，我会自己判断！如果你放弃这种断言，只是直接陈述事实，大多数情况下，你的听众会认为那确实是最不可思议或最搞笑的事情！

● **避免剧透！** 不要在事情发生之前就透露结局。人们常常会说：

"然后发生了一件将永远改变我生活的事情。"这就像提前泄露了故事的结局。虽然你可能觉得这样很有戏剧性，但实际上它可能会削弱故事当下的张力。在那一时刻到来之前，没有人告诉你它会永远改变你的生活；试着按照它对你展开的顺序来讲述，这样你的听众就能体验到和你当初一样的惊喜与悬念。

● **警惕那些填充性词汇。**

■ **"你明白吗?"** 人们在准备下一句话时常常用一个词来停顿。"嗯"和"像"是最常用的。意识到自己有这样的习惯是好事，因为当"像……对吧?"或"实际上"这样的表达出现第二十次时，它就会变得有点乏味，并最终让听众感到厌烦。

■ **"你知道吗?"** 不，我们不知道。我们可能了解你故事的主题或情境，但我们并不知道你的故事。这就是我们倾听的原因。也要避免使用以下这些短语：

"你能想象到……"——我能吗?

"……是不言而喻的"——真的吗?

"你明白的……"——我明白吗?

通常，讲述者甚至没有意识到自己在说这些话。保持警觉，你就可以避免使用这些短语。

■ **"所以……"** 如果每有一个讲述者以"所以"开头讲一句话，我们就能得到一枚硬币，我们就会有——一大堆硬币。以"所以"开头是人们通常意识不到的另一个讲话习惯。一些讲述者会自然使用这种方式来占据空间，分享他们的声音，而不需要对房间中的任何话语、思想或情感做出承诺。请放心，听众不会过分挑剔你的。不过，只需要花一点时间，集中精神，你就可以避免这样开头。记住你的开场白，并自信地说出来。你会表现得非常出色。

● **不要在临近演出时才进行练习。**我们注意到，如果你在演出前不久才开始排练，那么在真正讲述时可能会遗漏一些内容，因为你可能会误以为自己已经说过了（实际上你是说过，但那是几个小时前的事了！）。

**故事讲述的文化差异。**飞蛾在全球范围内开设个人故事工作坊，面向所有人开放。一个由十二人组成的工作坊中，可能汇聚了来自十二个不同国度、信仰各异的人。（在某些时候，我们甚至见证了来自交战国的人们同处一个故事讲述小组。）因此尊重在飞蛾故事会中拥有至高无上的地位。经过多年的经验积累，我们认识到，不同文化背景下的故事讲述艺术，可能与飞蛾所倡导的风格大相径庭。

在一次工作坊上，一位医生讲述了她医疗生涯初期的一段惊心动魄的故事。在故事的初稿中，她回顾了自己在埃塞俄比亚一个既享有特权又给予她支持的家庭中作为长女的成长经历。她向父亲表达了成为护士的愿望，父亲却鼓励她："为什么不努力成为一名医生呢？"她随后叙述了自己走向医学领域的旅程。故事的高潮发生在她在本地医院的第一天巡视中。她穿过旋转门进入病房，目睹了一幕令人心碎的场景：数十名女性因非法堕胎而处于极度痛苦之中，且都在接受重症监护。她从未经历过这样的场景，也从未意识到自己社区中有些女性为了终止意外怀孕而秘密堕胎，甚至不惜冒着生命危险。

在工作坊的排练过程中，从她刚进入医院病房的这个场景开始，讲述就意外地从第一人称单数"我"变为了复数"我们"。她虽然生动地描绘了那一幕，但叙述的视角却来自所有新医生，而非她个人的体验。在我们听来，她故事中角色的独特性消失了。

当我们指出这个问题时，她解释说，在她的文化里，使用第一人称"我"被视为一种炫耀，过于张扬。人们通常不会讲述关于自己的故事。她提到，将焦点放在个人身上，而不是整个社区，被认为是一种自恋行为。然而，她决定在工作坊的这个练习中尝试采用个人视角，以此来探索她自己的视角和内在动机。

飞蛾式的故事讲述艺术仅是众多感人叙事手法中的一种。工作坊结束后，我们鼓励参与者挑选出对他们未来讲述故事最有益的工具。在阅读本书的过程中，采纳那些对你有所裨益的部分，摒弃那些不适合你的。讲述那些只有你才能诉说的故事，并且以一种真诚且忠于自己的方式去分享它们吧。

**为逝去之人的故事留出空间：** 食物和鲜花虽好，但有时对正处于哀悼中的朋友来说，最有意义的事情是为他们提供一个分享关于他们逝去亲人故事的空间。直接广泛地征集故事可能会让人感到不知所措，因此不妨从小处着手——询问一个习俗、一顿难忘的餐食，或者是什么曾让他们开怀。这样，你可以让他们暂时走出悲痛，也许还能唤起一段记忆，为他们的哀伤带来一丝光明。让这些故事相互叠加，彼此丰富。听到其他人讲述他们所爱之人的故事，你的朋友可能会因此感受到心灵上的慰藉。

**凯特：** 我母亲生日那一天对我来说总是很难熬，所以去年我给高中的朋友们发了短信，请求他们分享一些关于她的回忆。那一天，我收到了许多温馨的小故事：她制作的美味鹰嘴豆泥，她对塞尔吉奥·门德斯《巴西之旅》专辑的酷爱。我最喜欢的回忆是什么？有位朋友说，他第一次向成年人坦白自己的性取向，是对我母亲说的。这让那一天变得格外珍贵。

**来自引导员的提示**

● 当你首次将心中的故事娓娓道来，它会如同一条蜿蜒的河流般漫长，因为你正沿着记忆的轨迹追溯。无须担忧！在叙述的过程中，仔细聆听自己如何将这些片段编织成章。每个部分是否各得其所？它们是否如同行云流水，自然地融为一体？

● 在叙述中留心那些可能需要删减的部分。是否有重复的表述或过多的细节让人感到迷惑？是否总有那么一处，你每次都说得磕磕绊绊，其实可以不必纠结？有没有哪些着墨较多的地方可以被压缩？随着你讲述的次数越来越多，你会变得越来越熟练，对话语的运用也会越来越得心应手。

● 不必急匆匆地奔向故事的结尾。在某些特定的瞬间，让我们慢慢品味；故事需要加速时，再随之加快步伐。在那些静谧而充满思考的时刻，让我们沉浸其中；而当欢笑降临，就让我们尽情地享受这些欢乐时光！

● 请铭记，故事是有生命的！每次你向人诉说，它都会呈现出不同的风貌。故事的时态或许会随之变换，或者在追忆一些时刻时，某些细节会突然跳入你的脑海。故事讲述并非简单的背诵。

● 寻找一位可靠的倾听者，让他们听你从头到尾讲述一遍你的故事。向他们提出你曾经自问的问题：故事中有没有令人迷惑或令人分心的地方？有没有某些情节显得无关紧要？（当你讲到山羊的故事时，你是否发现自己开始心不在焉？）他们是否需要更多信息来更好地理解故事？即使没有其他改进，与一位值得信赖的听众进行一次完整的演练，至少可以提升你的自信。

# 第十章　整个世界是一座舞台

　　几年前，我们在底特律举办了一场主舞台演出。剧院的舞台经理不断询问我们需要多少毛巾，他显得颇为紧张，手中紧握着几块白色毛巾，迫切地想要知道是否还需要他去寻找更多。我告诉他，我们不需要毛巾。随后，主管也来询问："我们有五十条毛巾，你们还需要更多吗？"我向他表示感谢，并告诉他，飞蛾只需要一个立式麦克风，不需要其他。我们所需设备之简朴让他大吃一惊。（后来得知，疯狂小丑乐队常在那个舞台上演出，他们之所以需要毛巾，是因为他们的演出充满活力，常常大汗淋漓。）然而，在飞蛾的舞台上，我们从不备毛巾。或许你在讲述故事时会微微出汗，但在过去的二十五年里，从未有人真的需要使用毛巾！

——莎拉·奥斯汀·詹内斯

　　飞蛾的主舞台演出遍布全球，从悉尼歌剧院这样的地标性建筑，到旧金山金门公园的自然风光，再到纽约林肯中心的艺术殿堂，还有塔吉克斯坦的露天剧场、斯德哥尔摩的洞穴、内罗毕的肯尼亚国家剧院，甚至还包括联合国的大厅。

　　讲述者们坐在观众席最前排，主持人会依次邀请他们走上舞台。他们在舞台中央讲述自己的故事，然后重返座位。这种做法让我们感觉到，讲述者们并非在表演，而是在分享他们的亲身经历。在这里，没有隔阂，讲述者与听众之间没有"他们"与"我们"之分。我们是一个整体。在座的每一位听众，都有可能成为下一个故事讲述者。

人们常说："哦，我怎么可能在飞蛾舞台上讲故事呢，我又不是演员。"对一些人而言，仅仅是想象自己成为众人的焦点就足以令他们胆寒。你可能害怕会忘记要讲的内容，说出一些不当的话，或者听众并不关心你的故事。然而，当你勇敢面对并克服这些恐惧时，你就足以让自己与听众共鸣。

其他以第一人称呈现的剧场形式，如歌舞杂耍和独角戏，常常让人们以一种夸张的方式"演绎"自己。音乐、道具和灯光等制作元素可能会让一个人的故事在舞台上更具戏剧性。这样的表演方式或许充满魔力，能够带领观众进入另一个世界，触动人心，这也是我们热爱现场表演的原因——但这并非飞蛾的追求。我们不希望你"演绎"自己，我们希望遇见真实的你，不加修饰的你！无须化妆，无须设计舞蹈动作，无须深深鞠躬。

飞蛾的演出以及各种形式的个人故事分享，吸引了那些渴望心灵之旅的听众。我们能有多少机会听到陌生人内心深处完整而成熟的故事呢？有时，一些故事与听众的经历有时有相似之处，有时则截然不同。我们又有多少机会能以他人的视角，体验他人的生活十分钟？或者说，我们能有多少机会来重新审视自己长久以来的信念？

那些富有魅力的故事讲述者往往能够通过引发听众共鸣的能力，营造出一种亲密的氛围，使得整个空间仿佛因他们的故事而变得温馨而紧凑。当在三千人的面前讲述时，你的目标是让每一位听众都忘记周围的其他人，仿佛你是在对他们单独讲述一样。哪怕你只是在向两三个朋友讲述故事，这一原则同样适用。

**阿巴斯·穆萨，飞蛾故事讲述者：** 不必追求完美无缺的措辞，也不必担心你的表现是否符合舞台标准，因为你并不是在戏剧中扮演某个角色。无须质疑你的故事是否足够精彩，或者他人会如何看待。故事讲述远超这些表面的东西。你的故事独一无二，正如其他任何一个故事一样，所以请专注于重新体验那个特定的时刻或事件，并将你的情感转化为话语。这既是赋予故事最佳演绎的关键，也是听众的渴望。

在飞蛾，我们的布置简单却充满深意：始终只有一只立式麦克风。这只麦克风就是故事讲述者的支柱，也使舞台上唯一的讲述者成为中心，吸引听众的全部注意力。我们不安排任何道具，没有舞台布景，没有幻灯片的演示，也没有灯光变换。我们故意不依赖任何制作元素，因为我们希望讲述者和他们的故事能够独立发声，自己讲述自己的故事。

飞蛾舞台上最重要的规则是：切勿触碰麦克风。对麦克风的任何调整或紧抓支架都会分散听众的注意力，并且可能干扰声音质量。与单口喜剧演员不同，飞蛾的故事讲述者不能通过移动麦克风来释放他们热烈的、紧张的或愉悦的情绪。你必须通过故事来传达你的感受。没有可以逃避的地方，也没有能够隐藏的角落！

我们发现，那些能够自如地操纵麦克风，甚至让它随着节奏摇摆的人，往往会给听众留下专业演员的印象。听众可能会认为"这似乎是场表演"，更不堪的推想可能是，"他最后不会是想向我推销吸尘器吧？"当你引领听众进入故事的世界时，要确保他们感受到这个故事是源自你内心深处的真挚表达，而不是某种程式化的表演。

曾经，我们为说唱团体大嘴跑火车乐队的创始人兼主唱达瑞尔·麦克丹尼尔斯破例。但在首次登台讲述自己的故事之后，他告诉我们，他更愿意像其他所有人一样，只保留一个立式麦克风。自那以后，我们常开玩笑说，如果达瑞尔·麦克丹尼尔斯都能遵守这个规则，那么其他人当然也能做到！

能让听众卸下防备的只有讲述者的真诚和袒露自身脆弱的勇敢。你能想象存在这样一个地方吗？在那里，达瑞尔·麦克丹尼尔斯从不取下支架上的麦克风，约翰·特托罗①不扮演任何角色，克里斯蒂安·麦克布莱德②不带他的低音提琴，佩恩与特勒组合③中的特勒真的开始说话了，或者莫利·林沃德④不再将我们青少年时期的焦虑情绪具象化。这个地方就是飞蛾故事会。

或许你从未梦想过要登上飞蛾的舞台；也许你阅读这本书只是为了学习如何在职场或晚宴上讲述故事。无论你计划在何处分享你的故事，我们建议你独自前往：不需要华丽的装饰，不需要繁复的技巧。只需有你，直接而坦诚地讲述。

---

①　约翰·特托罗：美国著名演员、导演、编剧、制片人，参演电影包括《蝙蝠侠》《变形金刚 5：最后的骑士》《我的母亲》等。——译者注

②　克里斯蒂安·麦克布莱德：获奖无数的爵士低音提琴手、乐队领队、作曲家、制作人、教育家以及广播节目主持人，在爵士乐界有着深远的影响力，并且以其多样和创新的音乐生涯而闻名。——译者注

③　佩恩与特勒组合（Penn and Teller）：一对美国魔术师组合，由佩恩·吉列特和雷蒙德·特勒组成。这对搭档以其独特的魔术表演而闻名，通常在表演中只有佩恩发言，而特勒则通过肢体语言和默剧来进行表演，这成了他们标志性的风格。——译者注

④　莫利·林沃德（Molly Ringwald）：美国女演员，在 1980 年代的青少年电影中扮演了多个标志性角色，尤其是在约翰·休斯（John Hughes）编剧的几部电影中，如《早餐俱乐部》（*The Breakfast Club*）、《十六岁的花季》（*Sixteen Candles*）和《红粉佳人》（*Pretty in Pink*）。这些角色通常展现了青少年时期的焦虑、困惑和成长的痛苦。——译者注

## 应对紧张情绪

在飞蛾，我们邀请人们——其中许多人从未有过面对公众讲话的经验——站上舞台，面对成百上千的听众，分享他们生活中的故事片段。他们没有讲台、没有笔记、没有特效，只是依靠由他们生活中的真实经历编织而成的故事，去吸引大量与自己互不相识的听众。这就像是一场既紧张又充满期待的初次约会，同时还被以广播级的质量记录下来。它如同心理治疗中最深刻的自我揭露，只不过多出了赢得掌声的可能。

截至目前，你已经翻阅了许多篇章，上面写了许多关于分享个人故事所能带来的力量和振奋人心的快感。然而对许多人而言，分享故事的过程充满了恐惧。

人们常常因为害怕讲不好自己的故事而感到紧张。但好消息是：真正失败的唯一途径就是认为讲述故事只有一种正确的方法。你掌握着故事的所有答案，因此只有你的讲述才最具权威！

**丹·肯尼迪，飞蛾主持人及故事讲述者：**哪怕故事某个小片段的讲述没有完全如你所愿，你也会发现听众从你上台时就一直支持着你，因为你与他们是一体的，你们共同体验着这个故事。

**米歇尔·贾洛夫斯基，飞蛾引导员：**我热爱这项工作的原因之一是，它让我意识到每个人都只是普通人——这既让人感到谦卑，也使人备受鼓舞。我合作过的每一个人——无论是经验丰富的主持人还是专业的演员、音乐家和表演者——在登上舞台讲述故事时都会感到紧张。这是一个让所有人平等的平台，我因此非常喜爱它。它不断提醒我们，每个人都并不完美，都试图在人生旅途中找到自己的方向。只要你愿意敞开心扉，展现自己的脆弱，你就能讲述一个动人的故事。

请记住：感到紧张是很自然的事情！紧张感其实是好事，它表明你对故事讲述这件事很在意。

**谢尔曼·鲍威尔，飞蛾故事讲述者：**当我刚登上舞台时，我会让自己不去注意听众，这样我就不会感到不安。一旦我开始讲述并进入故事的节奏，我的精力就会被激发出来。而一旦进入这种状态，无论面对的听众是两个还是两千个，我都感觉如在家一般自在。

## 那么，我该如何应对紧张情绪呢？

在一场演出的彩排中，参与的人员有蓝调音乐家、知名记者、热情的糕点师和著名女演员，杰里米·詹宁斯站在房间前面，准备分享他的故事。故事涉及他在关塔那摩当监狱守卫时的复杂情感。当时杰里米被紧张情绪困扰，发现自己很难开始故事的叙述。

**杰里米·詹宁斯：**我几乎因恐慌的发作而感到窒息。我能感觉到那个小房间里所有人的目光都集中在我身上，我试图呼吸却说不出话来。凯瑟琳·特纳，一位经验丰富的女演员，也是我童年所看电影中的明星，坐在那里镇定自若，立刻建议我"发泄出来！去吧，摆脱它！"我开始跳跃，挥动手臂，发出奇怪的声音。她坚定不移地期待着我会讲述这个故事，我不能就这样逃避，这种想法帮助我渡过了难关。我设法坚持下去，讲述了我的故事，尽管过程很艰难。之后我在电梯里遇到凯瑟琳时，她没有提及我的崩溃，只是像对待另一位同事一样对待我。

到了演出之夜，尽管讲述故事依然不易，但听众的反响却出奇地好。中场休息时，许多人走过来与我握手，向我表示感谢。我为他们的善意和支持深深感动。还有几个人眼中含着泪水，向我倾诉了与我经历相似的个人故事，他们感激地发现，自己并不孤单。这让我感到解脱，也改变了我对自己故事中自我角色的看法。

既然每个人都会感到紧张，如果你无法得到凯瑟琳·特纳那样的支持，你该如何应对这种紧张感呢？

**香农·卡森，飞蛾主持人及故事讲述者：** 上台前的期待令人紧张不安。我真的不喜欢这种感觉，宁愿去做其他任何事情。我会想，我为什么要这么做？我本可以去享受比萨。我本可以去做任何事，而不是上台向人群讲述我生活中那些深刻、可怕而又可笑的事情。某时我突然有了一个顿悟：我正在做我应该做的事。我告诉自己，听众中一定有人需要听到这个故事。同时，我既是为他们讲述这个故事，也是为了我自己。我必须为此找到一个理由。如果做此事的意义只局限于在众人面前谈论自己，那我宁愿去吃比萨。

## 缓解演出前的紧张情绪

为了缓解演出前的紧张，有些人会进行一些具有个人特色的仪式。他们可能会在上台前听自己喜欢的音乐，或者享用一种特别的小吃，也可能选择完全不吃东西。有些人会选择喝一杯葡萄酒或者一小杯威士忌来放松（注意：仅限一杯）。

为了释放紧张情绪，有些人选择进行锻炼，以耗尽体内积蓄的能量；而另一些人则想办法让自己平静下来，远离内心的纷扰，比如享受一次按摩或观看一场日间电影。凯特的演出前习惯是去做美甲，这让她能够远离电子设备和无意义的忙碌。额外的好处是，当她在舞台上用手势辅助表达时，她的双手看起来格外美丽。

即使你并非完全自信，也要努力激发自己的勇气！正如诺琳·里奥尔斯在她的故事《爱我的间谍》中所提醒的，"勇敢并非意味着没有恐惧，而是面对恐惧的意愿，也可以说是面对恐惧的决心"。紧张是正常的，接受它，并以积极的态度看待它。毕竟，最坏的情况又能坏到哪去呢？提醒自己：我能做到！你还可以尝试用一条个人的口头禅来激励自己。

**西蒙·杜楠，飞蛾故事讲述者：**在一个阴雨绵绵的下午，我在斯特兰德书店无意中发现了一本朱迪·嘉兰①的传记……突然间，我找到了缓解紧张不安的良方。情况是这样的：朱迪过去有一种特别的应对舞台恐惧的方式。当她从化妆间走向舞台时，她会大声地、自信地重复一个有帮助的口头禅。这个口头禅是："见鬼去吧。见鬼去吧。见鬼去吧。"

朱迪用这种方式来拒绝被观众吓倒。她通过提升自己的信心来降低对失败的恐惧。当她走上舞台，打开她那传奇的歌喉时，她已经放下了所有的恐惧和负面情绪，准备好去爱她的观众，展现她的天赋，并与观众建立起情感上的纽带。

也许口头禅并不适合你，你可能更喜欢戴上耳机，隔绝周围的世界。许多故事讲述者会选择一首特定的曲目来调整自己的情绪。

---

① 朱迪·嘉兰（Judy Garland）：美国女演员及歌唱家，以扮演音乐型戏剧角色和在音乐舞台上的表演而成为国际明星。曾获得奥斯卡最佳青少年演员奖、金球奖、塞西尔·B. 迪米尔奖、格莱美奖和托尼奖等。——译者注

**达努西亚·特雷维诺，飞蛾故事讲述者：**演出当天，我往往需要一段宁静的时光与自己独处。我会选择聆听音乐，通常是巴赫的作品，以卸下心灵的防线。抵达剧院后，我发现自己需要听一些能进一步让我敞开心扉、带给我欢乐的音乐。出于某种莫名的原因，拱廊之火乐队的《郊区》成了我的首选曲目。在讲述故事前的十五分钟，我会戴上耳机，随着这首歌起舞。这不仅驱散了我的紧张，还让我感受到活着的幸福。

**彼得·阿圭罗，飞蛾主持人及故事讲述者：**在为演出打扮时，我总会播放狗博士乐队的《那古老的黑洞》。当我听到"我有什么资格来说出真相？我甚至不知道它是什么。我不知道如何表达，但我知道我能向你展示"这句歌词时，我通常已经穿戴完毕。这整段歌词几乎完美地概括了我当晚想要传达的意图。

信心不够坚定之时，不妨试着摆出显示力量的姿势：双手叉腰，双脚分开站立，下巴高高抬起。这个小技巧能让你感到自己仿佛无所畏惧。

## 应对舞台上的紧张情绪

有时候，当肾上腺素在舞台上激增时，你的紧张情绪可能会主导一切。你的身体可能会反抗你的意志，无论你尝试多少显示力量的姿势或积极的自我肯定，都难以夺回对身体的控制权。以下是一些应对这种情况的建议，值得铭记。

● **无人知晓你的失误。**记住，在你叙述故事的过程中，听众并不知道你故事的计划走向。只有你自己清楚故事是否正按照你预设的轨迹发展。如果你调整了叙述顺序或偶尔出现了记忆空白，不必过于担忧。只需要问自己：接下来发生了什么？讲故事是一场你和听众共同经历的旅程。

● **随身携带一些水，以应对口干舌燥。**人们在紧张时嘴巴干燥的速度之快，常常出人意料。有时甚至会口干舌燥到难以说话。水是你的好伙伴。将它放在附近不显眼的地方，以便随时可以喝上一口。听众更愿意看到你为了润喉而暂停片刻，而不是用干燥的嘴巴勉强讲述。

● **给自己一些其他辅助。**我们经常被问："我该如何摆放我的手？"站立式麦克风可以使讲述者在舞台上感到稳定踏实。如果你没有麦克风，找到其他方式让自己感到踏实：站稳脚跟，挺直身体。做那些对你来说自然的动作。如果你喜欢用手势来辅助话语，那完全可以！但要注意，过多的小动作可能会分散听众的注意力。而且，你不需要为了保护自己而交叉双臂，因为周围都是你的朋友。无论你选择做什么，请不要将双手深深地插入口袋，让口袋里的零钱叮当作响。麦克风会捕捉到这些细微的声音……这来自我们的经验教训。

● **做好心理准备。**在听众满座的舞台上，灯光通常亮得让你只能看到前面一两排的面孔。在讲述故事的最初几分钟，听众专注聆听时的沉默会显得格外明显。但当你首次听到笑声或惊叹时，你会意识到自己正面对成百上千的听众，这可能会让你不知所措。你可能会突然被紧张情绪再次分散注意力，面临着失去思路的风险。即使听众人数不多，他们首次的回应也可能让你感到意外，但请努力保持专注，深呼吸，继续你的讲述！

● **颤抖、发出声响甚至站立不稳都是正常现象。**有时，讲述者会明显地表现出紧张——手颤抖、膝盖相撞等。我们见过一些最自信的人，甚至是那些有过英勇行为的人，在舞台上开始讲述时都会表现得非常害怕。但当他们开始讲述，尤其是在听到听众的第一次回应后，他们会逐渐适应，紧张感也会平息。有时，讲述者会直接指出自己的紧张。他们会直截了当地说，"哇，我的手在抖"，或者只是说，"我有点紧张"。当他们这样做时，听众通常会给予他们一些鼓励的掌声或喝彩，提醒他们听众对他们的支持。这正是讲述者继续前进所需要的动力！

> **应对商务演讲中的紧张情绪：** 在需要专业形象的场合，如用故事开启新业务提案或董事会报告时，你可能不希望让人注意到你的紧张。为了减少紧张迹象的显露，如果有笔记，你最好从屏幕上阅读而不是拿着纸张，因为手中的纸张可能会随着你的紧张而抖动。如果你感觉到自己的声音开始颤抖，不妨暂停一下，深呼吸，然后再继续发言。虽然你不能直接表达自己的紧张，但短暂的沉默可以帮助你恢复镇定。如果你担心膝盖会颤抖，尤其是在膝盖可能处于观众视线高度的高台上，那么合适的着装可以帮到你！选择一些可以遮盖膝盖、款式宽松的衣物。

**狄伦·帕克，飞蛾故事讲述者：** 当我首次站上纽约林肯中心的舞台，面对 1 200 名听众分享我的故事时，我的嘴巴干得像枯草一样。我记得自己紧握着水瓶，力道之大仿佛它随时都会炸开。自那晚之后，在全国各地参加的大约十几场飞蛾主舞台演出中，我都会随身携带一瓶水。每当我感到压力巨大或情绪激动时，迅速喝一小口水总能帮我重新找回自己。

凯瑟琳有一种特别的演出前习惯。她会去见每一位她指导过的讲述者，提醒他们，他们已经付出了很多努力。他们对自己的故事了然于胸。这是属于他们自己的故事。他们不会说错任何台词。事实上，没有所谓的错误。他们现在唯一要做的，就是在舞台上尽情享受。

我们明白这听起来或许有些老生常谈，但有时讲述者会紧张到忘记了去享受这个过程。这让我们感到遗憾。我们向你保证，开始讲述故事的第一分钟往往最令人紧张，但只要你讲了几句，你就会感受到听众与你同在。

> **菲利斯·鲍德温，飞蛾故事讲述者：**当我走向舞台，面对着数十人或成千上万的听众，对舞台的恐惧和紧张感便烟消云散，因为我所需要的已尽在掌握：那就是关于自我的真相。这时我会放下束缚，敞开心扉，张开嘴巴，让故事自然抒发。

请记住，大多数听众会支持你。人们喜欢看到你的成功！虽然我们可能带有偏见，但我们坚信飞蛾的听众是世界上最出色的听众！我们的讲述者一次又一次地向我们证实了这一点。

> **布利斯·布罗亚德，飞蛾故事讲述者：**在聆听飞蛾故事的演出时，我常有一种错觉，仿佛我们这些听众的手在桌下紧紧相握，大家的心都随着讲述者的命运起伏。

**凯特，关于应对商务演讲前的紧张情绪：**在我进行主题演讲或商务演讲的许多场合，主办方通常会精心策划一系列活动，并将其精确安排到每一分钟，而我的发言只是其中的一部分。例如，我将在一场关于第三季度收益的幻灯片演示之后、部门颁奖仪式之前登台。制作团队会提前很久就为我打开幻灯片，给我戴上麦克风，让我有三十分钟的时间在台上等待，我在心里祈祷没有人能听到我心跳的声音。当他们开始倒数，我即将上台时，我知道自己没有退路。我提醒自己演讲时间终究是有限的，这个想法能帮助我克服紧张。无论我的演讲有多成功，哪怕精彩到让屋顶掀起来，我的演讲结束后还有三场演讲在等着。所以我告诉自己，演讲至多不过三十到四十分钟的时间，无论发生什么，我最终都会安然无恙地走下台。我是多么幸运啊！这让我面对紧张时保持了正确的心态，帮助我以最佳状态出现在众人面前。

## 舞台上的情感表达

如果你的故事触及了情感的深处，那么当你在舞台上向听众讲述时，你可能会有与独自练习时不同的情感体验。你的声音可能会颤抖，泪水可能会不自觉地流下。这并不是坏事。分享故事时就应该全身心地投入，真实地感受那些事件所引发的情感波动！

我们多次目睹了讲述者在向听众分享故事的过程中，突然被自己所描述的情感压垮。尽管之前已经私下一对一地多次讲述过这些故事，且他们从未出现过这种问题，但在众人面前展现自己的脆弱，感受到被倾听和与人心灵相通，能猛烈激发他们的情感。你可能会觉得自己失去了控制，感受到赤裸裸的暴露，然而，这样的时刻往往能够孕育出故事中最具有共鸣和感染力的部分。

**泰格·诺塔洛，飞蛾故事讲述者：** 我在飞蛾故事会上的讲述最终让我泪流满面。我觉得很可笑，我竟然被自己的故事感动到哭泣。这个故事我刚经历不久，它仍会引动我的情感，因此讲述它对我来说相当艰难。这与我的喜剧表演大相径庭。我以前从未这样走上舞台，只是简单地说："我来给大家讲个故事。"而且这个故事并不好笑……但我享受这种经历。我喜欢这种感觉，这种能够摆脱全程保持幽默的压力的感觉。有些自然的瞬间和节奏让我赢得了听众的笑声，我只是安心地想："好吧，这说明他们在认真听这部分。"这种情况发生两三次之后，我差点哭出来。这让我感到有些不适，让我有了一些压力，我不想在台上崩溃。我记得莎拉告诉我："没关系，如果你想哭，这里是一个安全的地方。"我心想："我相信你，但我真的不想在这里哭泣。"然后我想，如果我真这么做了，那晚在舞台上坐下来痛哭，让大家都感到尴尬，不知道该何时打断说："好了，哭够了。"这个想法让我忍不住笑出声。

讲述者们多次说过这样一句话："我最不希望的就是当场哭泣。"但如果你发现自己开始情绪泛滥——喉咙发紧，眼泪盈眶——那么与这些情绪抗争只会让你更加难过。请记住深呼吸在此时的重要性！如果你试图把情绪压下去，你只会更加哽咽。这时请深呼吸，让情绪自然流露——然后，当你情绪平复，再继续你的讲述。

人们往往对流露情感感到恐惧，然而这些情感恰恰揭示了对你而言什么才是最重要的。听众们会倾身聆听，不会对你指指点点。他们会明白，这个故事对你来说是多么重要。情感流露本身就是一种美！

## 你的听众是谁？

听众在叙事艺术中起着至关重要的作用。讲述故事就像一次对话，是一种给予和接受的关系。作为讲述者，你会从听众的反应中获得力量。讲述者与听众之间的这种互动关系是叙事中的关键部分。尽管这种关系不像叙事的其他方面那样容易掌握，但其中的一些方面仍然值得你去深思。有些听众可能有着共同的特征，比如医学会议上的儿科医生群体，大学校园里的骄傲俱乐部成员，或者政治筹款晚宴上的宾客。而有些听众则可能在身份和经历上更为多元——有时你可能会对坐在你面前听众的身份感到意外。你可能不确定自己的哪些经历能让他们有所共鸣，或者他们是否是第一次听到你的故事。

对那些能够完全理解你的人讲述故事，能够产生一种力量；对那些无法与你的经历产生共鸣的人讲述故事，同样能够产生这种力量；而在决定向谁以及讲述哪个故事的选择中，蕴含着至高无上的力量。

2015 年，我们举办了一场私人演出，三位多米尼加修女向她们的社区讲述了自己的故事。尽管在场的每个人都信仰天主教，但这次活动并不像弥撒那样庄严肃穆。实际上，讲述者与听众之间有着热烈的互动，大家对那些熟悉的细节共同发出惊叹和笑声。其中一位讲述者玛丽·纳瓦拉修女，意外地加入了一句即兴的话。她回忆道："当听众开始笑起来、鼓掌并参与进来时，我知道一切都会顺利。这让我能够自如地即兴发挥，于是我在故事中段做出了一个相当大胆的评论（对一位修女来说）：我能说'气疯了'这个词吗？那个评论自那以后就被广泛引用。"在讲述她在天主教学校学到的课程时，她提出了一个问题："上帝为什么创造了你？"随着她的叙述，听众大声回应。这种互动就像在麦迪逊广场花园有人高声合唱一样。演出结束时，整个房间都充满了激情的火花；数百位拥有共同信仰的人们在社区中欢呼雀跃，跺脚共鸣。

若听众未曾拥有与你相似的背景或职业，你可能得在讲述中穿插背景信息，以避免可能产生的困惑。在你踏上舞台之前，思考一下听众是否了解你故事中的某些要素。有哪些关键细节是你必须提供的？有哪些词语需要你加以阐释？我们是否需要对某些地理知识有所掌握，以便更好地定位故事发生的环境？

如果你是一位科学家，在市政厅向居民们发表演讲，你需要摒弃那些专业术语，以便让非科学背景的听众也能轻松理解你的故事。如果你意识到在场的大多数人可能无法与你的经历产生共鸣，你可以通过补充更多的背景信息来拉近与他们的距离。比如，如果你来自新奥尔良，而你的祖父曾经举办过一场爵士乐葬礼①，你可能需要详细描述这一习俗，以便让那些不熟悉"大逍遥城"② 生活方式的人能够更好地理解。

　　了解听众在技术层面上需要知道的信息，与他们的信仰或经历所带来的影响是两回事。向那些你认为生活轨迹与你迥异的人讲述故事，既充满刺激，也可能令人畏惧。这样的分享并非没有风险。

　　**戴姆·威尔伯恩，飞蛾主持人及故事讲述者：**走运的时候，你可能会有机会向那些超出你舒适区的听众讲述故事。我们常说人类组成一个大家庭，但正如大多数家庭一样，我们并不总是相处融洽的。

　　2018 年，飞蛾故事会邀请我在内华达州埃尔科举办的全国牛仔诗歌聚会上担任主持人。作为一个来自底特律的黑人女性，这对我来说似乎并不合适。来自外地的讲述者们也认同我的感受。

　　对许多人而言，剧院停车场里停满的皮卡车或许司空见惯，但对我们这些肤色较深或面临移民身份问题的人来说，这样的场景却让我们深感自己与环境的格格不入，远离了熟悉的家园，身边围绕着看起来与我们截然不同的人们。内斯特·戈麦斯表达了他的担忧，他害怕一旦人们意识到他讲述

---

　　①　爵士乐葬礼（jazz funeral）：一种具有新奥尔良特色的葬礼仪式，其中铜管乐队的演奏是仪式的核心。——译者注

　　②　大逍遥城（Big Easy）：美国南部的新奥尔良市的别称。它以独特的文化传统、音乐以及美食等著称，被称为"大逍遥城"，是美国最受欢迎的旅游城市之一。——译者注

的是关于无证穿越边境的故事，听众就不会给予他好评。当我们的第一民族①讲述者鲍比·威尔逊的发辫被一位当地摄影师触碰时，这种身为外来者的感触变得更加强烈。我看到鲍比的眼睛瞬间睁大，随后他恢复了平静。显然，这种行为并非故意冒犯，而是由于缺乏对文化差异的认识，没有恶意。

牛仔诗歌聚会享有盛名，而且当时有一位非常著名的诗人在我们演出的同时进行朗诵。我们原本认为到场的听众人数不会很多。然而，当我踏上舞台的那一刻，我发现剧院内座无虚席，迎接我的是雷鸣般的掌声。所有的疑虑在那一刻烟消云散。我开始热情问候听众，随后我们的演出正式开始。

内斯特在讲述他越过边境进入美国的经历时，成功地吸引了听众。

> 我听到远处传来一阵声响。起初我以为，哦，可能要下雨了，那大概是雷鸣，但随后我意识到那并非雷声，那是直升机的轰鸣。我那时只有十五岁，从未在生活中见过直升机，所以我感到非常激动，我开始努力寻找直升机的踪影，但那个非法移民走私者抓住我，将我推倒在地，并对我说："现在不是观光的时候。"
>
> ——《非法入境》

在我们感受到国家因移民议题而分裂的时刻，整个房间

---

① 第一民族（First Nations）：现今加拿大境内的北美洲原住民及其子孙，不包括因纽特人和梅提斯人。该称呼与印第安人（Indian）同义，但是在社会上"印第安人"这一称呼被认为是对第一民族的冒犯。——译者注

陷入了沉默。这是一个关于爱、勇气与恐惧的故事。他讲述完毕后，掌声雷动，是那晚最响亮的掌声之一。没有人愤怒，也没有人准备举报他；他们都在倾听。这提醒了我们飞蛾故事会的真谛。它提供给我们一个机会，证明我们同属于一个大家庭。我们能够也必须坐在一个黑暗而安静的空间里——无论是会议室、客厅，还是任何一个我们能够聚集的房间——聆听彼此的故事。那不是我首次感到不适，愿上帝保佑，也不会是最后一次。

**内斯特·戈麦斯：**我本以为，一旦他们知道我所讲述的是关于非法穿越边境的故事，他们就会开始喝倒彩。然而，尽管内心充满恐惧，我明白自己有责任讲述自己的故事，为那些面临与我同样境遇的人发声。

应邀向一个与你经历迥异的群体讲述故事，可能会为你带来各种压力和考量。作为唯一一个代表自己社群或文化的声音，你可能会感到肩负重担，难以承受。你可能会不断自问：那些邀请你发声的人，他们的真实意图是什么？他们真的愿意倾听你的故事吗？还是说，你的故事最终只会成为养料，滋养他们想要持续传播的叙事？

在弗里梅特·戈德伯格构思关于她离开哈西德（犹太教派）社区的故事《我闪耀的侧卷发骑士》时，她深知故事可能会被用作武器，用来针对一个已经饱受批评和攻击的群体。对她而言，在讲述个人故事的同时保持对自己所属社区的敬意至关重要。她并没有用故事去控诉什么的意图，而更多是去探索在她离开唯一熟悉的生活道路后都经历了什么。尽管她的生活模式和对信仰的实践方式已经发生了转变，但她对家人和社区的爱与尊重依然如初。

**弗里梅特·戈德伯格：**20 世纪著名的拉比、哲学家和神学家亚伯拉罕·约书亚·赫舍尔，曾与马丁·路德·金一同参与塞尔玛至亚拉巴马的民权游行，他曾言："智慧的批评始于自我批评。"在我人生旅途的这一阶段，我自问：通过讲述这个故事，我究竟达成了什么？在这一过程中我又伤害了谁？如果答案并不明确，我会选择暂时搁置。当我起草自己的故事时，我清楚我的家人不会成为听众，但他们或许会在故事公开后的某个时刻听到它，这个念头一直困扰着我——直到现在！也许是我内心的自我怀疑，也许是我对故事可能无意中给他人带来的痛苦有所顾虑，尤其是那些已经备受边缘化的社区中的人们。当然，这并不意味着否认其中存在的阴暗面，但我总是在思考人们是否能够接受相互矛盾的真相并理解其中的微妙。随着我逐渐成熟，开始步入三十五至四十四岁这个尴尬的年龄阶段，我意识到没有任何社区能够完全避免问题——在我无悔地离开那个必须离开的社区时，我抛开了一堆问题，却迎来了另一堆问题。我的姐妹们在我无法适应的生活中比我更快乐。那么，我的故事又该如何定位呢？实际上它处于一个尴尬的境地之中，其中充斥着多个相互冲突的现实。

在打磨故事时，弗里梅特精心挑选了那些对叙述至关重要的细节，同时兼顾并尊重了共存的多种真实面貌，并刻意回避了那些可能加剧成见的细节。

有时，当一个讲述者登上讲台，他们可能会对听众的组成结构感到意外，甚至被打个措手不及。但你需要正面接受这样的挑战：向那些与你的经历可能并无交集的听众讲述你的故事。

**苏珊娜·拉斯特，飞蛾高级策划制作人**：非裔美国作家达蒙·杨在飞蛾舞台上讲述了一个关于种族问题和黑人影响力的极为错综复杂的故事。虽然我极不情愿向那些还未听过此故事的人透露结局，但他的故事确实引发了一系列值得我们深思的重要议题。

达蒙成长的过程中，经常听说家人和朋友因被称呼"黑鬼"而与人发生争执的故事。讲述者总是以胜利者的姿态出现，讲上一段充满传奇色彩的故事，这仿佛成为他们的一种成长仪式。达蒙的内心也渴望获得那样的"荣耀"，渴望获得那样的身份认同，然而那样的时刻从未降临。从未有人对他使用过那个侮辱性的词。

终于，在他尚年轻时，他的愿望得以实现。当他在公交车站等待时，一个坐在皮卡车中的人从车窗探出头，向他说出了那个侮辱性的词，随后驾车离去，让达蒙失去了期待中的胜利时刻。没有发生冲突，也没有留下任何可以讲述的故事。达蒙一时有些不知所措。突然间，他发出了一阵苦笑，并在那一刻产生了一丝顿悟。

> 我这才恍然大悟，自己竟然渴望这样的事情发生，渴望那种可怕、令人生厌的经历降临，并且还将我的种族认同或我的黑人身份与白人如何对待我挂钩，这是多么荒谬可笑。我再也不会有这样的想法了。

身为策划人，我曾主动联系达蒙，探询他是否愿意分享一个故事。当他带着这个故事构思过来时，我必须坦白——作为一个对那个词深感不适的非裔美国女性，我感到有些震惊。我喜爱这个故事，但我们真的应该讲述它吗？在办公室里，我们进行了多番讨论，不同种族的同事们意见颇有分歧。我的一些同事与我一样有所顾虑，倒不是因为故事本身，而是因为它将面对一个主要由白人组成的听众群体。我们担心这个错综复杂且充满力量的故事可能会被那些难以理解并欣赏它的听众忽视。但达蒙的故事触及了这个国家中关于种族、身份和权力的真相。它似乎是我们这个时代应该被讲述的故事，达蒙也坚信这是他想要分享的故事。他向我们说道：

> 这个故事构成了我的书《凡杀不死我的都使我更黑》的中心篇章，因为它以一种无畏、令人不安、坦诚且（偶尔）幽默的方式，深刻揭示了黑人在美国生活所面临的一些真实存在的荒诞。这个故事之所以吸引我，不仅是因为它的独特性，也因为我在分享它时所经历的焦虑——这种焦虑至今仍然存在。这同样是我选择在飞蛾上讲述它的原因。同时，我也意识到，在数百名主要是白人的听众面前分享这个故事，对我来说同样是一种挑战，这促使我检验自己能否成功地讲述它，并准确地传达出我想要表达的每一个信息。

在演出之夜，达蒙如预期般向主要是白人的听众讲述了他的故事《挑衅》。我坐在他们中间，能感受到许多人对如何回应感到迷茫。现场有些尴尬的笑声，人们在座位上不安地扭动，我多么希望人群中能有更多能够与达蒙的故事产生共鸣的人——那样他可能会收到一个截然不同的反馈。

那晚的主持人亨特成功地为达蒙的故事提供了一个它应得的支持和肯定的收尾。

> 我被这个故事深深触动了。我一生都在期盼着那个

相同的词①。我真心喜爱你的故事。你将暴力融入身份认同和成长仪式的荒诞性描绘得淋漓尽致，我相信这能引起所有黑人的共鸣。我猜想，对那些同样承受压迫身份的人来说，这种必须通过直面冲突才能自我认同的疯狂方式，同样能引起他们的共鸣。我喜欢这个故事的另一个原因是，它让我思考了一个今晚的故事中反复出现的主题：如何在不依赖他人看法的情况下，认识并理解自己。我只想再次向你表达我的感激之情。这就是我的感想。

那晚，我对亨特心怀感激。故事拥有跨越界限的力量。每个人都能从精彩的故事中获益，甚至可能从中学到些什么，但学习与产生共鸣毕竟是两回事。像达蒙的故事，以及我们在飞蛾舞台上分享的众多其他故事，对白人听众与黑人或棕色人种听众的触动往往截然不同。同样，来自亚洲、拉丁美洲、美国原住民或彩虹族群的故事讲述者，以及残疾讲述者的故事，也会获得不同的反响。分享故事、启迪他人固然美好，但在听众中看到那些点头赞同、在恰当时刻发笑、默默说出"正是如此"的人，更是一种心灵的慰藉和力量的源泉。

不论听众是完全理解，还是完全无法感同身受，他们都会根据自己的看法、解读和阐释来聆听故事。人们总是透过自己的经历去理解故事。无论你如何磨炼讲述技巧，或者多么清晰地阐释细节，总有人会误解你的意图，得出与你原意相悖的结论。

---

① 即"黑鬼"。——译者注

在美国各地的舞台上，塞缪尔·詹姆斯讲述了他的故事《小粉红李将军》，关于他如何逐渐理解他的白人外祖母与他以及他父亲之间的关系。在这个故事中，他如是说：

> 她无疑是一位慈爱的外祖母，这一点毫无疑问。然而，她同时也是一位残忍的人，为了让自己的女婿因种族问题而痛苦，她会操纵自己的外孙。这两方面的真相并存。

演出结束后，一些人上前与他分享，说他们的经历何其相似。然而，在几个月后的另一场演出之后，又有听众向他表示，他能够原谅外祖母是多么令人钦佩。在他的叙述中，他并未提及原谅之事——这是听众基于自己的观点，对他的故事所做的解读。

**塞缪尔·詹姆斯，飞蛾故事讲述者：** 许多故事讲述者并不认为他们的故事是艺术作品。然而，它们确实具有艺术性。和任何艺术形式一样，一旦你将其展示出来，它就留给听众去解读。有人会与之产生共鸣，有人会从中听到他们之前未曾思考过的内容，也有人会无法领会。人们告诉我他们喜欢我的故事，但他们并不总是真正理解它。对此我无能为力，我只能继续讲述，将注意力集中在那些真正与故事产生共鸣的人身上。

人们在初次聆听时，可能无法完全理解或按照讲述者的意图去解读一个故事，但故事自有其生命力。故事中的某些细节可能会在听众心中留下深刻印象。随着他们经历或目睹新的事件，他们可能会发现理解故事的不同方式。故事甚至可能激发他们再次倾听的愿望。故事的潜在影响力不止存在于讲述的那一刻，它的影响持久而绵长。

请选择在你感到自在的时间和地点，讲述你真实的故事。我们唯一的忠告是：基于你认为听众想听的内容而改变你的故事（以及你的真实经历）是对自己的伤害。向那些未曾有过相同经历的人群坦诚地讲述你的故事，可能会引发持久的连锁反应。不适感往往是改变的催化剂，然而，你可以决定在哪些特定的情境或空间中去追求这种改变。对一个人来说可能是禁区的地方，对另一个人来说却可能是获得力量的源泉。

### 来自引导员的提示

● 通常，讲述故事的第一分钟最令人紧张，但当你逐渐适应并感受到听众的氛围时，一切就会变得轻松起来。

● 感到紧张是再正常不过的事情，也是意料之中的反应。关键在于你如何应对和控制这种紧张感！

■ 找到适合自己的方法来提振精神或平复心情。无论是在内心悄悄地给予自己肯定或喝上一杯茶，还是在关键时刻前戴上耳机，让阿巴乐队震撼的音乐充斥你的耳朵。只要适合你，什么方法都可以！

■ 在开始之前，找到一种方式让自己保持稳定。站稳脚步，挺直腰板，深吸一口气。不要急匆匆地开始；那样会让你失去平衡！

■ 不必害怕紧张情绪的流露——这恰恰说明你对此事的重视。

■ 向听众坦承自己的紧张情绪是完全可以接受的——这反而会让他们更加喜欢你。要有信心，人们期待听到你的声音，因为你是讲述这个故事的最佳人选！

■ 水是你忠实的伙伴——请随身携带。没有什么比让你和听众都忍受干渴的嘴巴更难受的事情了！

● 如果你的故事触及了情感深处，那么在首次向他人讲述时，你很可能会体验到那些情感涌现。提前与某人一起排练你的故事，可以帮助你预见到情感可能涌现的地方，避免被它们突然击中。如果有必要，就停下来，深呼吸，让情感自然流露。不要试图压抑它们——那样只会让你更加哽咽。

● 思考一下你的故事中是否有某些部分可能需要额外的背景信息，以便让听众更好地理解并跟随故事的发展。根据面对的不同听众，你可能需要对技术术语、个人经历和文化细节进行更多的阐释。

● 忠实于你的真实经历，切勿基于你认为听众期待的内容来塑造你的故事。记住，选择在何时何地分享你的故事，完全由你自己决定。

第四部分

# 故事的力量

# 第十一章　涟漪效应

故事如同纽带，将我们紧密相连。确实，故事拥有力量，一种真正的力量。正因如此，现在比任何时候都更需要倾听来自各种不同背景之人的故事，尤其是那些通常没有发声机会的人。

——卡门·丽塔·黄，飞蛾故事讲述者

当你构思好一个故事后，你该如何分享它呢？日常生活中的许多事情都不在我们的掌控之中，但在整理和讲述我们的故事时，我们却能成为强大的决策者。讲述故事的行为将让你感受到自己是一个胜利者，比如问题得到解决、主队赢得比赛、你妈妈允许你留下宠物狗，这样的庆祝故事的分享对你这个讲述者和听众来说同样充满乐趣。但即便在那些你遭遇挫折、被抛弃或被欺骗的故事中，只要你掌握着讲述的主导权，你的感受也会好很多。拥有对过去的洞察、对事件的省察和对局面的控制意味着你已经对经历进行了处理、消化和重构。拥有自己的故事是一种美好的感觉。但故事是为了分享而生的，它们能在倾听者心中引发深刻的变化。

## 学校里的故事

青春岁月，无论我们对其怀有深情（少数人）还是感到极度尴尬

（大多数人），这都是一段难以磨灭的记忆。在这段时光里，我们经历了生命中诸多的第一次，充满了变化与成长。试想：倘若你在高中时代与同学们畅谈彼此的故事，你的人生轨迹会有何不同？如果你敢于敞开心扉，分享那些触动你心灵的事物，或者，如果教师们能更多地倾听学生的心声，分享他们自己的故事，那会是怎样一番景象？

数十年以来，飞蛾致力于与高中生及教育工作者携手合作，为青少年提供一个发声的平台，并通过在学校举办故事工作坊，促进青少年社区的凝聚力。

在一个春日的午后，一群在灯塔高中参加了数周工作坊的学生，正准备在学校的黑盒剧场里登上舞台，向听众讲述自己的故事。阿丽扎·卡兹米站在幕后，目睹着听众席逐渐被同龄人填满，心中不免紧张。听众中传来一阵阵窃窃私语，气氛显得有些令人焦躁。她鼓起勇气走上舞台，以一段小学时代的回忆拉开了故事的序幕：那时，他们被要求画一幅自画像，挂在教室的墙上展示。

我缓缓地开始作画，先描绘我的嘴唇和眼睛，笔触始终沿着同一方向。我目睹着油画棒在纸上融化，我的脸庞逐渐变得生动起来，然后在线条内细心上色。当我再次低头时，仿佛是在凝视一面镜子。我刚刚画出的女孩，正是我眼中的自己。我能感觉到老师站在我身后。她总是对学生的佳作赞不绝口，因此我期待着她的夸奖，期待她说："阿丽扎，这是我见过的最美丽的自画像。我会把它挂在我的办公桌上方，让每个来访者都能欣赏到。"然而，老师的话出乎我的意料："阿丽扎，那不是你的颜色。"我对此感到迷惑，因为我不理解颜色如何能够属于某个人。在我还没来得及询问之前，她已经走向了油画棒盒，开始寻找。她没有找到她想要的颜色，于是转向了那个每个学校都有的、装满各种残破油画棒的臭名昭著的油画棒箱。老师在那里翻找着，最终她从中抽出了一小块棕色油画棒的残端，递给了我。我依然对这一切感到困惑，但我注意到我的朋友们都在注视着我，我的心跳开始加速，只想快点结束这一切。

阿丽扎接着叙述，这段记忆如何一直萦绕在她的心头，身份认同的疑问也如影随形，从小学一直延续到中学。在她讲述完自己的故事之后，她表示，舞台上的灯光太过耀眼以至于她无法看清听众，这使她能够忘却周围的听众，只专注于从内心深处分享自己的故事。

在六年级开学的第一天，有个孩子走向我，问道："你属于哪个种族？"这是我第一次被如此直截了当地问及这个问题，我并没有准备好回答。我回想起那位老师和那支棕色油画棒的情景，于是我回答他："我是棕色的。"他露出了困惑的表情，说："棕色的是什么意思？棕色不是一个种族。"我简直无法相信。我竟然说出了"我是棕色的"，却仍然觉得不足以表达我的情绪。在我内心深处，那个六岁的小女孩感到非常愤怒。我说："你知道吗？如果我说我是棕色的，那我就是棕色的。"

在这一刻，房间里变得异常安静，她最后总结道：

如今，如果有人要求我画一幅自画像，我会描绘出一个自信的年轻女性，她对自己的阿富汗和巴基斯坦血统感到自豪，同时也为身为美国人而骄傲。我会挑选最美丽、最柔和的油画棒来描绘我脸上的颜色。无须别人告诉我应该选择什么颜色，因为我知道自己属于什么颜色。

五分钟后，故事结束。阿丽扎向我们透露，她在舞台上如此袒露自己的脆弱，感受到了一阵强烈的肾上腺素冲击。演出几周后，一位她并不熟悉的同学在通往教室的路上向她走来。阿丽扎向我们叙述了接下来的事情：

> 她是我们学校为数不多的其他肤色较深的孩子之一。她告诉我，她观看了我的演出，非常喜欢我的故事，并与之产生了深刻的共鸣。我意识到，尽管我在舞台上看不见听众，但他们却能真切地看到我，真正地理解我。那是我第一次深刻理解到分享故事所能带来的影响：它能够将人们紧密地联系在一起，让他们感受到被真正地理解和认可。

能够被不受打断地倾听五分钟是人生中罕有的事情，对青少年而言尤其如此。通过讲述个人故事，学生们在伸张自己的主动权。他们可以在飞蛾的舞台上毫无阻碍地分享自己的真实经历。这样做的成果如何呢？青少年告诉我们，他们因此收获了更多的自信、更强的掌控感，以及更加深厚的归属感。

如果成年人能停下脚步，去倾听青少年的心声；并且青少年也能去倾听成年人的心声，那又会发生怎样的转变？教师与学生之间的故事分享能够消除隔阂，促进更深层次的相互理解，并打破固有的等级界限。那些亲身实践、以故事讲述者身份出现的教育工作者，体会到了分享个人故事时的脆弱与坦诚。他们的故事往往会从讲述自己年轻时的经历开始，这为他们提供了一个回忆过往、设身处地理解学生立场的好机会。

讲述故事使教师更加深刻地理解到他们对学生提出的要求。一位教师向我们透露，当她教的高中生抱怨"我没有东西可写！"时，她感到非常沮丧。然而，当她自己开始为构思故事而苦思冥想时，她体会到了相同的困境。这个过程让她对学生有了更深的理解和同情。

妮玛·阿瓦希亚，一位教育工作者兼飞蛾资深成员，多年来在波士顿担任公民教育课程的教师。在飞蛾，妮玛讲述了一个关于她深爱的学生安吉尔——一位涂鸦艺术家——无谓死亡的故事。在这个故事里，妮玛与两位以前的学生共同进行了她所称的"终极抗议行为"：他们一起在一幢建筑的墙面上留下了涂鸦，以此向安吉尔致敬。

> 我的一位学生说："我这周一直带着这罐喷漆，不知道该怎么办。"我回答："我想我知道。我们可以去街头涂鸦。"我不仅仅白天是公民教育课老师，晚上我也是个公民学的狂热者。我的学生们知道我开车从不超速。我就是那种相当守规矩的人。所以这个学生很惊讶："你是个公民课老师，你不应该做这种事。"他们不知道的是，在过去的八个月里，我一直在努力与城市领导、学监、街头工人，以及任何愿意倾听的人会面，告诉他们，去年在波士顿有十六名十九岁以下的年轻人遇害。其中四个是我的学生。我所做的所有倡导工作都没有成效，也没有让我感到心里更舒服。然后，这罐喷漆出现了。我想："好吧，其他的都没用。作为公民课老师，使用那些策略没有达到任何目的。"于是我们走到学校后面，轮流进行涂鸦。在波士顿，当年轻人遇害时，他们的朋友会在社区里创建一个话题标签。我们也涂鸦了一个标签："#安吉尔的世界"。学生们说："安吉尔肯定爱死这个标签了。"接着他们说："哦，抱歉，我刚才忘了你是我们的老师。"就在那一刻，师生之间的等级界限消失了，我们只是在共同哀悼，试图找到与安吉尔的联系，以及彼此之间的联系。我们拍了些照片，有的有我，有的没有。我说："你们最好不要发上面有我的照片，那可能会让我丢掉工作。"毕竟，归根结底，我还是他们的公民课老师。

在我们成长的过程中，常常由别人来告知我们的身份。在学校里，我们学习如何表达，同时对"对"与"错"的答案感到忧虑。然而，当年轻人被鼓励去挖掘自己的个人故事时，他们便成了主宰；他们自己决定要讲述哪些故事，选择何种方式去讲述，以及是否将这些故事呈现给听众。

我们在邀请年轻人分享他们的故事时经常听到这样的话："但我没什么经历可说呀！"当讲述者因为年轻而经常被忽视时，这种不自信感会更加强烈。如果某件事对你来说很重要，那它对你的听众也同样重要。你重视的事情我们也会重视。你可以用自己独特的声音和表达方式讲述任何故事。你有极大的自由选择权。

**一些可以在教室中使用的练习（适用于任何年龄段的学生！）：**

● **"我曾经＿＿＿＿，但现在我＿＿＿＿。"** 花几分钟时间头脑风暴，构思一个简短的故事，告诉我们你现在与过去有何不同。任何改变都可以！无论是大是小。

● **"物品讲述练习"** 是一种"展示与讲述"[①] 练习的变体。请在心中选取一个对你而言充满意义的物品。向我们描述这个物品是什么，它如何成为你生活的一部分，以及它对你的重要性。设想一下，如果你失去了它，那将意味着什么？这样的练习总能引发深刻的思考，让我们得以探讨那些对我们来说至关重要的事物。

● **"生活网络练习"** 是一种迅速激发故事灵感的方法。在一张纸的中央写下你的名字，然后围绕它画出几条线，每条线代表一个对你来说意义重大的元素：人物、地点、活动等。当你回想起这些重要的人、地点或事物时，有哪些瞬间或记忆会浮现在脑海中？利用这些灵

---

① 展示与讲述（show-and-tell）：一种常见的教学活动，通常在学校的课堂上进行，尤其是在小学。在这个活动中，学生们会带上一个对他们有特殊意义的物品，然后在全班面前展示这个物品，并讲述与之相关的故事或经历。——译者注

感来构思你的故事。

  **致家长的小贴士**：在下一次长途旅行中，不妨引导孩子们讲述他们的故事。你可以先讲述一个自己的故事来打开话匣子，孩子们也许会受到启发，效仿你分享他们自己的故事。

  飞蛾提供的高中课程资源，旨在激发创意思维和故事创作，现已在线开放，全球教育工作者均可免费使用。

## 职场中的故事

  在复印机旁的短暂交流，有时能为我们在处理电子表格的间隙带来一丝清新。然而，故事的力量远不止于满足社交的需求或摆脱销售数据的控制，它们在工作场合中也具有实际的效用。故事赋予了日常交互深意，强化了企业文化，将员工与彼此以及他们的工作紧密相连。讲故事是一种充满同理心的沟通方式，它能够增强组织在内部以及外部世界的影响力。

### 将"我"带入团队

  多年来，职场中的"团队建设"活动常常让人不屑一顾。拜托，别再让我们玩"信任倒"、攀绳索或走玉米迷宫了。然而有数据表明，当组织成员之间感到彼此相连时，组织的表现会更加出色。正如《福布斯》杂志所述，"那些参与度位于前 20％ 的团队，其缺勤率下降了 41％，员工流失率下降了 59％。那些积极参与的员工每天都充满激情、目标明确、全情投入，并充满活力"。

  大多数组织并未构建出有利于专注倾听的环境。他们更看重效率、多任务处理和成果。讲述个人故事为同事们提供了一种摆脱表面化互动的方式，尤其是在微波炉前尴尬等待的时候。

　　有些人对他们每天在走廊上遇见的同事几乎一无所知。你可以合理地推测出，你与同事们存在某些方面的共同点：比如在技术领域的公司有相似的教育背景，或者在一个致力于实现社会正义的非营利组织中持有相似的政治立场。也许，你会发现他们在个人生活方面的独特之处，比如他们的谷歌个人资料照片是一只穿着衣服的猫。

　　为个人提供一个分享故事并回应同事的平台，能够改变组织内部的互动氛围。鉴于这一过程需要展现脆弱性并投入大量时间，因此如果没有人刻意创造这样的环境，这种转变可能不会自然发生。

　　我们创建了飞蛾职场故事项目，专门为企业环境提供工作坊和私人活动主持服务。参与这个项目的讲述者们承受着巨大的压力。他们被要求在上级甚至高层领导面前袒露自己的脆弱，并且来自一家以飞蛾为标志的非营利艺术组织的陌生人还会给予他们的故事即时反馈。这通常导致我们最初听到的故事较为保守、简单，涉及的利害关系也较小。

　　**凯特，关于主持飞蛾职场故事工作坊：**在与一家全球通信公司研讨的会上，一位男士站起来分享了一个简短的故事。故事发生在他大学最后一年，他和朋友们将床垫从宿舍扔出，然后从二楼窗户跳出去，落在床垫上，大声喊着："我还活着！"显然他在酒吧里无数次讲过这个故事，只为博得几许笑声。初次讲述时，他似乎想塑造自己是那种会从窗户往外扔东西的疯狂家伙。但在他的小组讨论中，那些从未听过这个故事的同事们鼓励他更深入地思考其中的利害关系。他想到了，这件事发生在他的朋友们收到第一份工作邀请的那一天。自他踏入大学校门以来，就一直感觉自己格格不入，而那天，他是唯一一个毕业后还没有着落的人。他情绪低落，觉得自己毫无价值。现在，他明白了"我还活着！"这句话不只与高年级倦怠症的愚蠢行为有关，喊出这句话是为了提醒自己，至少他还活着。

在一次简短的分组讨论中，借助个人故事讲述，他的同事们协助他挖掘出自己生活中更深层次的真相，同时他们也增进了对这位日常交流对象的了解。

故事总是激发更多的故事。我们观察到，当一个人分享了他在高中被军乐队开除的经历时，另一个人可能会在自己的经历中发现一条关于叛逆故事的线索。一些支线故事会自然而然地浮现出来，整个氛围和能量也随之改变。

故事能够让我们摆脱职业身份的束缚。在最近一次大型科技公司举办的故事工作坊结束后，一位参与者这样写道：

> 我们六个人分别在一家科技公司的不同领域工作——销售、客户服务、产品开发、工程、市场营销和数据科学。如果没有这次活动，我们可能永远不会相识。现在，我们通过分享彼此生命中的关键时刻而紧密相连。我感到自己被真正地关注和理解，同时，我也得以从不同的视角看待和理解我的同事们，他们是如此美丽、独一无二的个体，而不再是那种"典型的科技行业人士"。

**一些在职场中讲述故事的提示词：**何不在会议伊始，暂时搁置那份人人都能看见的议程，让一位同事分享一个故事呢？为一位幸运的志愿者提供一个故事提示词（并限定时间），以激发他们即将讲述的内容。

提示词可以与以下主题相联系：

- 工作：请分享一个让你意识到这份工作对你而言意义重大的时刻。
- 会议主题（例如，进入新市场）：你是什么时候意识到自己必须离开家乡的?

　● 公司价值观（例如，诚实正直）：请讲述一个你为正义挺身而出的故事。

　你会惊讶地发现，通过这样的故事分享，在短短三分钟内你能学到很多东西，所有人的思维模式将因此转变，并为后续更具同理心和影响力的对话奠定基础。接下来，通过抽签的方式决定谁将是下一个讲述故事的人吧！

## 塑造企业文化

　我们受邀举办一个工作坊，旨在表彰一家软件公司的"优秀经理奖"得主。其中一位参与者，亚历山德拉·克罗廷格，讲述了一个脆弱到令人难以想象的故事。她向我们透露，几年前，她的团队曾就她的管理方式提出过投诉。面对这样的指责，她感到极度羞愧。幸运的是，她的经理并没有放弃她，而是让她参与了一个全面的360度反馈评估过程，以深入了解问题的实质并妥善解决。这在一定程度上解释了为什么现在获得"优秀经理奖"的认可对她来说意义非凡。

　亚历山德拉说道："讲述这个故事并不容易，在与我敬仰的、与我紧密合作的业务领导们进行眼神交流时，我心中只希望他们在了解这些关于我的事后，我们之间的关系不会有所改变。然而，当故事接近尾声时，我看到了他们的反应，感受到了所有压力的消散，这赋予了我拥有并讲述这个故事的力量。"

　在故事工作坊结束之后，她受到了鼓舞，决定继续与他人分享这个故事。"实际上，我开始重新与我的团队讨论这个话题，尤其是在我们进行关于评审、晋升周期或职业成长的对话的时候。这提醒我们，我们都是有血有肉的普通人。我认为这让他们更加珍惜我所说的'我会在这里支持你'或'事情没有按预期发展，那也没关系。不要纠结于我们过去本应该如何做。让我们来讨论下次该如何行动'绝不仅仅是口头上的承诺，因为他们与我一同经历了它背后那个完整的个人故事，也见证了它给我带来的积极变化。"

然而，她的故事并未止步于此。她表示："当我反思我对公司文化的影响时，我想到了故事的涟漪效应。我的所作所为会影响到向我汇报的十一位员工，然后这种影响又会扩散到他们的社交圈——这种变革的涟漪效应是强大的。"她将自己不断前进中的失败经历融入新员工入职培训的演讲中，每月向数百名新员工讲述。"人们经常告诉我：'那个故事让我确信，我选择加入这家公司是正确的。'我们公司的文化是人们愿意改变生活、转换行业、放弃显赫职位的原因。我们必须在他们入职的第一天就向他们传达我们的文化，而这个故事能帮我们做到这一点。"

## 让演示中的数据令人难忘

最近，一家全球媒体代理公司在输给竞争对手后联系了我们。他们提供给我们的演示文稿长达七十五页，其中大部分内容是数据。显然，他们需要让自己的信息更具吸引力。我们经常接到一些人的电话，说他们无法忍受再一次被数据充斥的演示文稿折磨了（也就是我们经常听到的"信息轰炸"）。即使在最技术密集型的工作中，房间里的每个人也不会是没有情感和思维的人，他们也会在面对这些无聊的数据时感到乏味。要真正被激发去采取行动——如被说服去批准一个创意，增加一项预算，或改变他们日常的工作方式——人们需要明白他们为什么要这么做。

有时候，你的故事其实就在你身旁！我们曾协助过一家科技公司，任务是向外界传达他们的实验如何尖端与灵敏。他们对自己产品的数据表现感到非常骄傲，并希望分享所有的数据。但坦白说，这让他们的信息传递变得枯燥无味。然而在一次午餐时，有人提到，他们在进行实验时需要考虑到两英里外的一个火车站，因为火车的进出震动会被他们的高灵敏度设备检测到。我们相互对视，齐声说："就是它！这就是你们的故事！"他们的设备如此灵敏，以至于两英里外的火车通过都会对他们的实验结果产生影响。多年过去了，我们依然记得这个故事；而那些数据只是起到了辅助的作用。认知心理学家杰罗姆·布鲁纳曾说："当一个事实被包裹在故事中时，我们记住它的可能性要高出二十二倍。"

在使用讲故事的方式来传达数据时，你可以——

● **以故事开始数据演示。** 在进行数据演示前，先用一个故事来引出"为什么"。例如，飞蛾故事讲述者林迪威·马杰勒·西班在她的农业研究演讲中，以一个简短的故事开始，讲述了她在津巴布韦祖母的农场长大的经历，以及她们对丰收能够养活整个村庄的期望。

● **在讲述一个长篇故事的过程中，适时地插入数据。** 让一个故事成为你整个演讲的主线，并在关键时刻停下来，分享那些重要的数据。

● **在演示的任何阶段，都可以通过讲述故事来突出一个关键的数据。** 故事可以提供一个喘息的机会，为你的听众理解那些至关重要的信息提供空间。

## 家庭中的故事

照片是时间中冻结的瞬间，但故事却鲜活生动。想象一下，如果我们拥有的不是家庭照片集，而是家庭故事集，那会是怎样的体验？那是一个可以让你聆听先辈们故事的地方。与照片集相比，你更愿意拥有哪一个？通过这些故事，你能描绘出亲人生活的点点滴滴，感受他们的欢笑与泪水。你可能已经熟悉一些家族中流传的故事——父母相遇的情景，或是你出生那天每个人都做了什么——但你是否渴望了解更多？常有人说，祖先的故事不仅揭示了他们是怎样的人，还间接地映射出我们是怎样的人。

我们需要与那些和我们朝夕相伴的人培养出一种和谐的节奏。然而，我们只是假想我们理解他们的情感，或者他们理解我们的情感。还好，故事能够让我们强调那些可能未曾言说的重要情感。它们给了我们一个机会，让我们能够停下来，表达那些"故事"所指代的情感。这样的分享，有时能将平凡的一天转变为值得纪念的时刻。

埃莉·李决定向家人讲述一个名为《一种智慧》的故事。这个故事讲述了她终于认识到她父亲为波士顿唐人街社区所做出的贡献。

**埃莉·李，飞蛾故事讲述者**：我第一次向父母讲述这个故事时，他们感动得落泪了。我父亲通常不太爱流露情感，所以能与他们共同经历这样一个神奇时刻，实在令人难以置信。简单地告诉某些人你爱他们是一种表达，而通过故事传达这份爱，展现情感的深度、意义和联系，则是另一种更为深刻的表达。或许父亲一直以为，他的辛勤付出和牺牲将会默默无闻，因为这些事情对父母来说都属于理所应当。对我选择用飞蛾提供给我的平台来向他致敬，向世人展示我对他的深爱，他非常惊讶，也深受感动。

故事还能让我们与远在他乡的家人心灵相通。

**凯瑟琳**：在我尚在襁褓之时，父亲被征召前往越南战场。他离家日久，而我年幼无知，他担心当他归来时，我可能已不认识他。于是，母亲将他的一张 8×11 英寸的照片放大并镶进相框，放在客厅地板上的一角，正好在我的视线高度。她每天都让我坐在照片前，指着照片对我说："爸爸，爸爸，这是你的爸爸。"尽管我还太小，听不懂她的话，她还是坚持给我讲述关于父亲的故事。她发现，这些话语不仅安抚了她的心，也让她感觉与父亲依然心心相印。她与父亲唯一的联系方式，就是偶尔收到的信件。父亲归来时，降落在亚拉巴马州蒙哥马利的麦克斯韦空军基地。那时，人们可以直接从飞机的舷梯走下，踏上跑道，亲人便可在停机坪上迎接。母亲回忆说，当她走向飞机时，看到父亲从舷梯走下，我挣脱了她的手，边跑边叫着"爸爸，爸爸，爸爸！"向他奔去。

## 鼓励长辈们分享他们的故事

托米·塔霍夫的孙子在小学学习大屠杀相关历史时，向老师透露了他的祖父是其中一位幸存者。老师便邀请托米去给学生们讲述自己的经历。托米是个内向的人，他从未向人提起过自己六岁时在贝尔根-贝尔森集中营的囚禁经历，因为那些记忆太过痛苦。然而，由于他从未与孙子深入交流过自己在大屠杀中的经历，他意识到自己有责任把它说出来。在向学生们讲述之后，托米的心态发生了转变，作为见证者的重要性成了他前进的动力。自那日在教室讲述之后，托米成了爱尔兰大屠杀教育信托基金的活跃成员。而他之所以打破沉默，是因为来自孙辈的请求，让他分享自己的故事。

我们所爱之人的故事，或许是打开历史之门的钥匙——他们或是历史的见证者，或是某些家族逸事的唯一知晓者，例如他们知道为何你的两位曾叔公不再交谈，从而引发了一场延续至今的家族纷争。你是否曾好奇，为何你的曾祖母跳探戈舞如此出色？你曾向她探询过吗？鼓励亲人讲述他们的故事，不仅能让我们更加了解他们，还能在他们离世后，让我们继续携带着他们的一份记忆。对他们而言可能平淡无奇的往事，却可能让你情绪激动。（什么，你在"二战"期间在军工厂工作？难道就像铆钉女工罗西①那样？）你可能未曾意识到，你认识的每一位长辈，都有过他们的爱情故事、职场风波、疯狂时光和深深的失望，而这些他们或许从未向你提及。在年轻时的感恩节聚会上，有没有一些故事你当时没听明白，现在却渴望再次聆听？现在正是提要求的好时机！

**莎拉**：在我记录患有阿尔茨海默病的爷爷杰克谈论的他的人生时，他已经丧失了短期记忆。然而，在照片、我奶奶和我的帮助下，我们惊讶又欣慰地发现，他的长期记忆依然完好。每一张我们向他展示的黑白照片，都仿佛将他带回了过去。他向我们讲述了他作为家中独子在夏日湖畔度假的情景；他心爱的伙伴，猎犬杰瑞；以及他那慈爱的父母。"我父亲是个保险销售员，他非常关心他为数不多的客户，总是去看望他们，问他们是否安好，是否需要更多的保险。其实他们并不需要更多的保险，只是我父亲需要更多的客户。"这些照片不仅唤起了他过往的点点滴滴回忆，也让我们惊喜地发现，我们以为他那已经消失的幽默感，依然存在。

照片与音乐录音一样，能够唤醒那些沉睡的记忆和被时光遗忘的故事。它们如同一扇轻启的门，引领我们穿越至往昔。

---

① 铆钉女工罗西（Rosie the Riveter）：第二次世界大战期间美国的一个文化象征，代表了在战争期间进入工厂工作的女性。这些女性工人被称为"铆钉女工"，她们在国防生产线上工作，为前线生产弹药和军需物资。这个形象最初出现在 1942 年由艺术家霍华德·米勒（J. Howard Miller）设计的宣传海报上，海报上的女性罗西头戴红色头巾，身穿工作服，展示出有力的手臂，并配有"We Can Do It!"（我们能做到！）的口号。这个形象不仅激励了成千上万的美国女性投身于工厂工作，也成为女性力量和爱国主义的象征。铆钉女工罗西的形象在战时广为流传，成为一个时代的标志，并且至今仍被用来象征女性在社会和经济领域中的觉醒和贡献。——译者注

若你希望激发那些长辈（也可以是老友、多年未断联系的姐妹、那位你始终牵挂的老师）的回忆，以下这些提示词能够帮助你开启对话。之后，你需要寻找一个可以记录他们话语的工具，无论是手机还是纸笔均可。

- 人们最常讲述的关于你的故事是什么？
- 有哪些回忆至今仍能让你会心一笑？
- 如果人生是部电影，有哪些场景是你永生难忘的？
- 分享一下你的初吻、初恋或是第一次心碎的经历。
- 你曾克服过的最大难关是什么？
- 在你的人际关系、你所做的决定或你的职业生涯中，何时你感到过无比的自信？
- 描述一个让你感到后悔的时刻。
- 你成长过程中最珍贵的瞬间有哪些？
- 你还记得那个_____时刻吗？
- 你希望人们记住你的哪一点？
- 是否有那么一次你想去参与某个冒险？
- 当你初次踏入现在你称之为家的城市时，是怎样的感受？
- 分享一次你为自己感到自豪的经历。
- 告诉我们一个离你而去之人的故事吧。
- 我们初次相遇时的情景，你还记得吗？当时发生了什么？
- 讲述你第一次主持家庭聚会的经历。
- 你最喜欢的节日记忆是什么？
- 有人曾给你提过一条让你受益匪浅的建议吗？是什么时候？
- 你曾与人分享过一个长期保守的秘密吗？是什么时候？
- 你希望你的故事如何落幕？

● 你珍藏的某个物品是什么？你是如何得到它的？

● 在你三岁、十三岁、三十三岁，或九十三岁时的日常生活是怎样的？

● 何时你意识到自己在某事上很有天赋？

● 描述一个让你感到极度嫉妒的经历。

● 如果可以重来，你最想重温生命中的哪一天？

● 你曾经历过思乡之情吗？是怎样的？

**记录故事的小贴士：** 人们在镜头前有时会感到羞涩。选择录音而非录视频可能会让他们感到更加自在。现在大多数智能手机配备了语音备忘录功能，或者你可以将摄像头对准其他地方，只录制声音。你可能会发现，随着对话的进行，你的亲人很快就会忽略掉录音设备的存在！

## 缅怀往昔

唤起关于逝去之人的记忆，有时宛如与他们短暂的重逢。搜集故事的过程——与亲人的联结，向那些本可能永远陌生的人敞开心扉——能够为你所熟悉的人增添你所不了解的维度。这些故事宛如一面棱镜，让你得以多角度地审视他们的人生。

**米歇尔·贾洛夫斯基，飞蛾引导员：** 父亲离世之际，我感到自己像是断了线的风筝，与这个世界的联系似乎被生生割断。我渴望将我的社区团结起来，以一种既充满哀伤又洋溢着喜悦的方式，共同缅怀。然而问题在于，我的大多数朋友其实并不了解我的父亲，他是个相当孤僻的人。因此，我必须思考如何以一种超越他个人的方式去缅怀他——这不仅关乎他个人，也关乎他在我生命中的位置，关乎他的遗志，关乎所有父亲的遗志，以及我们所有人所继承的父系血脉。

在一个温暖的七月夜晚，我邀请了二十五位亲友，在我家庭院的一隅共同缅怀我的父亲。我以简短的悼词开场，试图勾勒出他人生篇章中寥寥的几页。比如他总是走在潮流前端，早在大墨镜、运动装和手机成为时尚之前，他就已经装备上了。他英俊潇洒，魅力四射，在家庭聚会中总是备受欢迎。然而，他的酷劲儿有时也让人难以亲近，他那令人不快的大男子主义就是个问题。但我知道，他深爱着我。我称呼他为"阿爸"，希伯来语中的"爸爸"，我深知他对这个称呼的自豪。我和我的姐姐在他心中占据着无比重要的位置，从他常用我们名字的组合作为密码就可见一斑。悼词结束后，我感慨地提到，向父亲致敬往往不易，因为那些关系总是错综复杂。我鼓励在场的每个人分享他们与父亲的故事，以及从父亲那里继承的品质。在第一个人开口之前，现场静默了片刻。随后，人们纷纷讲述了关于父亲的温馨往事，如对音乐和艺术的热爱，为他们树立的榜样，在每一件事中所传递的冒险精神，等等。还有这个故事，一位朋友的父亲向一个种族主义者竖起中指并开了一个玩笑。此事让这位朋友明白，种族主义者应该受到谴责，在遇到困难时应该选择笑对而不是逃避。当然，也有一些不那么美好的回忆，比如从父亲那里继承而来的固执和遗留的愤怒。

人们依次分享着自己的故事，那些经历中的相似之处让我感到与他们、我的父亲以及他们各自的父亲之间有了更深的联系。当夜幕降临，那种飘摇不定、残缺不全的感觉渐渐变淡，我为拥有这样一个社区、这样的友谊和这样的故事分享而心存感激。

分享这些故事，也是确保我们所珍视的家庭成员的回忆得以流传至后代的一种方式。家族故事的讲述与反复传诵，将使它们深深植入我们的集体记忆之中。

**苏珊娜·拉斯特，高级策划制作人：** 我的母亲埃德娜·拉斯特在我二十二岁那年离世，而我的父亲小阿特·拉斯特则在我步入不惑之年时离开了我们。他们的离去在我生命中留下了难以填补的空缺，但他们的故事却仿佛让他们一直陪伴在我身边。我不断地在谈话中穿插关于父母的故事，而我的孩子朱利安和索菲亚虽从未有机会亲眼见到我那位了不起的母亲，但却常常把这些故事讲给我听，通过这些故事，他们对她有了深刻的认识。他们知道，外祖母年轻时曾被邀请加入凯瑟琳·邓纳姆的舞蹈团去欧洲巡演，但她的母亲坚决反对："我们家不能有艳舞女郎！"他们知道外祖母是在哈林区①萨沃伊舞厅的舞会上遇见了外祖父，当时他带着通信簿走向她，尽管她已经有了舞伴。他们也知道，在与外祖父共同创作书籍之前，外祖母曾是一位备受学生爱戴的小学教师。偶尔，我还会收到她过去学生的消息，他们在出版物上看到我的名字后，会联系我，询问我是不是她的女儿，并与我分享关于她的温馨往事。

他们知晓外祖父曾经喜欢在哈林区的圣尼古拉斯大道上玩棒球，以及他那根名为贝琪的爱棒不慎坠入下水道时，他是何等悲伤。他们知道外祖父和表兄欧文多么厌恶夏令营，以至于他们曾试图搭便车穿越七十多英里的路程返回曼哈

①　哈林区（Harlem）：纽约市曼哈顿北部的一个历史悠久的区域，在非裔美国人的文化和历史中占有重要地位。哈林区曾经是20世纪初非裔美国人文化复兴运动（Harlem Renaissance）的中心，吸引了许多著名的黑人艺术家、作家、音乐家和思想家。这个区域以其丰富的艺术遗产、爵士乐和布鲁斯音乐而闻名。此外，哈林区也是许多重要的民权运动和社会活动的发源地。——译者注

顿，却在路上被一名州警拦截。他们懂得，尽管外祖父曾遭受种族歧视，但他最终还是成了国内首批黑人体育评论员之一，并拥有了自己的广播节目。他们能感受到自己的外祖父广受喜爱，因为一旦有人得知他们外祖父的身份，便会分享他们通过收音机聆听他解说的经历或是与他本人的会面，以及这些经历对他们的意义。

谈论我的父母就像是撒下一小把仙尘，让他们得以短暂地再现。我坚持每年都要庆祝他们的生日。我会准备他们最爱的佳肴，为他们调制饮品（她喜欢伏特加混汤力水，他则钟情于朗姆酒加可乐），但说实话，这不过是找个理由来回忆他们，分享欢笑或泪水，重述那些关于他们的温馨故事。往往欢笑与泪水交织。这样的仪式在我家中已成为常态，以至于我的女儿以为每个家庭都会这么做。

在我心中，最动人的故事能够揭示人们的本质：是什么让他们开怀大笑？又是什么能激起他们的激情？这些故事让我们得以一窥他们的内心世界。它们为那些已经离开我们的人描绘出生动的色彩，让他们的记忆在我们心中依然鲜活。

我梦想着，当我有一天离开这个世界（但愿那还是遥远的将来！），我的孩子们能够记得我的生日，在这一天举杯缅怀，讲述他们心中关于我的美好回忆。这就是我期望自己留下来的方式。

## 世界各地的故事

1982 年，美国总统罗纳德·里根首次邀请了一些虽有影响力但并非家喻户晓的人物参加国情咨文演讲。在演讲过程中，他会特别提及这些人，并分享关于他们的境遇、个人成就或需求的小故事。这种传统被后续的总统们沿用至今，因为它是一种有效且极具影响力的沟通方式。他们本可以简单地说"我的政策惠及民众"或"我们迫切需要新的行动计划"，但通过讲述个人的故事，能够更加深刻有力地传达信息。与任何统计数据相比，故事都能够更生动地展示已经取得的成就或亟待解决的问题。

为什么总统们要讲述他人的故事？因为这是触动人心、直击灵魂的最直接方式。那些原本在听众心中陌生的"他者"，通过故事变得熟悉且易于得到认可。故事是我们洞察复杂或敏感议题背后真相的利器。

从露丝·巴德·金斯伯格①到马拉拉·优素福·扎伊②，从马丁·路德·金到格蕾塔·桑伯格③，从圣雄甘地到科林·卡佩尼克④，这些名人都曾借助个人故事的力量，强化了一个更广泛的社群、一个国

———————————————

①　露丝·巴德·金斯伯格（Ruth Bader Ginsburg）：美国历史上著名的法学家和女性权益倡导者，美国联邦最高法院的第二位女性大法官，也是首位犹太裔女性大法官。金斯伯格在她的法律生涯中，对性别平等和女权进步做出了显著贡献。——译者注

②　马拉拉·优素福·扎伊（Malala Yousafzai）：一位巴基斯坦的女性教育活动家，因在巴基斯坦斯瓦特地区争取女童受教育权利而闻名。她的成就和影响力使她成为全球儿童权利和教育权利的标志性人物。——译者注

③　格蕾塔·桑伯格（Greta Thunberg）：一位瑞典的青年活动家、激进的环保分子，因其在气候变化问题上的积极行动而闻名。她的行动和言论经常引发争议，有人支持她的环保立场，认为她勇敢地为年轻一代发声，也有人批评她的观点过于激进。——译者注

④　科林·卡佩尼克（Colin Kaepernick）：一位美国职业橄榄球运动员，曾担任NFL（美国国家橄榄球联盟）旧金山49人队的四分卫。卡佩尼克在2016年成为社会和政治争议的焦点，因为他在赛前国歌演奏时选择单膝跪地，以抗议美国社会中针对非裔美国人的种族不平等和警察暴力。这一行为迅速引发了广泛的讨论和争议，支持者认为他勇敢地表达了对社会正义的关注，而反对者则认为他的行为不尊重国旗和国家。他的行动和立场在一定程度上改变了公众对运动员参与社会和政治问题的看法。——译者注

家或一个民族的共同经历，以此激发人们采取行动，引领历史性的
变革。

**萨拉·李·纳金图，飞蛾故事讲述者：** 我向位于比利时
布鲁塞尔的欧洲议会讲述了我的故事。他们在听完我的故事
后，表示愿意审议一项新的预算案，旨在加大对青少年性与
生殖健康的投入，并确保他们能够获得必要的服务，以便他
们能够对自己的生活做出明智的决策。

飞蛾故事曾在联合国大会的讲台上回响，也曾在总统和议会成员
的面前娓娓道来。它们出现在生活中的各种场合，无论是在公交车、
火车、出租车或人力车上，在杂货店前的队伍中，还是在演讲台上展
示那些精心设计且错综复杂的研究结果时，人们都能见到飞蛾故事的
身影。它们还出现在电梯里、在家庭农场上，或被分享给陌生人、地
铁乘客以及立法者们。这一切的场景无不向我们证明：讲述得当的故
事具有在全球范围内引发重大变革的力量！

我们并非人人都能肩负起历史的重担，也不是每个人都有机会参
与学生会的竞选。也许改变的程度或大或小，但精湛的讲故事能力确
实能够（而且必将！）转变个体，凝聚社群，以及改变世界。

**阿黛尔·奥扬戈：** 飞蛾抚慰了母亲离世给我带来的悲
痛，向我揭示了故事讲述的强大力量，并且促使我后来决定
用故事来提高非洲人的声音。我创建了自己的播客节目《法
律小白》，旨在赋予非洲人对自己故事的话语权，并通过故
事的讲述，促进我们之间的相互理解。

## 社区中的故事

2008 年，美国国务院邀请飞蛾在塔吉克斯坦首都杜尚别举办一

场讲故事的演出。演出伊始，我们的团队和国务院的联络员紧张地望向听众。听众中一半身着西式服装，另一半则身着塔吉克传统服饰、扎着色彩斑斓的头巾。内战结束已有十年，但塔吉克斯坦鲜有人提及那场战争。音乐教授阿诺依德·拉提波夫娜·拉赫马蒂洛娃走上铺着华丽地毯的古旧木制舞台，讲述了她在战争中独自抚养孩子的经历，因为她的丈夫被绑去强制参军了。她回忆起自己如何紧张地面对手持机枪和砍刀的士兵，以阻止他们破坏学院的乐器。她决定为士兵们演奏《月光奏鸣曲》，而他们被音乐深深吸引，最终同意和平离开。故事结束时，阿诺依德引领全场观众齐声朗诵一首关于塔吉克人民坚韧不拔的精神的著名诗篇。晚餐时，阿诺依德与她的朋友和家人都说，过去的十年是在沉默中度过的，社区里没有人能够公开谈论他们所经历的一切。对她来说，能够讲述自己真实的故事，并让听众听到，感觉已是一次巨大的突破。

分享我们的故事，聆听他人的故事，让我们意识到我们共同经历着生活的旅程。我们都在穿越这个时而欢乐、时而令人尴尬、永无完美之境的世界，寻找自己的方向。

## 讲述倡导性故事

有些讲述者致力于运用自己的声音进行倡导，提高人们对全球健康与人权议题的认识。人们渴望发声，渴望被倾听，并以故事为媒介，有意识地推动世界向更健康、更公平的方向发展。故事能够重塑我们的世界观，打破固有成见，并挑战根深蒂固的传统信念。

"月经之声"是一个由健康女性和密欧万科学有限公司发起的项目，旨在提升对月经健康的讨论。我们通过该项目结识了奈基姆·奥西亚。奈基姆成长于一个尼日利亚家庭，在那里谈论任何关于"下半身"的问题都是禁忌。多年来，她一直隐瞒自己月经出血过多的状况。直到有一天在教堂，她的姐姐注意到她的牙龈都变成了白色。她被紧急送往医院，医生检查了她的生命体征后告诉她，这些指标"不利于生存"。她被诊断出患有子宫肌瘤，也是在那时，她才得知她的母亲同样患有这一疾病。尽管母亲反对，奈基姆现在仍然在分享自己的故事，作为她筹款和研究工作的一部分，并表示："这真的让我如释重负。当我能帮助其他同样痛苦的女性时，我为何要独自承受这份痛苦？我可以通过我的经历告诉她们我所经历的痛苦和遇到的挑战。我不能私藏这些信息，那样做太自私了。"

多数讲述者表示，尽管分享个人故事对他们来说存在困难，但他们认为这样做极其重要。确实如此。掌握自己的故事就意味着重新夺回了叙事的主导权，可以对抗那些占据主导地位的但有时是错误的，甚至可能致命的叙事。

在《回去告诉他们》中，作家、诗人兼活动家汉娜·德雷克以她对美国种族紧张局势的深刻洞察，讲述了一个波澜壮阔的故事，其中包括她前往塞内加尔"不归之门"①的启发之旅，以及她对密西西比州一座种植园的心碎探访。这是一个充满力量的故事，它触动人心，不忍卒听，甚至有时难以开口，但汉娜勇敢地面对了这一挑战。

我们询问她的感受，她便谈起了她最受欢迎的诗作《空间》。她说道："我们许多人被赋予了创造空间的使命。我们存在于此，自有其意义。正因如此，即便身处其中让我感到不适，我依然坚守在这片空间之中。我明白，我正在为那些后来者创造空间。"

---

① 不归之门（the Door of No Return）：位于非洲加纳海岸角城堡的一个历史地点。在 15 世纪到 19 世纪初，数以千万计的非洲奴隶从这里被送上奴隶船，开始了他们悲惨的命运之旅。这些奴隶被运往美洲后，很少有人能够活着返回故乡，因此这里被称为"不归之门"。——译者注

**思可·莫芝蔓，飞蛾主持人及故事讲述者：** 见证本身即一种行动。它有时是我们为了修补内心创伤所能采取的最为关键的举措。

故事可以在法庭上被诉说，以揭露不公；可以在抗议活动中被传扬，以照亮黑暗。多年来，我们与形形色色的社区合作，共同举办故事工作坊，包括清白计划、彩虹族群、退伍军人团体等。其中，致力于为无辜入狱者洗清冤屈的清白计划，是我们合作历史最悠久的伙伴。法律援助协会、出庭律师学院以及其他法律团体还会将故事讲述运用在司法程序中。

故事具有影响政策的力量，无论是在地方、国家还是全球层面，它们都能够揭示：我们之所见不过是冰山一角。故事能够引导你和听众跳出简单的二元对立思维，进入更为复杂的思考领域。一个人的真实经历，有着改变我们所持信仰的潜力。

我们阅读过关于气候变化带来灾难性后果的研究，但当汉娜·莫里斯讲述了她的故事《潮汐倒计时》，关于在佐治亚州海岸线外的圣卡塔利娜德瓜莱①使团考古现场工作的经历时，我们才深刻感受到了气候变化所带来的冲击。汉娜描述了她所从事的"考古急救"工作。这个 16 世纪西班牙使团的遗址安息着 2 432 人，汉娜他们正努力保护它，以使其免受潮水上升的威胁。

　　我发现自己站在齐膝深的水中，全身沾满了沙子，手中紧握着一盏探照灯。我们在夜色中继续工作，因为我们无法预知，当

---

　　①　圣卡塔利娜德瓜莱（Mission Santa Catalina de Guale）：位于美国佐治亚州圣凯瑟琳岛（St. Catherines Island）上的一座历史性的西班牙传教站。它是西班牙在佐治亚州的第一个前哨站，也是瓜莱省（Guale province）最大的传教站。传教站的确切位置已知，但由于是一个持续的考古挖掘现场，目前不对公众开放。——译者注

次日潮水退去时，这个遗址还将剩下些什么。正如任何研究项目一样，我们的时间与资金都是有限的，我们一直在对这次挖掘剩余的天数进行倒计时，但实际上，我们是在计算剩下的涨潮次数。我们还剩三次涨潮。我们还剩两次涨潮。而在今晚，我们已经一次不剩了。这就是最后的时刻。那晚，仿佛有一头怪兽与我同在水中。它随着潮水涌来，在我的脚边游弋。它清晰地向我展示了气候变化将带来的后果。

若能聆听到那些亲身体验过全球性问题之人的讲述，我们对这些问题的讨论将会呈现出怎样的不同？

你在研究传染病学吗？来听听这个人的故事吧，他曾在炎炎夏日中，既要设法保持疫苗的低温，又要将其送达那些偏远的社区。

你想探讨自然资源的话题吗？不妨来聆听这位年轻科学家的故事。他不畏艰难，与当地渔民携手合作，共同创设建造了一个"鱼坝"。这一举措促进了巴厘岛海洋生物的繁荣发展。

你在思考关于经济流动性因素的话题吗？让我们聆听这位女士的故事。为了照顾生病的丈夫，她决定放弃自己的带薪职位。

想要了解性别不平等的问题吗？来听听这位喀麦隆女性努力出版她的首部小说的故事吧。

想要探讨美国的司法体系？让我们聆听这位刚刚获得假释许可的男子的经历。在重获自由的第一天，他独自踏上了地铁，希望在宵禁之前返回家中。

当你以故事作为倡导手段时，往往无法获得连续五分钟不受打扰的讲述时间。你可能仅有一两分钟的故事讲述时间。在这短暂的时间里，你能够做些什么呢？

● **寻找主要事件。**整个故事最终将推向哪个重大场景？精简这一场景，使你可以在一分钟内讲完它。当然，为了让听众理解这一场景，你可以再为他们补充两到三个必要细节。

● **你打算向谁讲述这个故事？**你的目标听众是青少年、父亲们、护士还是更广泛的群体？强调那些能够帮助他们产生共鸣的细节和情境。请记住，即使是相同的故事情节和框架，也可以从多种视角进行叙述。

● **添加一些关键数据。**巧妙地融入与故事相关的事实和统计数据，有助于构建生动的画面。例如："芝加哥城市预备学院的毕业生——全部为黑人男性——100％被大学录取。"虽然过多的数据可能会让故事显得沉重，但是恰到好处的几个数据能够提升人们对数字背后更广泛情境的认识。

● **在故事结尾加入一个行动号召。**故事就是你发声的平台，你可以引导人们走向你期望的方向。在故事的结尾发出行动号召吧，参与签署请愿、支持性别平等、投资小型企业等。同属一个社区的归属感将激发听众去进一步探索，最大限度地利用这一优势吧。

如果有一个人因你的故事而感动，那么当你邀请十个人共同聆听这个故事时，会产生怎样的效应？故事能够点燃交流的火花，它会成为你在社区播下的种子，而培育出的将是持久的纽带和相互理解。

试想，当你向千名听众讲述这个故事时，他们会如何将这个故事传递下去？他们会与谁分享？设想这一连串的涟漪效应。

帕梅拉·耶茨在一次飞蛾故事会上分享了她制作关于危地马拉内战的纪录片《山之颤动》背后的故事。在拍摄过程中，她被当地原住民的无畏精神深深感动。在故事的收尾处，她回忆道："我永远铭记危地马拉原住民对我说的话。当我询问他们为何愿意为了公正的社会甘冒生命危险时，他们回答我：'我只想贡献我的一粒沙。'"

当你鼓起勇气说出你的故事后，你也为这个世界贡献了你的一粒沙。有时，正是这粒沙，能掀起一场波澜壮阔的运动。

# 第十二章 倾听

我们飞蛾的理念是，倾听使社区更加美好。

——杰伊·艾利森，《飞蛾广播时光》制作人

在肯尼亚奈瓦沙的一个炎炎夏日清晨，十二位来自世界各地的陌生人乘坐巴士抵达一家酒店，参加即将开幕的飞蛾全球社区故事工作坊。在接下来的三天里，他们将共同分享自己的故事。从巴士上走下的，是戴着头巾、穿着教士服或其他宗教服饰的十二位宗教领袖。他们希望将故事讲述用作社区宣传的工具，而这次工作坊就是专门为他们准备的。这听起来像是一个笑话的开场："一位修女、一位阿訇和一位拉比一同走进了飞蛾的工作坊……"他们不仅准备雕琢和完善自己的故事，也准备聆听来自不同信仰的其他领袖们的故事。虽然没有预设的笑料，但这些宗教领袖们在分享关于家庭、友谊和爱的故事中，找到了许多共同点，还有欢笑。

尽管我们的观点立场、情感反应、成长背景和文化传统可能迥异，但我们都体验过激动人心的时刻和失望的沉重打击，我们都曾怀揣对未来的梦想，也留有对过去的遗憾。在聆听他人的故事时，我们或许渴望着提升自己，追求更高的境界。那么，在倾听的过程中，你会有何发现呢？

几乎所有在各自领域成就斐然的人都曾向前辈们学习：杰出的音乐家们会聆听无数小时的音乐，卓越的小说家们会阅读众多的经典著作。

学习讲故事的过程离不开倾听。在你打磨自己故事的同时，让自己沉浸在他人故事的海洋中吧。（作为新手学习素材，飞蛾网站上有成千上万的故事供你聆听！）聆听时请留意哪些元素让你心动，以及哪些技巧奏效。同时，也要识别出那些对你来说并不合适的部分。你钟爱的一些故事或许并不遵循我们给出的建议。有些故事即便严格遵循了这些建议，也可能无法触动你的心灵。

优秀的讲述者会捕捉到那些巧妙的措辞、精彩的结尾和细腻入微的细节，这些都是绘制生动画面的关键。去聆听和学习那些能够触动你心灵的故事吧。

## 故事是生活的解药

倾听故事能够以多种方式为他人提供帮助。你可以根据亲朋好友的处境，为他们推荐合适的故事。如果有人正与自我怀疑做斗争，让他们听听那些也曾担心自己永远不会成功的诺贝尔奖得主和运动员的故事会怎样呢？你的姐姐坚信五十岁后不会再遇到爱情了吗？那么，如果她听到那些在晚年依然能找到真爱的故事，她的想法会不会有所改变？

有些故事充满希望，能将我们从忧伤中拯救出来；有些故事能够拓宽我们对可能性的想象，让我们感受到自己并不孤单。这些故事能让我们静心聆听，深刻体会。

**珍妮弗：**某个夜晚，邻居帕蒂告诉我她很烦恼。她二十岁的女儿最近向她坦白了自己的同性恋身份，并提出希望在即将到来的感恩节家庭聚会中带上自己的女朋友。帕蒂坦言："我完全不知道该怎么办，也没准备好。我知道我必须接受现实，无法改变什么，但这真的很难。我不想让她的女朋友来参加我们的感恩节聚会。我是个很差劲的人。"我心中充满了疑问，但我抑制住了想要一股脑儿给出的未经请求的建议，只是静静地聆听。我表示理解："你可能确实需要一些时间来消化这个消息。"我强调，她的女儿终于敞开心扉，分享了关于自己如此重要的一面，这是值得肯定的，然后便没有再多说什么。帕蒂离开后，我想起了两个曾在故事擂台赛上分享的故事，它们讲述了向家庭成员坦承自己是同性恋的事实，但起初家人们并不接受或支持的经历（凯瑟琳·斯摩卡的《祖母的勇敢》和塔拉·克兰西的《警察与布谷鸟钟》）。我将这两个故事的链接发给了她，并随意建议她去听听看。实际上，作为药方，我开出的这两个故事不仅情感丰富，而且颇具幽默感。

两天后，帕蒂告诉我她非常喜欢那两个故事。经过深思熟虑，虽然她内心仍有些许不安，但她还是告诉女儿可以邀请她的女朋友来共度感恩节。这两个故事彻底改变了一切吗？当然不是，前方的路依然存在很多障碍。然而，在那个感恩节，她们传递着肉汁，享用着南瓜派，同时也孕育了全新的故事。

我们收到了众多邮件，人们在其中请求我们向故事讲述者表达感激之情，邮件中还常常出现"我以前从未理解过"或"我以前从未意识到"之类的话语。倾听他人的经历仿佛为他们打开了一扇窗，让他们得以感同身受，从全新的视角去看待事物。

达努西亚·特雷维诺讲述了一个发生在纽约的案件审判故事，以及她最初对其他陪审团成员怜悯心的仓促判断。最终，他们对她表现出的善意促使她在案件中做出了公正的裁决。这个故事名为《有罪》，曾在《飞蛾广播时光》节目中播出，达努西亚因此收到了众多粉丝的来信。以下是其中的一封：

> 我在本地一家汽车零配件商店工作，负责给周边的汽车修理店送货。在今天送货的途中，因为音乐变得乏味且无法驱散我心中的沉重忧郁，我开始调换电台。就在这时，我听到了你那悦耳的声音，随着听众的笑声，我决定停止调台，专心聆听。你那个陪审团的故事如此吸引我，以至于我都想把车停在路边，只为全神贯注地听你讲述。你的故事在许多层面触动了我，让我感受到了快乐和希望。我通常不轻易流露情感，总是表现出海军陆战队员一样的"硬汉"形象，但那时我几乎要流泪了。你的故事也启发我不仅要打开思维，也要敞开心胸。再次向你表达我的感激之情，你的故事让我在这荒无人烟的地方振奋了精神。

## 故事能够引发深思

故事里的细微之处能够唤起深刻的记忆，彻底转变你的视角，或者让你以一种全新的、颠覆性的角度去理解他人的生活。切奇·马林曾讲述他为了避免被征召参加越南战争而搬到加拿大的故事。在描述战争结束后第一次见到父亲的情景时，他不由自主地从喉咙里发出了一个尖锐的声音。演出结束后，一位听众向我们透露，他在听到这个声音时情不自禁地流下了眼泪。他解释说，当人试图控制自己不哭时，会不自觉地收紧喉头，从而发出这样的声音。他提到，在他自己的家庭中，哭泣是不被允许的，而他自己也会发出这种声音。他的眼中闪烁着泪光，因为切奇的声音让他感同身受，仿佛在用声音回顾他成长过程中相同的情感体验。一个简单的声音，就足以概括他们共有的童年特殊记忆。

在《布局》中，国际象棋界的大师莫里斯·阿什利分享了他在牙买加的成长经历，以及他对自己最终抵达美国时，美国将会呈现出怎样图景的期待。

> 我能察觉到朋友们满眼的羡慕，因为美国在他们心中是充满希望之地。而我们对美国的了解，仅限于电视屏幕上的影像，比如在《鹬鸪家庭》中的美国。我梦想着去美国，成为像丹尼·帕特里奇那样的人物，或是《细路仔》中的阿诺德和威利斯，我们期待着住在带有屋顶泳池的豪华顶层公寓。当我们乘坐的飞机终于飞越了纽约市的璀璨灯火，我们下飞机后上了车，却发现这个现实中的美国与我们想象中的有所不同。我们曾幻想街道上铺满了金子。

飞蛾财务与行政总监玛丽娜·克鲁特斯，为飞蛾的播客节目采访了莫里斯。在那一期节目中，她提道：

> 聆听莫里斯的故事，让我如此感同身受。我两岁时，我和哥哥姐姐被送往加纳与祖父母同住，而父亲留在了美国。每逢学年伊始，我们都会兴奋地打开父亲从远方寄来的包裹，里面装着会发光的美国运动鞋、镶满装饰的衣物（在"镶钻"成为潮流之前）、笔记本、贴纸和其他小物件。这些礼物几乎在宣告"我在美国有亲人"。是的，我们就是那些在加纳的美国孩子。正如莫里斯一样，这些礼物带给我们无尽的欢乐，并在我们心中塑造了一个理想化的美国形象。不同的是，我梦想中的美国生活并不包括有屋顶泳池的豪华公寓，而是在一个宽敞而华丽的别墅中拥有一台紫色的电视，一个装饰着紫色元素的、属于我的房间。一切都将闪耀着光芒，我们会从此幸福快乐地生活。在我九岁生日前

的几个月，我得知我们将要回到美国。当那一天真的来临时，我记得我和父亲以及三个兄弟姐妹一起登上了飞机。我满面笑容，心中充满了对更美好未来的期待，脑海中满是对美国梦的幻想。然而，当我真正踏上这片土地时，现实并不是我所想象的那样。莫里斯和我通过故事共鸣，同时我们也意识到彼此之间的差异。这让我意识到，每个人的旅程都是独一无二的，我们的故事独特、复杂且微妙，但我们常常能在他人的叙述中找到自己的影子。

故事产生的联系会对听众产生深远的影响，同样也对讲述者有着重要的意义。在他们分享自己的故事之前，或许曾以为自己的经历微不足道，但最终他们会找到一个能够理解他们或与他们共鸣的社群。他们会突然间得到一种认同感，从此不再是孤单一人行走在这个世界。最终的结果是，他们变得更加坚强。

听众们心中充满了好奇：我的生活与这位讲述者的经历有哪些相似或不同？我对这个世界还有什么误解？为何我以前从未思考过这些问题？

塞缪尔·詹姆斯在缅因州波特兰的州立剧院向座无虚席的听众分享了他的故事《珍妮》。在这个故事里，他回顾了自己在社会服务机构的成长历程。他曾与多位寄养父母共同生活，也曾暂居于多个庇护所，直至一位朋友的父母向他敞开了家门。

在那个夜晚的演出结束后，所有工作人员和演出人员围坐在餐桌旁，沉浸在演出成功带来的兴奋中。塞缪尔的目光从手机上抬起，表情突然发生了变化。一位女听众在网络上找到了他，通过邮件向他表达了感激之情。她提到，那天晚上早些时候，她得知她儿子十五岁大的朋友即将进入寄养系统。她最初的反应是，她的家庭可以接纳这个孩子，但很快她开始质疑自己：作为母亲的她是否有能力，以及她的家庭是否有足够的资源来妥善照顾他。然而，在听到塞缪尔的故事后，她决定为这个孩子挺身而出。塞缪尔的勇敢给了她勇气，让她相信他们也能够如此勇敢。意识到他的故事有可能改变一个少年的人生道路，让在场的每个人都默默无言。

只有人们愿意以一颗开放而勇敢的心去倾听时，勇敢分享故事的行为才会显现出它强大的影响力。倾听这一简单行为，能够在讲述者和听众之间缔造出意想不到的情感纽带。我们深感荣幸，能够见证那些本应处于深刻且不可逆转冲突中的人们，在倾听、理解了对方的故事之后可以选择和解。在赫克托·布莱克的故事《宽恕》中，他在听到那个杀害他女儿之人的童年故事后，决定与他和解。

> 我渴望了解他是谁，是什么经历让他能够犯下这样的罪行。起初，我本能地认为他是个怪物，一个不配得到我同情的非人类。但逐渐地，我了解到更多关于他的经历。他出生在一家精神病院，十一岁那年，他的母亲带着他和他的弟弟妹妹去游泳，声称上帝要她淹死他们，因为他们是上帝的敌人。他和弟弟逃脱了，却只能眼睁睁看着母亲在他们面前淹死了妹妹。我不禁深思，在我们这个富有、强大的国家，竟然没有一个伸出援手的人。如果那个将我带到这个世界上的女人试图毁灭我，我又会变成什么样子？我并不是在为他的行为辩护，只是开始把他当作一个遭受苦难的人来看待。

这位名叫伊凡·辛普森的男士，经过审理最终被判定罪名成立。赫克托在法庭上见到了他。

> 我转身直面他，说道："愿所有因这罪行而深受创伤的灵魂，都能找到上帝赐予的宁静。伊凡·辛普森，我也为你祈求这份宁静。"我们的目光在那一刻交汇了。泪水如泉涌般滑过他的面庞。

那个眼神，我永生难忘，宛如来自地狱中的幽魂。他们将他带走，而他知道自己将在狱中度过余生。他请求走到麦克风前，泪水依旧滑落，他两次说道："我为自己所造成的痛苦深感歉意，我为自己所造成的痛苦深感歉意。"那个夜晚，我辗转难眠，心中反复回响着他的话语。他一无所有，却将他仅有的东西——歉意——赠予了我。他本可以说："你们都去死吧，我的人生已经结束了！"但他没有这么做。就在那时，我意识到自己已经原谅了他。我感受到了久违的宁静，仿佛卸下了肩上的重担。

故事的本质在于，它们始终提醒我们，人内心蕴藏着关爱他人的潜力和改变自我的可能性。

飞蛾故事会最初源自一个人的构想，但它的诞生、成长、挣扎、泪水、受到喜爱和发展壮大，都是众人共同付出汗水、决心和关怀的结果。它经历了成长的阵痛和飞跃，通过了考验，也曾不止一次地经受心碎。它从一个简单的故事起步，如今已经发展成一个国际性的社群，超过五万名故事讲述者在这里分享了他们的故事。

毫不夸张地说，飞蛾能够存在并蓬勃发展，全赖数百万人的支持，其中许多支持者正是那些倾听者。讲述故事需要勇气，而倾听他人的故事同样重要。这是一种慷慨的举动，它不仅是给予故事讲述者的礼物，也是对整个社区的馈赠。

为了向飞蛾多年来的辉煌历程致敬并庆祝其成就，我们期望你能够掌握这些故事讲述技巧，运用故事来寻找共鸣，激发对话，并激励他人也勇敢地分享他们的故事。

你承载着无数的故事，而这些故事共同编织成了我们所共享的世界。

你的故事具有深远的意义，请勇敢地讲述它们，我们正侧耳倾听。

# 后　记

　　今日世界有时宛如爱丽丝梦游的奇境，我们甚至对"何为虚妄，何为真实"这些最基本的问题展开论辩。然而，在这一切混沌之中，有一件事我们能够确信无疑，那就是我们自己故事的真实性和我们个人经历的可信度。这些故事和经历属于我们，等待我们去探索、体会和传递。

　　现在，轮到你来分享故事了！这是一份邀请，邀请你勇敢地站在众人瞩目的舞台上。你一定做得到。我们知道，你内心的讲述者正渴望挣脱束缚，展现其魅力。

　　通过用心雕琢你的故事，透过自己的视角审视生活的纹理，以你满腔的真情，你将更深刻地与塑造今日之你的那些瞬间和事件相连。这一过程将助你洞悉欢乐、心痛与挣扎如何编织进你生命的故事线。最为关键的是，讲述自己的故事意味着拿回你个人故事的主权。它赋予你权力，去摒弃他人强加于你的叙事，摆脱那些自我设限的消极故事，并塑造出属于自己的篇章。这是你的故事，唯有你才能讲述它。

　　请相信我！我见证了我们的艺术和工作坊团队帮助人们在脆弱而细致的探索过程中找到并塑造自己的故事，这一过程具有神奇的力量。我反复见证了人们在经历这一过程后，如同凤凰涅槃般，带着全新的自我认知和对目标、价值的重新理解，从困境中挣脱而出。这是一次蜕变。如今，这个团队的智慧就掌握在你的指尖。我坚信，你也将经历这样的转变。

所以，勇敢地走出去，讲述你的故事吧。去感受自己的价值。无论何时何地，只要有机会，就分享它，无论是在旅途中、邮局排队时，还是在飞蛾的舞台上。讲述故事的真谛在于让别人看到真实的你。一旦你敞开心扉，我们相信，你的勇敢将激励他人也展现他们真实的自我。当他们分享故事时，也请回报这份勇气。为他们的讲述创造空间，真诚地倾听他们的故事。你会看到他们因被理解而焕发光彩，并激励更多人分享自己的故事。这样的分享会激发一连串的人际联系和相互理解。这就是同理心的神奇魔力，而这一切，都始于你和你的故事。

——莎拉·哈伯曼，飞蛾执行董事

# 致 谢

飞蛾故事会在此向以下人士致以诚挚的谢意:

向我们的故事讲述者以及遍布全球的无数热心听众致意,感激你们在精神上的慷慨支持。

向我们的创始人乔治·道斯·格林,表达深深的敬意。

向我们的董事团队,埃里克·格林和阿里·汉德尔,以及飞蛾的联席主席——塞雷娜·阿尔特舒尔,黛博拉·杜甘,琼·D.费尔斯通,尼尔·盖曼,加布里埃尔·格洛尔,亚当·戈普尼克,艾丽丝·戈特斯曼,丹·格林,考特尼·霍尔特,丽莎·休斯,索尼娅·杰克逊,陈杰赖·库马尼卡,梅贝尔·马尔特,乔安妮·拉莫斯,梅兰妮·肖林和丹麦·韦斯特——致意,对他们卓越的领导才能和不懈的奉献表示衷心的感谢。

向故事擂台赛的社群,以及遍布世界各地的本地制作人致意。正是他们让这份热情持续燃烧,每年为无数故事提供温暖的家园。

向我们才华横溢的音乐家们致意,是他们以动人的旋律为舞台注入了光彩。

向我们的音频和视频录制师以及摄影师们致意,是他们记录并珍藏了我们的现场演出。

向我们的志愿者们致意,是他们二十五年来无私地奉献了自己的夜晚与清晨时光。

向我们无与伦比的飞蛾主持人致意，是他们每晚以敏捷的才智、对情感的洞察力和满腔的热情感染着听众。他们是我们最杰出的代表。

向我们的社区伙伴、企业合作者、高中合作伙伴、故事讲述者及引导员们致意，是他们慷慨分享自己的故事，以同理心倾听他人的故事，并日复一日地展现讲述故事的强大力量。

向我们的合作伙伴们致意，是他们不断给予我们挑战、激发我们的灵感。他们是杰伊·艾利森，维基·梅里克，大西洋传媒音频故事项目的全体成员——安·布兰查德、迈克尔·卡罗尔、梅丽尔·库珀、凯瑟琳·汉丁、卡拉·亨德拉、克里·霍夫曼、杰森·萨尔丹哈，公共广播交流平台的全体同仁——邦妮·莱维斯、艾伦·马内维茨、马克·奥彭海默，以及耶鲁大学"叙事脉络"项目团队的成员——乔丹·罗德曼、罗杰·斯凯尔顿、卡门·丽塔·黄。

向我们的合作伙伴比尔及梅琳达·盖茨基金会致意。

向遍布全国的众多公共广播电台致意，感谢它们播出《飞蛾广播时光》。向我们所有的国家级媒体合作伙伴致意，感谢它们播出飞蛾主舞台和故事擂台赛系列节目。

向我们了不起的捐赠者和会员们致意，是他们的慷慨支持让这一切得以实现。

向我们才华横溢的代理人丹尼尔·格林伯格致意，感谢你的卓越才智、远见卓识以及明智直率。多年前你让我们相信飞蛾能够成功地走进出版界，而这一次，你又推动我们更进一步。

同样要感谢的还有我们卓越的编辑马特·英曼，他不仅引领我们走过了这段旅程，还参与了三部故事集的制作。感激你的耐心指导、从容优雅和稳定的编辑风格。即便你在忙于和项目负责人共同撰写著作时，也总是接听我们的电话。

我们感到无比幸运，能够和皇冠出版社团队的其他成员合作，他们是吉莉安·布莱克、安斯利·罗斯纳、梅丽莎·艾斯纳、西埃拉·穆恩、朱莉·塞普勒、格温内斯·斯坦斯菲尔德、黛安娜·梅西纳和阿隆佐·维伦。

向包括作者在内的每一位团队成员致意，是他们全心全意地为此书的诞生提供咨询、指导和支持。他们是莎拉·哈伯曼、詹妮弗·伯明翰、玛丽娜·克鲁特斯、苏珊娜·拉斯特、布兰登·格兰特、英加·格洛多夫斯基、萨拉·简·约翰逊、阿尔迪·卡扎、帕特里夏·乌雷纳、梅丽莎·多纳齐、拉里·罗森、米歇尔·贾洛夫斯基、詹·卢、克洛伊·萨尔蒙、乔迪·鲍威尔、安娜·斯特恩、凯格利·巴伦、希瑟·科尔文、梅丽莎·布朗、安娜·罗伯茨、胡安·罗德里格斯、伊格纳西娅·德尔加多、马克·索林格、特拉维斯·考克森、梅丽莎·韦斯伯格、安吉丽卡·贾辛托、德万·桑迪福德、阿曼达·加西亚、佐拉·肖、乔·江、萨尔玛·阿里、尼科·福克斯、尼科尔·索尔·克鲁兹、维拉·沃伊诺瓦。

还要感谢艾米丽·库奇，她是我们勇敢无畏、充满创造力的"文档领航员"，同时也是语法领域的无冕之王。

向多年来所有曾为飞蛾效力的前员工致敬，正是他们的努力成就了今天的飞蛾。这包括我们之前未曾提及的前董事会成员、艺术总监、执行总监以及董事会主席，他们是凯瑟琳·克尔、安妮·马菲、亚历山大·罗伊、朱迪思·斯通、莉娅·陶和乔伊·桑德斯。

还要特别感谢詹妮弗·埃科尔斯，G18 和 G275 的女性团队，尼科尔·詹姆斯，安雅·库兹涅佐娃，玛德琳·麦金托什，莫利·林沃德，莎伦·萨尔兹伯格，以及克丽丝塔·蒂皮特。

此外，特别感谢与我们血脉相连或心灵相契的家人，他们是安娜贝尔、埃弗雷特·希克森·丹尼斯顿、尼克、格蕾塔·埃里克森、莱娜·冯·瓦亨费尔特、詹姆斯·莫里斯·罗杰斯、芭芭拉·帕森斯、珍·曼德尔·弗兰克·伯恩斯、韦恩·盖、约书亚和哈罗德·波伦伯格、电影《直到黎明》的女性团队、卡梅伦、桑顿、莫琳·詹尼斯、杰森、弗里茨、艾里斯·法尔丘克、保罗·泰勒斯、亚当·克拉克。

# 飞蛾故事速递

　　我们期望你现在已经开始思考如何将你新学到的叙事技巧付诸实践。或许，你的愿望仅仅是给朋友们或职场中的同事讲出更精彩的故事，但也许你在思索，自己是否具备在舞台上讲述故事的才华和勇气。

　　2009 年，受到电台制作人杰伊·艾利森建议的启发，我们创建了"飞蛾故事速递"。我们渴望认识那些迫切想要分享故事的人。自那以后，来自世界各地的成千上万的人纷纷致电，留下了他们想要我们考虑用于飞蛾主舞台演出的两分钟故事梗概。我们倾听了每一个故事！

　　通过飞蛾故事速递，我们结识了许多令人印象深刻的讲述者：有勇猛的摔跤选手，有《谁想成为百万富翁》节目的参赛者，有走秀的时尚模特，还有一位在孩提时代逃离越南的急诊医生。我们聆听了关于慷慨邻居的佳话，与美国前总统的尴尬邂逅，惊心动魄的家庭入侵事件，以及一位无意中成为侦探的人解开的宏大谜案。这些故事最初都只是一个吸引我们的两分钟故事梗概！

　　一个好的故事梗概应该包含精彩故事的所有要素：利害关系、情感和故事的弧线。它必须触及比事件本身更深层次的内容。要让故事梗概奏效，你需要以这种方式概括你的故事：将利害关系、情感和故事的弧线这些要素都蕴含其中，展现其有待进一步发掘的价值。

　　**引导员克洛伊·萨尔蒙，关于故事梗概的建议：**完成一

个好的故事梗概其实比它看上去要困难得多。人们在向我们
描述他们的故事时，往往本能地想要保持一种模糊感，绕着
故事的边缘谈论。例如：

"我想分享给你的故事是关于我笑得最为开怀的一次经
历。此刻我不便细说，但那确实是一个至今仍让我忍俊不禁
的趣事，我很想讲一个关于它的故事。给我回电询问吧！"

这个故事里发生了什么？我无法告诉你。故事中的事件
又是如何改变了此人？我也无从知晓！

最有效的故事梗概，其实是你想要讲述的故事的两分钟缩影。将
一个完整的故事浓缩在短短两分钟内，这绝非易事。以下是一些关于
如何缩略故事的小技巧：

● 了解你的故事的弧线！在事件的背后，故事对你的真正意义是
什么？它如何改变了你？试着用一句话概括。找到这句话后，把它作
为过滤网，来精练你的故事梗概。

● 确定你的独特视角！为什么这是一个只有你能讲述的故事？明
确你个人在其中的利害关系，让我们理解这个故事对你的意义。只要
做到这一点，我们就会被你的故事吸引。

● 完成故事！请不要留下悬念。你也许会认为留下悬念是一种吸
引我们主动联系你的有效策略，但事实恰恰相反。

● 保持自然！飞蛾故事的讲述都是脱稿进行的，请将这种即兴而
真实的精神融入你的故事梗概中。你可以假想自己正在边喝咖啡，边
向我们分享你的故事。

只需拨打电话即可投递你那两分钟的故事，或者访问
themoth. org 网站，在我们的网站上直接进行故事投递。大胆地展示
你的故事吧！我们热切期待着与你相遇。

# 启发故事的提示词

在寻找故事上你需要进一步的启发吗？这里有一些主题和启发提示词供你参考。挑选一个提示词，让它引领你展开思考。记住，没有所谓的错误答案！因为故事由你掌握！

### 初次体验

分享一个让你顿悟的瞬间。

讲述一个让你感到遗憾的初次经历。

讲述一个彻底改变了你人生轨迹的初次经历。

### 职场生活

分享一次你既辛勤工作又尽情享受的工作经历。

讲述一次你为了周末的放松而努力工作的经历。

讲述一次你与管理层意见不合的经历。

描述一次你明显感觉到自己的付出与收入不成正比的情况。

### 爱情的苦楚

分享一次你意识到为时已晚的经历。

讲述一次你决定听从内心声音的经历。

叙述一次你深爱过，却最终失去的经历。

### 行迹败露

分享一次你被发现做了不该做的事情的经历。

讲述一次你试图掩饰真相，却陷入自己编织的复杂谎言的经历。

叙述一次你偷吃饼干，结果被抓个正着的故事。

### 远在天边，近在眼前

分享一次你未能察觉近在咫尺之物的经历。

讲述一次你陷入困境，寻找不到出路的经历。

叙述一次你与失散已久的宝贵之物重逢的经历。

# 飞蛾各类项目简介

**飞蛾主舞台**：飞蛾主舞台诞生于 1997 年，是一种现场演出的双幕剧①，五位讲述者和一位杰出的主持人以脱稿的形式分享他们真实的个人故事。每一个独特的夜晚都由飞蛾的创意团队精心策划和执导。飞蛾主舞台的足迹几乎遍布美国的五十个州，以及全球五大洲。（我们正准备进军南美洲和南极洲！）每年，全球有超过四十场飞蛾主舞台的演出。本书中收录的许多故事，最初是在这样的舞台上呈现的。我们则通过飞蛾的各类项目有幸结识了这些故事讲述者。

**飞蛾故事擂台赛**：我们精心策划的飞蛾主舞台系列在初期便取得了巨大成功，激发了众多人士致电飞蛾办公室，争相投来他们的故事梗概："我有一个故事！"然而，那时我们的工作人员寥寥无几（仅有两名全职员工），实在难以筛选和培养如此众多的潜在讲述者。这无疑是一个幸福的烦恼：故事多得让人应接不暇！于是，在 2000 年，我们决定尝试一个新举措，那就是向所有愿意分享故事的人敞开舞

---

① 双幕剧（two-act show）：一种戏剧或表演艺术的形式，通常由两个主要部分组成，即两"幕"（acts）。在这种结构中，每一幕都包含一系列的场景（scenes），并且每一幕通常都有其独特的主题、情感或叙事发展。第一幕（Act 1）通常用来建立故事背景、介绍角色和设定冲突。第二幕（Act 2）则继续发展这些冲突，并通常包含故事的高潮和结尾。——译者注

台。就这样，飞蛾故事擂台赛应运而生。它不仅是一场竞赛，更是一种社区活动，让每个人都有机会讲述五分钟的故事。

我们为故事擂台赛提供主持人、舞台、主题和指导原则，并从现场听众中挑选评委来协助评选出优胜者。任何有兴趣的人都可以报名，争取上台讲述故事的机会，但只有十位幸运的听众会被随机选中登上舞台。每场故事擂台赛的获胜者将获得参加终极擂台赛的资格，这是故事讲述界的顶级竞赛。鉴于该节目在纽约市的空前成功，我们决定在 2006 年将其扩展到其他地区，现在我们在美国乃至世界各地的城市每月举办故事擂台赛，每年为成千上万渴望成为故事讲述者的人提供展示自己的机会。

**飞蛾社区项目：**自创立之初，我们就深知故事具有改变生活的潜力和凝聚社区的力量。自 1999 年起，飞蛾社区项目便与各类非营利组织和文化机构携手合作，开展工作坊，鼓励参与者精心打磨并分享他们的故事。有些组织主动向我们伸出了橄榄枝；而我们也曾积极出击，走遍街头巷尾，敲响了无数扇门。虽然并非每一扇门都向我们敞开，但我们还是成功地与一些退伍军人组织、医院、支持团体和社区中心建立了联系。工作坊的经历让我们深刻体会到故事的力量和共同体验的重要性，我们因此下定决心，要继续推进这份事业。

自那时起，我们有幸与数百个组织合作，共同举办故事工作坊，这些机构包括但不限于清白计划、受伤战士项目、纽约大学伊斯兰中心、赛吉出版公司、"女性正义"法律援助社、犹太遗产博物馆以及杰德基金会等。

社区项目的宗旨在于促进跨文化和跨代际的交流与理解。我们坚信，每个人都应该成为自己故事的讲述者。我们致力于提升多元化声音的占比，尤其是那些常常被忽视的群体的声音。通过我们的工作坊和现场活动，参与者得以将自己的生活经历转化为故事，与社区内外的人们分享。

**飞蛾职场项目：**2002 年，我们接到了一个机构的电话，他们邀请我们主持一场故事工作坊。我们回应说："我们并不提供企业培训服务。"然而，他们说："我们不需要企业培训，我们需要高水平的讲故事技巧培训。"起初我们对此持怀疑态度，不确定我们在市中心剧院的实践经验是否能够适应企业环境。但他们的热情感染了我们，最终我们接受了这个提议。

在最初的那些工作坊里，我们深入探讨了讲故事的技巧，并以我们一贯对讲述者们提供反馈的方式来进行指导。令我们欣喜的是，我们对故事讲述的热情和专业知识在这里得到了完美的融合。

口碑迅速传开，不久之后，飞蛾的一支专业团队便开始周游世界，为各行各业的机构组织工作坊和主持私人活动，合作伙伴包括耐克、谷歌、国际妇女论坛、美国国务院、声田、凯洛格基金会、基因泰克公司、美国运通、露露乐蒙、NBC 环球、美国 A&E 电视公司、乐高、RED 慈善组织、歌涵、奥美、箭牌等。我们从市场营销人员、创意人才、医疗专家、金融界精英、杰出的科技人员中挖掘出了许多故事。我们的工作成果也被《华尔街日报》《财富》《福布斯》《克莱恩商业周刊》《Inc.》等知名报刊报道。

在创立初期，我们就敏锐地认识到，作为一个创意机构，我们的目标可能会与以利润为导向的客户产生冲突。然而，随着我们项目的发展，我们发现，我们所教授的内容其实在文化层面对客户产生了更深远的影响。我们不仅帮助客户提升了沟通技巧，让他们掌握了讲故事的核心原则，更重要的是，我们也促进了他们作为普通个体之间的联系。我们一次又一次地听到工作坊的参与者对同事说："虽然我们共事多年，但直到今天，我才真正地了解你。"

二十年来，我们目睹了那些反映社会文化演进的职场变迁。在职场中，分享个人故事成为一种让各层级员工感受到自己被关注和倾听的途径，同时也推动了组织结构向更加扁平化的方向发展。讲故事成了一种社会和情感的黏合剂，维系着团队的士气和使命感。

我们一次又一次地见证了讲故事在职场中的重要意义。我们很庆幸当初接受了那个邀请。

**飞蛾播客**：在澳大利亚珀斯国际艺术节的飞蛾主舞台活动期间，飞蛾主持人兼故事讲述者丹·肯尼迪向前执行和创意总监莉娅·陶透露，他将接受苹果公司关于他最新著作的采访。他提议："你们何不加入我在舞台上的对话呢，还有……飞蛾也应该宣布即将推出播客项目！"尽管我们原本没有制作播客的计划，而且距离采访仅有两周的时间了，但丹的提议激励了我们！在紧张而兴奋的策略会议后，我们决定大干一场。播客于2008年春季首播，由一名实习生使用免费软件"库乐队"进行剪辑。飞蛾播客现在不仅提供原创剧集，还有完整的《飞蛾广播时光》，涵盖了我们所有项目中的故事。根据播客后台统计的数据，我们播客每年的下载次数已超过9 000万次（截至2021年1月），并且经常在苹果音乐的顶级播客排行榜上占有一席之地。播客的灵活性反映了我们身处的数字世界，并让我们能够直接与听众沟通。

**荣获皮博迪奖的《飞蛾广播时光》**：在我们最初构想将飞蛾搬上广播时，我们反复被告知："十分钟的故事在广播界是行不通的！"然而，在经过一系列广泛的会议讨论后，我们得到了我们现任长期制作人杰伊·艾利森以及公共广播交流机构的朋友们和伙伴们的鼎力支持。2009 年，我们带着五集节目首播，到了 2013 年，随着听众数量的激增，我们怀着忐忑的心情决定将节目改为每周播出。《飞蛾广播时光》由飞蛾团队和社区成员轮流主持，内容都精选自飞蛾的现场演出。如今，《飞蛾广播时光》在美国超过 550 个公共广播电台，英国广播公司和澳大利亚、德国、法国等国家的媒体上都能收听到。该节目由飞蛾故事会、杰伊·艾利森、维基·梅里克和大西洋公共媒体联合制作，并由公共广播交流机构呈现。

**飞蛾教育项目**：在我们最初设想向青少年传授故事讲述的技巧时，我们曾怀疑这些年轻人是否具备足够的洞察力，能够通过故事来反思他们的经历。然而，在举办了几场高中故事工作坊之后，我们惊喜地发现学生们的故事内容竟是如此丰富多彩。2012 年，我们正式成立了飞蛾教育项目，旨在为学生和教师创造一个平台，让他们能够相互分享个人故事，并最终将这些故事带给全世界。

在课后和周末举办的工作坊中，学生们集思广益，学习故事创作技巧，并有机会站上舞台，向朋友和家人讲述自己的经历。这种活动带来了深远的影响。学生们通过这些活动与自己的经历产生共鸣，塑造自己独特的声音，同时在倾听中，以一种全新的方式去理解和认识他们的同伴。

分享故事能够消除隔阂。当年轻人相互倾听时，他们能更深刻地理解彼此的挑战、过失、快乐和成功。一个人的故事，往往能够触动许多人的心。讲故事不仅培养了我们对他人的同理心，也增强了对我们自身的理解——无论是现在的我们，还是曾经的我们。

为了让更多的学生受益，飞蛾教育项目还与教师们紧密合作，提供必要的工具，使他们能够将讲故事的艺术直接融入课堂教学。为了帮助教师指导学生进行头脑风暴和故事创作，飞蛾为高中生设计了专门课程。此课程现已在线免费提供，供全球教育工作者使用。此外，我们还为美国各地的五至十二年级教师举办工作坊，在那里他们体验到在与同行的社区中挖掘和分享故事时的脆弱。他们的故事经常会从自己年轻时说起，对这些教师来说，这是一次站在学生的角度进行思考的好时机。

经过与无数年轻人的互动，我们见证了故事工作坊为学生们带来的改变，例如赋予了他们表达个人经历的能力，培养了他们对他人的同理心，并增强了他们的自信心。

**飞蛾全球社区项目：** 飞蛾全球社区项目得以启动，源于比尔及梅琳达·盖茨基金会的一通电话，他们邀请我们与来自发展中国家的健康领域专家合作，这些专家都是阿斯彭研究所新声音奖学金的得主。"我们希望协助这些学者推进他们所倡导的事业。或者你们可以调整社区项目模式吗？设计一系列工作坊，以提升这些学者的个人叙事技巧。"聪明的提议！我们欣然接受了。

自肯尼亚内罗毕郊外的首个工作坊成功举办后，我们不断调整课程内容，打造出一系列密集的跨文化工作坊。这些工作坊由来自肯尼亚、印度、乌干达等国的核心教师团队授课。这些教师大多曾是飞蛾故事工作坊的学员，因此他们深知塑造个人故事的不易。我们的教师还是该项目的形象大使，他们通过自身的实践展示了故事如何能够推动一场变革，甚或引领一场运动。

多年来，我们深感荣幸能够持续与阿斯彭研究所、比尔及梅琳达·盖茨基金会保持合作伙伴关系，并与联合国妇女署等众多组织展开协作。如今，飞蛾全球社区项目已培育了来自五十多个国家的四百五十余名毕业生，他们运用个人故事的力量在全球范围内推动社会变革。这些项目的毕业生们在联合国大会的讲台上、在布鲁塞尔的欧盟峰会上讲述自己的故事，发起播客和基层运动，甚至通过个人故事影响法律的改革。

通过全球社区项目，我们持续发掘并提升来自发展中国家杰出人物的真实个人故事。这些故事点燃了关于全球健康议题的讨论，如农业发展、消除饥饿、传染病预防和教育，还有一些议题特别关注女性和女童。通过尊重和展现多样化的个人经历，相信我们能够挑战那些主流叙事，加深人与人之间的联系，并在全球范围内创造更具成效的对话。

# 作者简介

飞蛾故事会是一个备受赞誉的非营利组织，专注于传授讲故事的艺术与技巧。自 1997 年成立以来，飞蛾已经贡献了超过 5 万个故事，并荣获了麦克阿瑟创意与效益机构奖，以及皮博迪奖，后者是为了表彰在全美超过 550 个电台播出的《飞蛾广播时光》而颁发。飞蛾播客每年下载量达到 9 000 万次。**梅格·鲍尔斯、凯瑟琳·伯恩斯、珍妮弗·希克森、莎拉·奥斯汀·詹内斯和凯特·泰勒斯**，与飞蛾的艺术及工作坊团队一起，在过去的 20 多年里，致力于帮助世界各地的人们讲述他们的真实个人故事。

我们的联系方式：TheMoth. org；Facebook. com/TheMoth；Twitter：@TheMoth；Instagram：@mothstories。

**梅格·鲍尔斯**担任《飞蛾广播时光》的高级总监及共同主持人。自 1997 年以志愿者身份加入以来，她未曾预料到飞蛾将引领她走向何方。数十年间，她执导的主舞台演出从安克雷奇到伦敦，遍布世界各地。尽管她在电视和电影行业的背景锻炼了她敏锐的编辑直觉和对细节的关注，但她更以在日常生活中发现故事的慧眼和将微小故事升华为普遍共鸣的能力而著称。梅格热爱与人们一对一地合作，见证他们的成长并给予支持。当看到那些从未想过自己会成为故事讲述者的人，最终自豪地接受并拥抱这一身份时，她尤其激动。

**凯瑟琳·伯恩斯**是飞蛾的资深艺术总监及《飞蛾广播时光》的主持人。她自 2003 年起便成为飞蛾主舞台的主要引导员之一，曾协助成百上千人雕琢他们的故事，故事的主人公包括纽约的环卫工、诺贝尔奖得主、伦敦塔的乌鸦守护者、美洲豹追踪者以及洗清罪名的囚犯。她编辑了畅销且备受好评的书《飞蛾：50 个真实故事》《所有这些奇迹》《偶然的魔法》。她还执导了独角戏《大门》（亚当·戈普尼克创作并表演）和《海伦与埃德加》（埃德加·奥利弗创作并表演），后者被《纽约时报》的本·布兰特利称赞为"引人入胜，出乎意料地感人"，以及电影《一磅肉》。在加入飞蛾之前，她制作过电视节目和独立电影，采访过乔治·克林顿、查克·迪、奥兹·奥斯本、玛莎·斯图尔特和霍华德·斯特恩等名人。2000 年时，她首次参加飞蛾的活动，便深深爱上了这个节目，并在全职加入团队之前，做过终极擂台赛的参赛者和飞蛾社区项目的志愿者。她出生于亚拉巴马州，如今与丈夫和儿子一同居住在布鲁克林。

作者联系方式：Instagram：@burnzieny。

**莎拉·哈伯曼（后记作者）**自 2013 年以来一直担任飞蛾的执行董事，负责监督战略发展、董事会关系、财务、筹款活动、人力资源、法律事务和制作。她还负责管理飞蛾的教育、社区和职场项目，并于 2015 年与比尔及梅琳达·盖茨基金会携手，推出了飞蛾全球社区项目。她曾在纽约公共图书馆、惠特尼美国艺术博物馆、哥伦比亚商学院和林肯爵士中心等世界领先的非营利艺术和学术机构担任高级管理和发展职务。在移居纽约之前，她曾在巴黎的法国主要出版机构罗贝尔·拉丰出版社担任编辑。此外，她还是位于密尔沃基市的理查德和埃塞尔·赫茨菲尔德基金会的董事会成员。

珍妮弗·希克森作为《飞蛾广播时光》的资深总监和主持人之一，每年都邀请众多人分享他们生命中的重要转折点，包括失误与成功、信仰的飞跃和人生的至暗时刻等，之后她会协助他们将这些经历转化为舞台上的故事。她对每一位讲述者都怀有一份特别的情愫，并期待你也能被他们的故事打动。2000 年时，她创立了飞蛾故事擂台赛，这个项目如今已在美国、英国和澳大利亚的 25 个城市设立了常驻机构，为敢于讲述故事的勇士和健谈的听众提供了超过 4 000 次的讲述机会。珍妮弗的故事《烟云之下》不仅在《飞蛾广播时光》和《美国生活》节目中播出，还收录在飞蛾的首本书《飞蛾：50 个真实故事》中。

莎拉·奥斯汀·詹内斯拥有那种能让人会心一笑的响亮而鲜明的笑声。自 2005 年加入飞蛾以来，她作为执行制作人，有幸与数百人携手，精心雕琢他们独特的个人故事。她是一位荣获皮博迪奖的导演，同时也是《飞蛾广播时光》的资深主持人，负责管理飞蛾播客，共同创立了飞蛾全球社区项目，为美国、南亚和非洲的参与者设计并指导故事工作坊，旨在提升关于性别平等和人权的对话。在过去的十五年里，莎拉制作的飞蛾故事在联合国大会、圣丹斯电影节、肯尼亚国家剧院等不同场合被讲述。她的侄子和侄女埃利奥特、艾米莉亚和埃维最近授予她"世界最佳阿姨"的荣誉称号。莎拉坚信故事讲述拥有挑战主流叙事的力量，她相信故事能够通过引发共鸣来改变世界。

陈杰赖·库马尼卡（引言作者）是一位研究者、记者兼活动家，目前在罗格斯大学新闻与媒体研究系担任助理教授。他的研究与教学工作以社会正义与新兴媒体在文化和创意产业中的交融为中心。他在《流行音乐与社会》《流行传播》《劳特利奇广告与促销文化与技术指南》《教育与教学法》等学术期刊上发表过多篇相关论文。库马尼卡博士还参与了《广播现场》第二季《看见白人》和第四季《那片未曾存在过的土地》的制作。他还是吉姆莱特媒体的皮博迪奖获奖播客《不文明》的联合执行制片人和联合主持人,该播客探讨了美国内战的历史。此外,他为《拦截》《跨界风潮》和美国全国公共广播电台的《代码切换》《万事皆晓》《隐性事物》《边缘视角》等媒体节目撰稿,并担任与索纳莉·科尔哈特卡合作的《奋进之声》的新闻分析师。在社会活动方面,陈杰赖是 215 人民联盟执行委员会的成员,同时也是费城债务集体与媒体、不平等与变革中心的成员。

**帕德玛·拉克希米(前言作者)**是一位艾美奖提名的美食专家、电视主持人、制片人,同时也是《纽约时报》的畅销书作家。她是广受好评的《葫芦》系列节目《尝遍美国》的创作者、主持人兼执行制片人,该节目被提名为 2021 年哥谭突破系列奖。拉克希米也是精彩电视台两度荣获艾美奖的《顶级大厨》节目的主持人和执行制片人。作为美国子宫内膜异位症基金会的联合创始人,以及美国公民自由联盟的艺术家大使,她积极倡导移民和妇女权益。拉克希米还被联合国开发计划署任命为亲善大使。她著作等身,包括两本《纽约时报》畅销书:儿童读物《尼拉的番茄》和回忆录《爱、失落和我们所吃的食物》。她还编写了《调料与香草百科全书》以及两本烹饪书籍:《异域巧烹》和《酸甜辣味》。现在,拉克希米与她的女儿一同生活在纽约。

**凯特·泰勒斯**作为飞蛾的高级总监,不仅是现场讲故事系列和播客的主持人,还是一位故事讲述者和引导员。在她参加的首个以"开始"为主题的飞蛾活动中，刚听到了几个故事，她就意识到这里就是她的归属。自那以后，她创作并讲述了从匹兹堡童年至今以她为主角的一系列故事。她设计并主导了与多家非营利组织合作的故事讲述培训项目，包括比尔及梅琳达·盖茨基金会、凯洛格基金会，以及声田、耐克、谷歌和美国国务院，这些项目都旨在将故事讲述作为一种培育同理心的沟通工具。她的故事《但也带来奶酪》在《飞蛾广播时光》中播出，并收录于飞蛾的书《所有这些奇迹》中。她的文章也曾发表在《麦克斯文学杂志》和《纽约客》上。在这一切背后，是她对故事讲述的热爱深植于心，这份热爱让她得以与素未谋面的听众共享饱含欢笑与泪水的珍贵时刻。

# 创意写作书系

这是一套广受读者喜爱的写作丛书，系统引进国外创意写作成果，推动本土化发展。它为读者提供了一把通往作家之路的钥匙，帮助读者克服写作障碍，学习写作技巧，规划写作生涯。从开始写，到写得更好，都可以使用这套书。

| 书名 | 作者 | 出版日期 |
|---|---|---|
| **综合写作** | | |
| **成为作家（纪念版）** | 多萝西娅·布兰德 | 2024 年 4 月 |
| 作家笔记 | 阿德里安娜·扬 | 2024 年 1 月 |
| 一年通往作家路——提高写作技巧的 12 堂课 | 苏珊·M. 蒂贝尔吉安 | 2013 年 5 月 |
| **文学的世界** | 刁克利 | 2022 年 12 月 |
| 创意写作大师课 | 于尔根·沃尔夫 | 2013 年 6 月 |
| 渴望写作——创意写作的五把钥匙 | 格雷姆·哈珀 | 2022 年 6 月 |
| 从创意到畅销书——修改与自我编辑 | 詹姆斯·斯科特·贝尔 | 2016 年 1 月 |
| **虚构写作** | | |
| **小说写作教程——虚构文学速成全攻略** | 杰里·克里弗 | 2011 年 1 月 |
| **开始写吧！——虚构文学创作** | 雪莉·艾利斯 | 2011 年 1 月 |
| **501 个创意写作练习——每天 5 分钟，激发你的创造力** | 塔恩·威尔森 | 2023 年 8 月 |
| **冲突与悬念——小说创作的要素** | 詹姆斯·斯科特·贝尔 | 2014 年 6 月 |
| **情节与人物——找到伟大小说的平衡点** | 杰夫·格尔克 | 2014 年 6 月 |
| 人物与视角——小说创作的要素 | 奥森·斯科特·卡德 | 2019 年 3 月 |
| 视角 | 莉萨·蔡德纳 | 2023 年 6 月 |
| **经典人物原型 45 种——创造独特角色的神话模型（第三版）** | 维多利亚·林恩·施密特 | 2014 年 6 月 |
| 情节线——通过悬念、故事策略与结构吸引你的读者 | 简·K. 克莱兰 | 2022 年 1 月 |
| 悬念——教你写出扣人心弦的故事 | 简·K. 克莱兰 | 2023 年 6 月 |
| 经典情节 20 种（第二版） | 罗纳德·B. 托比亚斯 | 2015 年 4 月 |
| 情节！情节！——通过人物、悬念与冲突赋予故事生命力 | 诺亚·卢克曼 | 2012 年 7 月 |
| 小说写作完全手册（第三版） | 《作家文摘》编辑部 | 2024 年 4 月 |
| 小说写作工具箱——125 招助你写出爆款故事 | 詹姆斯·斯科特·贝尔 | 2024 年 6 月 |
| 如何创作炫人耳目的对话 | 詹姆斯·斯科特·贝尔 | 2016 年 11 月 |
| 如何创作令人难忘的结局 | 詹姆斯·斯科特·贝尔 | 2023 年 6 月 |
| 超级结构——解锁故事能量的钥匙 | 詹姆斯·斯科特·贝尔 | 2019 年 6 月 |
| 故事工程——掌握成功写作的六大核心技能 | 拉里·布鲁克斯 | 2014 年 6 月 |
| 故事力学——掌握故事创作的内在动力 | 拉里·布鲁克斯 | 2016 年 3 月 |
| **畅销书写作技巧** | 德怀特·V. 斯温 | 2013 年 1 月 |
| 30 天写小说 | 克里斯·巴蒂 | 2013 年 5 月 |
| 成为小说家 | 约翰·加德纳 | 2016 年 11 月 |
| 小说的艺术 | 约翰·加德纳 | 2021 年 7 月 |

| 非虚构写作 | | |
|---|---|---|
| 开始写吧！——非虚构文学创作 | 雪莉·艾利斯 | 2011 年 1 月 |
| 写作法宝——非虚构写作指南 | 威廉·津瑟 | 2013 年 9 月 |
| 故事技巧——叙事性非虚构文学写作指南（第二版） | 杰克·哈特 | 2023 年 3 月 |
| 怎样讲好一个故事 | 飞蛾故事会 | 2025 年 1 月 |
| 从零开始写故事——非虚构写作的 11 堂必修课 | 叶伟民 | 2024 年 9 月 |
| 写出心灵深处的故事——踏上疗愈之旅（修订版） | 李华 | 2024 年 9 月 |
| 自我与面具——回忆录写作的艺术 | 玛丽·卡尔 | 2017 年 10 月 |
| 写我人生诗 | 塞琪·科恩 | 2014 年 10 月 |
| 类型及影视写作 | | |
| 游戏故事写作 | 迈尔斯·布劳特 | 2023 年 8 月 |
| 金牌编剧——美剧编剧访谈录 | 克里斯蒂娜·卡拉斯 | 2022 年 1 月 |
| 开始写吧！——影视剧本创作 | 雪莉·艾利斯 | 2012 年 7 月 |
| 开始写吧！——科幻、奇幻、惊悚小说创作 | 劳丽·拉姆森 | 2016 年 1 月 |
| 开始写吧！——推理小说创作 | 劳丽·拉姆森 | 2016 年 7 月 |
| 弗雷的小说写作坊——悬疑小说创作指导 | 詹姆斯·N. 弗雷 | 2015 年 10 月 |
| 好剧本如何讲故事 | 罗伯·托宾 | 2015 年 3 月 |
| 经典电影如何讲故事 | 许道军 | 2021 年 5 月 |
| 剧本杀——玩法与写法 | 许道军　等 | 2024 年 4 月 |
| 童书写作指南 | 玛丽·科尔 | 2018 年 7 月 |
| 网络文学创作原理 | 王祥 | 2015 年 4 月 |
| 写作教学 | | |
| 剑桥创意写作导论 | 大卫·莫利 | 2022 年 7 月 |
| 如果，怎样？——给虚构作家的 109 个写作练习（第三版） | 安妮·伯奈斯 | 2023 年 6 月 |
| 小说写作——叙事技巧指南（第十版） | 珍妮特·伯罗薇 | 2021 年 6 月 |
| 你的写作教练（第二版） | 于尔根·沃尔夫 | 2014 年 1 月 |
| 创意写作教学——实用方法 50 例 | 伊莱恩·沃尔克 | 2014 年 3 月 |
| 创意写作思维训练 | 丁伯慧 | 2022 年 6 月 |
| 故事工坊（修订版） | 许道军 | 2022 年 1 月 |
| 大学创意写作（第二版） | 葛红兵 许道军 | 2024 年 7 月 |
| 小说创作技能拓展 | 陈鸣 | 2016 年 4 月 |
| 青少年写作 | | |
| 奇妙的创意写作——让你的故事和诗飞起来 | 卡伦·本基 | 2019 年 3 月 |
| 写作大冒险——惊喜不断的创作之旅 | 凯伦·本克 | 2018 年 10 月 |
| 小作家手册——故事在身边 | 维多利亚·汉利 | 2019 年 2 月 |
| 写作魔法书——让故事飞起来 | 加尔·卡尔森·莱文 | 2014 年 6 月 |
| 写作魔法书——28 个创意写作练习，让你玩转写作（修订版） | 白铅笔 | 2019 年 6 月 |
| 成为小作家 | 李君 | 2020 年 12 月 |
| 北大附中创意写作课 | 李韧 | 2020 年 1 月 |
| 北大附中说理写作课 | 李亦辰 | 2019 年 12 月 |
| 有个性的写作（人物篇＋景物篇） | 丁丁老师 | 2022 年 10 月 |

# 创意写作课程平台

## 从入门到进阶多种选择，写作路上助你一臂之力

扫二维码随时了解课程信息

"创意写作课程平台"由中国人民大学出版社"创意写作书系"编辑团队精心打造，历经十余年积累，依托"创意写作书系"海量素材，邀请国内外优秀写作导师不断研发而成。这里既有丰富的资源分享和专业的写作指导，也有你写作路上的同伴，曾帮助上万名写作者提升写作技能，完成从选题到作品的进阶。

## 写作训练营，持续招募中

- ### 叶伟民故事写作营

  高人气写作导师叶伟民的项目制写作训练营。导师直播课，直击写作难点痛点，解决根本问题。班主任 Office Hour，及时答疑解惑，阅读与写作有问必答。三级作业点评机制，导师、班主任、编辑针对性点评，帮助突破自身创作瓶颈。

- ### 开始写吧！——21 天疯狂写作营

  依托"创意写作书系"海量练习技巧，聚焦习惯养成、人物塑造、情节设置等练习方向，21 天不间断写作打卡，班主任全程引导练习，更有特邀嘉宾做客直播间传授写作经验。

## 精品写作课，陆续更新中

- ### 小说写作四讲

  精美视频 + 英文原声 + 中文字幕

  全美最受欢迎的高校写作教材《小说写作》作者珍妮特·伯罗薇亲授，原汁原味的美式写作课，涵盖场景、视角、结构、修改四大关键要素，搞定写作核心问题。

- ### 从零开始写故事

  高人气写作导师叶伟民系统讲解故事写作的底层逻辑和通用方法，30讲视频课程帮你提高写作技能，创作爆品故事。

# 精品写作课

## 作家的诞生——12位殿堂级作家的写作课

中国人民大学习克利教授10余年研究成果倾力呈现，横跨2800年人类文学史，走近12位殿堂级写作大师，向经典作家学写作，人人都能成为作家。

**荷马：** 作家第一课，如何处理作品里的时间？

**但丁：** 游历于地狱、炼狱和天堂，如何构建文学的空间？

**莎士比亚：** 如何从小镇少年成长为伟大的作家？

**华兹华斯和弗罗斯特：** 自然与作家如何相互成就？

**勃朗特姐妹：** 怎样利用有限的素材写作？

**马克·吐温：** 作家如何守望故乡，如何珍藏童年，如何书写一个民族的性格和成长？

**亨利·詹姆斯：** 写作与生活的距离，作家要在多大程度上妥协甚至牺牲个人生活？

**菲兹杰拉德：** 作家与时代、与笔下人物之间的关系？

**劳伦斯：** 享有身后名，又不断被诋毁、误解和利用，个人如何表达时代的伤痛？

**毛姆：** 出版商的宠儿，却得不到批评家的肯定。选择经典还是畅销？

## 一个故事的诞生——22堂创意思维写作课

郝景芳和创意写作大师们的写作课，国内外知名作家、写作导师多年创意写作授课经验提炼而成，汇集各路写作大师的写作法宝。它将告诉你，如何从一种种子想法开始，完成一个真正的故事，并让读者沉浸其中，无法自拔。

**郝景芳：** 故事是我们更好地去生活、去理解生活的必需。

**故事诞生第一步：** 激发故事创意的头脑风暴练习。

**故事诞生第二步：** 让你的故事立起来。

**故事诞生第三步：** 用九个句子描述你的故事。

**故事诞生第四步：** 屡试不爽的故事写作法宝。

**图书在版编目（CIP）数据**

怎样讲好一个故事 / 美国飞蛾故事会著；赵俊海，
张琮译.-- 北京：中国人民大学出版社，2025.1
（创意写作书系）.-- ISBN 978-7-300-33284-0

Ⅰ.I04

中国国家版本馆 CIP 数据核字第 2024MZ1888 号

创意写作书系

**怎样讲好一个故事**

美国飞蛾故事会　著

赵俊海　张琮　译

Zenyang Jianghao Yi Ge Gushi

| | | | | | |
|---|---|---|---|---|---|
| **出版发行** | 中国人民大学出版社 | | | | |
| **社　　址** | 北京中关村大街 31 号 | | **邮政编码** | 100080 | |
| **电　　话** | 010 - 62511242（总编室） | | 010 - 62511770（质管部） | | |
| | 010 - 82501766（邮购部） | | 010 - 62514148（门市部） | | |
| | 010 - 62515195（发行公司） | | 010 - 62515275（盗版举报） | | |
| **网　　址** | http://www.crup.com.cn | | | | |
| **经　　销** | 新华书店 | | | | |
| **印　　刷** | 涿州市星河印刷有限公司 | | | | |
| **开　　本** | 890 mm×1240 mm　1/32 | | **版　　次** | 2025 年 1 月第 1 版 | |
| **印　　张** | 11 插页 2 | | **印　　次** | 2025 年 1 月第 1 次印刷 | |
| **字　　数** | 265 000 | | **定　　价** | 79.00 元 | |

**版权所有　侵权必究　印装差错　负责调换**